OBRAS ALEXANDRE DUMAS

1- A DAMA DAS CAMÉLIAS — Alexandre Dumas Filho
2- A TULIPA NEGRA — Alexandre Dumas
3- O CASTELO DE EPPSTEIN — Alexandre Dumas
4- OS MIL E UM FANTASMAS — Alexandre Dumas
5- A BOCA DO INFERNO — Alexandre Dumas
6- O SALTEADOR — Alexandre Dumas
7- O DOUTOR MISTERIOSO — Alexandre Dumas
8- NERO — Alexandre Dumas
9- ISABEL DA BAVIERA — Alexandre Dumas
10- OS TRÊS MOSQUETEIROS — Alexandre Dumas

A Tulipa Negra

OBRAS ALEXANDRE DUMAS

VOL. 2

Capa
MARTIM TAPEREIRA

Sobre tela de
PIERRE - AUGUSTE RENOIR

Tradução

Evandro R. Barbosa

EDITORA ITATIAIA
BELO HORIZONTE
Rua São Geraldo, 53 — Floresta — Cep. 30150-070
Tel.: 3212-4600 — Fax: 3224-5151
e-mail: vilaricaeditora@uol.com.br
Home page: www.villarica.com.br

Alexandre Dumas

A Tulipa Negra

EDITORA ITATIAIA
Belo Horizonte

FICHA CATALOGRÁFICA

D886t.Pb	Dumas, Alexandre A tulipa negra / Alexandre Dumas; tradução de Evandro R. Barbosa. — Belo Horizonte: Itatiaia, 2008. 248 p. — (Obras de Alexandre Dumas, 2) Título original: La tulipe noire. 1.Literatura-França. I.Barbosa, Evandro R. II.Título. III.Título: La tulipe noire. IV.Série. CDU 821.133.1 ISBN: 978-85-319-0783-8

2008

Direitos de Propriedade Literária adquiridos pela
EDITORA ITATIAIA
Belo Horizonte

IMPRESSO NO BRAZIL
PRINTED IN BRAZIL

ÍNDICE

Nota Biográfica	9
Capítulo 1 – A Gratidão de um povo	11
Capítulo 2 – Os dois irmãos	21
Capítulo 3 – O Discípulo de João de Witt	30
Capítulo 4 – Os assassinos	40
Capítulo 5 – O amador de tulipas e o seu vizinho	50
Capítulo 6 – O ódio de um tulipista	58
Capítulo 7 – O homem feliz principia a saber o que é a desgraça	66
Capítulo 8 – Uma invasão	76
Capítulo 9 – O quarto de família	84
Capítulo 10 – A filha do carcereiro	88
Capítulo 11 – O testamento de Cornélio Van Baerle	93
Capítulo 12 – A execução	105
Capítulo 13 – O que se passava entretanto na alma de um espectador	109
Capítulo 14 – Os pombos de Dordrecht	113
Capítulo 15 – O postigo	118
Capítulo 16 – Mestre e Discípula	124
Capítulo 17 – O primeiro bulbo	132
Capítulo 18 – O namorado de Rosa	140
Capítulo 19 – Mulher e flor	147
Capítulo 20 – O que se tinha passado durante estes oito dias	154
Capítulo 21 – O segundo bulbo	163
Capítulo 22 – O desabrochar da flor	171
Capítulo 23 – O invejoso	177
Capítulo 24 – Como a tulipa negra muda de dono	184
Capítulo 25 – O Presidente Van Herysen	188
Capítulo 26 – Um membro da sociedade hortícola	195

Capítulo 27 – O terceiro bulbo 204
Capítulo 28 – A canção das Flores 212
Capítulo 29 – Como Van Baerle, antes de sair de
Loevestein, ajusta as suas contas com Gryphus 219
Capítulo 30 – Em que se começa a desconfiar que
suplício estava reservado a Cornélio Van Baerle 226
Capítulo 31 – Harlem 230
Capítulo 32 – A última súplica 236
Capítulo 33 – Conclusão 241

NOTA BIOGRÁFICA

Alexandre Dumas, que nasceu em Villers-Cotterets em 1803, era neto de um crioulo de São Domingos e de uma negra. Herdou do pai, o general Dumas — o homem que um dia no teatro atirou um espectador por cima da orquestra — o temperamento pletórico e exuberante. Era alto, tinha os cabelos muito crespos, os dentes alvos, os olhos castanhos e aveludados — um gigante "bon enfant", como o denominou alguém. Boêmio por natureza, nunca deu importância ao dinheiro; manteve sempre o seu feitio franco, alegre, liberal. Ao falecer, em 1870, mostrava ao filho a única moeda de ouro que possuía, dizendo: " — Censuram-me por ter sido perdulário. Cheguei a Paris com vinte francos e conservei-os até agora. Ei-los aqui." Michelet chamou-o, como já alguém havia dito de Balzac: "uma força da natureza".

Foi no teatro que começou a manifestar-se a exuberante imaginação desse homem extraordinário. A leitura de algumas páginas de uma "História da França", que por acaso encontrou aberta na repartição onde trabalhava, bastou para inspirar-lhe o drama "Henrique III e sua corte" (1829), que marcou no teatro um dos primeiros sucessos do Romantismo. Daí em diante Dumas não fez mais outra coisa do que escrever; tornou-se uma das maiores figuras do teatro romântico na França e o herói de sua peça "Antony" ficou tão famoso como Rolla, Chatterton e outras personificações desse estado de espírito que se alastrou pela Europa e América, nas primeiras décadas do século passado.

Do teatro Dumas passou para o romance histórico, seguindo, como Vitor Hugo e tantos outros, as pegadas de Walter Scott. Sem preocupar-se muito com os textos, buscando neles apenas um ponto de apoio, o romancista deixa a imaginação expandir-se à vontade e assim vai escrevendo, numa série interminável de livros, aquilo que Albert Thibaudet chamou "As Mil e Uma Noites do Ocidente". É ele o mais típico representante do gênero capa e espada, e o seu romance mais popular, "Os Três Mosqueteiros" (1844), continuado com "Vinte Anos Depois" e o "Visconde de Bragelone", — constitui uma obra-prima no gênero. Auxiliado por um colaborador ativo, Maquet, que se encarregava de pesquisar o substrato histórico, Dumas trabalhava sem fadiga, dia e noite, chegando a escrever, em toda sua turbulenta existência, cerca de 250 volumes. O que faltava em qualidade literária, sobrava em imaginação, engenho, imprevisto e humor em tais romances, que continuam a empolgar milhares e milhares de leitores em todas as partes do mundo, resistindo às transformações do gosto e das predileções. "A Tulipa Negra", incluída nesta coleção, é uma obra característica de Dumas, com todos os requisitos para prender o leitor da primeira à última página. Propositalmente a preferimos a outras novelas mais conhecidas do autor, mas não superiores em interesse romanesco a esta. Nela comprovará, ainda uma vez, o público, como Dumas é sempre o mesmo — sumamente palpitante e atraente — por onde quer que o abordemos.

CAPÍTULO 1

A GRATIDÃO DE UM POVO

Em 20 de agosto de 1672, a cidade de Haia, muito cheia de vida, muito branca e garrida, em que todos os dias parecem alegres domingos; a cidade de Haia, com o seu parque muito copado, com as suas grandes árvores tombadas sobre as casas góticas, com os largos espelhos dos seus canais, onde se miram os campanários de cúpulas quase orientais; a cidade de Haia, capital das Sete Províncias Unidas, intumescia todas as suas artérias com um fluxo preto e vermelho de cidadãos apressados, ofegantes, excitados, que corriam com facas nos cintos, espingardas aos ombros ou paus nas mãos, para o Buitenhof, terrível prisão de que ainda atualmente se conservam as janelas de grades, e onde, depois da acusação de tentativa de assassínio feita contra ele pelo cirurgião Tyckelaer, estava encerrado Cornélio de Witt, irmão do ex-grande pensionário[1] da Holanda.

Se a história deste tempo, e sobretudo a deste ano, no meio do qual começamos a nossa narração, se não achasse intimamente ligada com os dois nomes que acabamos de citar, as linhas explicativas que vamos escrever poderiam parecer fora de propósito; mas desde já prevenimos o leitor, esse amigo velho a quem sempre prometemos algum prazer na primeira página, cumprindo a nossa palavra, bem ou mal, nas páginas seguintes, de que esta explicação é tão indispensável à precisão da nossa narrativa como à inteligência do grande acontecimento político que serve de quadro à presente história.

---

1. O grande pensionário era o primeiro ministro dos Estados, encarregado de propor em conselho os objetos das deliberações, de vigiar a administração das finanças, de receber as notas diplomáticas das potências estrangeiras, etc. O nome deste cargo importante provinha da pensão que desde a sua origem lhe fora arbitrada.

Cornélio ou Cornelius de Witt, *ruward* de Pulten, isto é, inspetor dos diques deste país, ex-burgomestre de Dordrecht, sua cidade natal, e deputado aos Estados da Holanda, tinha quarenta e nove anos, quando o povo holandês, saturado da república, tal como a entendia João de Witt, grande pensionário da Holanda, se sentiu tomado de um amor violento pelo *stathouderato*[2], que o édito perpétuo, imposto por João de Witt às Províncias Unidas, abolira para todo o sempre na Holanda.

Como nestas evoluções caprichosas é bastante raro que o espírito público não veja um homem por detrás de um princípio, o povo via, por detrás da república, os dois rostos severos dos irmãos Witt, esses romanos da Holanda, que desdenhavam lisonjear o gosto nacional, e amigos inflexíveis de uma liberdade sem excessos e de uma prosperidade sem supérfluo, do mesmo modo que por detrás do *stathouderato* via o rosto inclinado, grave e meditador do jovem Guilherme de Orange, a quem os seus contemporâneos batizaram com o nome de Taciturno, que depois passou à posteridade.

Os dois Witt contemporizaram com Luís XIV, não só por verem que o ascendente moral deste monarca sobre toda a Europa crescia, como também por terem experimentado o seu ascendente material sobre a Holanda nos sucessos da campanha maravilhosa do Reno, ilustrada por esse herói de romance, chamado conde de Guiche e cantada por Boileau e que, em três meses, acabava de abater o poder das Províncias Unidas.

Luís XIV era de há muito inimigo dos holandeses, que o insultavam e escarneciam quanto podiam, quase sempre, é preciso dizê-lo, pela boca dos franceses refugiados na Holanda.

O orgulho nacional fazia dele o Mitridates da república.

Existia portanto contra os Witt o duplo ressentimento que resulta da resistência vigorosa seguida por um poder lutando

---

2. O *Stathouder* era um alto funcionário da antiga república das Províncias Unidas, que comandava as forças militares e exercia muitos dos poderes de um soberano. Os *stathouders* asseguravam a liberdade das Províncias Unidas, mas por fim o *stathouderato* tornou-se uma verdadeira realeza.

contra o gosto da nação e da fadiga natural de todos os povos vencidos, quando esperam que outro chefe possa salvá-los da ruína e da vergonha.

Este outro chefe, prestes a aparecer, prestes a medir-se com Luís XIV, por mais gigante que parecesse dever ser a sua felicidade futura, era Guilherme, príncipe de Orange, filho de Guilherme II e neto, pela parte de Henriqueta Stuart, do rei Carlos I de Inglaterra, o taciturno jovem, cuja sombra, como já afirmamos, se descortinava por detrás do *stathouderato*. Este senhor contava vinte e dois anos em 1672.

João de Witt tinha sido o seu preceptor, e havia-o educado com o fim de fazer do homem que nascera príncipe um bom cidadão. Levado pelo amor da pátria, que no seu coração suplantara a amizade, que naturalmente devia ter ao seu discípulo, tinha-lhe tirado, pelo édito perpétuo, a esperança do *stathouderato*. Mas Deus sorrira desta pretensão dos homens, que fazem e desfazem as potências da terra sem consultarem o Rei do céu; e, pelo capricho dos holandeses e pelo terror que lhes inspirava Luís XIV, acabava de mudar a política do grande pensionário e de abolir o édito perpétuo, restabelecendo o *stathouderato* para Guilherme de Orange, sobre o qual formava os seus desígnios, embuscados ainda nas misteriosas profundezas do futuro.

O grande pensionário cedeu à vontade dos seus concidadãos; mas Cornélio de Witt tornou-se mais recalcitrante, e a despeito das ameaças de morte da plebe orangista, que o cercava na sua casa de Dordrecht, recusou assinar o auto que restabelecia o *stathouderato*.

Compelido, porém, a instâncias de sua mulher, debulhada em lágrimas, assinou enfim, juntando somente ao seu nome estas duas letras: V. C. *(vi coactus),* que queriam dizer: *Constrangido pela força.*

Foi por um verdadeiro milagre que ele conseguiu escapar neste dia aos golpes dos seus inimigos.

Quanto a João de Witt, a sua adesão à vontade do povo, apesar de ser mais rápida e mais fácil, nem por isso foi para ele mais proveitosa.

Passados alguns dias, era vítima de uma tentativa de assassínio, e posto que fosse esfaqueado, não morreu das feridas. Não era porém isto o que os orangistas desejavam.

A vida dos dois irmãos seria um constante obstáculo aos seus projetos; e então, mudando momentaneamente de tática, tentaram consumar, com o auxílio da calúnia, o que não tinham podido executar com o punhal, resolvidos, na primeira oportunidade, a coroar o segundo meio pelo primeiro.

É muito raro que, no momento oportuno, se ache ali, sob a mão de Deus, um homem superior para pôr em prática uma grande ação, e é por isso que, quando por acaso se dá esta combinação providencial, a história registra rapidamente o nome desse homem escolhido e recomenda-o à admiração da posteridade.

Mas quando o diabo se intromete nos negócios humanos para arruinar uma existência ou derrubar um império, é muito raro que não ache logo à mão algum miserável a cujo ouvido não seja preciso dizer mais do que uma palavra, para que este imediatamente meta mãos à obra.

O miserável, que nesta conjuntura se achou pronto para ser o agente do espírito infernal, chamava-se, como nos parece já termos dito, Tyckelaer, e era cirurgião.

Este homem foi declarar que Cornélio de Witt, desesperado, como bem o havia provado pelo seu aditamento, com a anulação do édito perpétuo, e inflamado de ódio contra Guilherme de Orange, encarregara um assassino de defender a república do novo *stathouder,* e que esse assassino era ele, Tyckelaer; mas que eram tão pungentes os remorsos que sentia só com a idéia da ação de que o encarregavam, que preferia antes revelar o crime do que praticá-lo.

Entretanto, faça-se idéia da explosão que causaria entre os orangistas a notícia desta trama! O procurador fiscal mandou prender Cornélio em sua casa, no dia 16 de agosto de 1672; e o *ruward* de Pulten, o nobre irmão de João de Witt, sofria numa sala do Buitenhof a tortura preparatória destinada a arrancar-lhe, como aos mais vis criminosos, a confissão da sua pretendida conjuração contra Guilherme.

Mas Cornélio possuía não só uma alma grande como também um coração forte. Era dessa família de mártires, que tendo a fé política, como os seus antepassados tinham a fé religiosa, sorriem às torturas; e por isso, durante a tortura, recitou com voz firme, e escandindo os versos segundo a sua medida, a primeira estrofe do *Justum et tenacem* de Horácio; não confessou nada, e não só cansou a força, mas também o fanatismo dos seus verdugos, com a extraordinária serenidade que mostrou.

Apesar disto, os juízes absolveram Tyckelaer de toda a acusação, e proferiram contra Cornélio uma sentença que o degradava de todos os cargos e dignidades, condenando-o nas custas e desterrando-o para todo o sempre do território da república.

Esta sentença, proferida não só contra um inocente mas também contra um benemérito cidadão, era já alguma coisa para satisfação do povo, aos interesses do qual Cornélio Witt constantemente se dedicara.

Mas ainda assim, como vamos ver, não era bastante.

Os atenienses, que deixaram uma boa nomeada de ingratidão, ficaram muito aquém dos holandeses neste ponto, pois se contentaram com desterrar Aristides.

João de Witt, ao saber dos primeiros boatos do ato de acusação feito contra seu irmão, demitira-se do cargo de grande pensionário. Também era dignamente recompensado do seu amor à pátria. Levava para a vida privada os seus inimigos e as suas feridas, únicos lucros que resultam em geral aos homens honrados e probos, culpados de terem trabalhado em prol da pátria, esquecendo-se de si próprios.

Entretanto, Guilherme de Orange esperava, não sem apressar este resultado por todos os meios ao seu alcance, que o povo, de quem era o ídolo, lhe fizesse dos corpos dos dois irmãos os dois degraus de que carecia para subir à cadeira do *stathouderato*.

Ora, no dia 20 de agosto de 1672, como dissemos no princípio deste capítulo, toda a cidade corria ao Buitenhof para assistir à saída da prisão de Cornélio de Witt, que partia para o desterro, e ver que sinais a tortura tinha deixado no nobre corpo deste homem, que sabia tão bem o seu Horácio de cor.

Apressemo-nos também a acrescentar que toda esta multidão, que se encaminhava para o Buitenhof, não se dirigia para ali só com a inocente intenção de assistir a um espetáculo, mas que muitos dentre esta chusma tencionavam de mais a mais representar ali um papel, ou antes duplicar um emprego que entendiam ter sido mal preenchido.

Queremos falar do emprego do carrasco.

Outros havia, é verdade, que corriam ali com intenções menos hostis. Para estes o ponto essencial era só o espetáculo, sempre atraente para a multidão, cujo orgulho instintivo lisonjeia, de ver rojar pelo pó o homem que permaneceu muito tempo em pé.

Apraz-lhe ver quebrar os ídolos.

Diziam eles, pois, se acaso este Cornélio de Witt, este homem sem medo, não estaria debilitado, aniquilado pelos tormentos. Não o veriam pálido, ensangüentado, coberto de vergonha? Não era porventura isto um bom triunfo para essa burguesia, muito mais invejosa ainda do que o povo, e no qual todo bom burguês de Haia devia tomar parte?

Sentiam-se satisfeitos com isso.

E depois, resmungavam entre si os agitadores orangistas, habilmente confundidos com toda esta multidão, que contavam manejar como um instrumento cortante e contundente ao mesmo tempo, não se encontrará, do Buitenhof até à porta da cidade, uma ocasião de atirar um pouco de lama, até mesmo com algumas pedras, a esse *ruward* de Pulten, que não só deu o *stathouderato* ao príncipe de Orange *vi coactus,* mas que também quis mandá-lo assassinar?

Sem contar, acrescentavam os terríveis inimigos da França, que se se fizesse o que se devia, e todos fossem corajosos em

Haia, não deixariam partir para o desterro Cornélio de Witt, que, em saindo daqui, renovaria todas as suas intrigas com a França e viveria uma vida regalada com o ouro do marquês de Louvois, na companhia de seu irmão João, um celerado.

Não, não podia ser.

Com tão fortes disposições, é coisa bem sabida, os espectadores correm, não andam. Eis a razão por que os habitantes de Haia corriam tão pressurosos para a banda do Buitenhof.

No meio dos mais açodados, corria também, com a raiva no coração e sem projeto delineado, o honrado Tyckelaer, apontado pelos orangistas como um herói de probidade, de honra nacional e de caridade cristã.

Este audacioso bandido enumerava, engrandecendo-as com todas as belezas do seu espírito e com todos os recursos da sua imaginação, as seduções com que Cornélio de Witt tentara vencer a sua virtude, as importâncias que lhe prometera e a infernal maquinação de antemão preparada para lhe aplanar, a ele Tyckelaer, todas as dificuldades do assassínio.

E cada frase do seu discurso, avidamente escutada pela populaça, fazia erguer gritos de entusiástico amor ao príncipe Guilherme e brados de encarniçada raiva contra os irmãos Witt, chegando até o povo a amaldiçoar os juízes iníquos, cuja sentença deixava escapar são e salvo um tão abominável criminoso como era esse malvado Cornélio.

Alguns instigadores repetiam até em voz baixa:

— Vai partir! e foge-nos!

Ao que respondiam outros:

— Espera-o um navio em Scheveningen, um navio francês. Tyckelaer viu-o.

— Honrado Tyckelaer! probo Tyckelaer! — gritavam milhares de vozes.

— Sem contar — dizia alguém — que enquanto Cornélio se safa, João, que é um traidor da mesma laia que o irmão, também se salvará sem dúvida nenhuma.

17

— E os dois marotos vão comer em França o nosso dinheiro, o dinheiro dos nossos navios, dos nossos arsenais, dos nossos estaleiros vendidos a Luís XIV.
— Pois não os deixemos partir! — gritava um patriota, mais audaz do que os outros.
— À cadeia! à cadeia! — repetia o coro, numa gritaria ensurdecedora.

E no meio deste vozear, os burgueses corriam com mais rapidez; as espingardas engatilhavam-se, os machados brilhavam ao sol e os olhos chamejavam.

A multidão estava dominada por uma fúria indescritível.

Contudo ainda se não tinha cometido nenhuma violência, e a linha de cavaleiros, que guardava o acesso do Buitenhof, permanecia tranquila, impassível, silenciosa, mais ameaçadora pelo seu sangue frio do que toda essa multidão burguesa pelos seus gritos, agitação e ameaças.

Mantinha-se imóvel na presença do seu comandante, o conde de Tilly, capitão da cavalaria de Haia, que tinha a espada desembainhada, mas baixa e com a ponta apoiada no ângulo do estribo.

Estes militares, único baluarte que defendia a prisão, refreavam com a sua atitude, não só as massas populares desordenadas e ruidosas, mas também a força da guarda burguesa que, postada em frente do Buitenhof, para manter a ordem coletivamente com a outra tropa, dava aos perturbadores o exemplo dos gritos sediciosos, gritando:
— Viva Orange! Abaixo os traidores!

A presença de Tilly e dos seus cavaleiros era, de feito, um freio salutar para todos estes soldados burgueses, que pouco depois se exaltaram com os seus próprios brados, e como não compreendiam que pudesse haver coragem sem gritar, atribuíram à timidez o silêncio da cavalaria e deram um passo para a prisão, arrastando atrás de si toda a turbamulta popular.

Ao ver isto, o conde de Tilly avançou sozinho para eles, levantou somente a espada e, franzindo ao mesmo tempo as sobrancelhas, perguntou-lhes:

— Olá! senhores da guarda burguesa, por que avançais assim e que pretendeis?

Os burgueses agitaram as espingardas, repetindo os gritos de:

— Viva Orange! Morram os traidores!

— Viva Orange! viva! — disse Tilly — posto que eu prefira as caras alegres às caras carrancudas. Morram os traidores! se assim o querem, enquanto esse querer não passar de gritos. Berrem quanto lhes aprouver: Morram os traidores! mas quanto a assassiná-los efetivamente, estou aqui para o impedir, e hei de impedi-lo, custe o que custar, fiquem-no sabendo.

Depois, voltando-se para os seus soldados, bradou:

— Elevar espadas!

Os soldados de Tilly obedeceram à voz de comando com uma precisão calma, que fez retroceder imediatamente os burgueses e o povo, não sem uma tal ou qual confusão, que fez sorrir o oficial de cavalaria.

— Assim, assim — disse ele com esse tom irônico, que só pertence aos militares. — Sosseguem, sosseguem, senhores burgueses, que os meus soldados não queimarão uma só escorva; mas também os senhores não hão de dar um só passo para a prisão.

— Não sabe, senhor oficial, que nós também temos mosquetes? — disse, todo furioso, o comandante dos burgueses.

— Bem vejo que têm mosquetes — replicou Tilly — pois muitas negaças me fazem com eles diante dos olhos; mas fiquem sabendo também que nós temos pistolas, que uma pistola alcança admiravelmente a cinqüenta passos, e que os senhores só estão a vinte e cinco.

Isto foi dito com toda placidez e ainda mais exasperou a multidão.

— Morram os traidores! — gritou o batalhão dos burgueses.

— Ora adeus! Dizem sempre a mesma coisa — resmungou o oficial; — isso já enfastia!

E tornou a ir colocar-se no seu posto, à frente dos seus soldados, ao passo que o tumulto ia aumentando, cada vez com mais força, com mais ruído em torno do Buitenhof.

E, no entanto, o povo exaltado não sabia que, na mesma ocasião em que farejava o sangue de uma das suas vítimas, a outra, como se tivesse pressa de ir ao encontro da sua sorte, passava a cem metros da praça por detrás dos grupos de populares e dos soldados de cavalaria em direção ao Buitenhof.

Com efeito, João de Witt acabava de descer de uma berlinda acompanhado de um criado, atravessava tranqüilamente a pé o primeiro pátio, que precedia a prisão, e tinha revelado o seu nome ao carcereiro, que não precisava disso para o conhecer, dizendo-lhe:

— Bom dia, Gryphus; venho buscar meu irmão Cornélio de Witt, que foi condenado, como sabes, ao desterro, para o conduzir para fora da cidade.

E o carcereiro, espécie de urso ensinado a abrir e fechar a porta da prisão, tinha-o cumprimentado e deixado entrar no edifício, cujas portas logo se tornaram a fechar atrás dele.

A dez passos dali, encontrara João de Witt uma linda moça de dezessete a dezoito anos, em traje de frisã, que lhe fizera uma graciosa reverência, e a quem ele dissera, passando a mão por baixo da barba:

— Bom dia, minha boa e linda Rosa; como vai meu irmão?

— Ah! sr. João — respondera a jovem — não é o mal que lhe fizeram que me causa terror; esse mal já se foi.

— Então que mais temes agora, minha linda menina?

— Temo o mal que ainda lhe querem fazer, senhor.

— Ah! sim — disse Witt — esse povo, não é verdade?

— Sim, senhor.

— Mas que é?

— Ouve-o?

— Com efeito, está bem agitado; mas em nos vendo, como nós nunca lhe fizemos senão bem, talvez que se acalme.

— Isso não é razão bastante, infelizmente — murmurou a jovem, afastando-se para obedecer a um gesto imperativo que o pai lhe fizera.

— O que acabas de dizer, minha filha, é uma verdade.

Depois, continuando o seu caminho, murmurou:
— Aí está uma moça que provavelmente não sabe ler, que, por conseguinte, nada tem lido, e que acaba de sintetizar a história do mundo em duas palavras.

E sempre tão sossegado, mas muito mais melancólico do que ao entrar, o ex-grande pensionário continuou a caminhar para o quarto onde se encontrava preso o irmão.

CAPÍTULO 2

OS DOIS IRMÃOS

Como o tinha dito a bela Rosa, obedecendo a uma dúvida cheia de pressentimentos, enquanto João de Witt subia a escada de pedra, que ia dar à prisão de seu irmão Cornélio, os burgueses tentavam tudo quanto podiam para afastar os soldados de Tilly, que os incomodavam.

À vista disto, o povo, que apreciava as boas intenções da sua milícia, gritava a bom gritar:

— Vivam os burgueses!

Quanto a Tilly, esse, tão calmo como firme, continuava a discutir com a companhia burguesa na frente do seu esquadrão, que tinha as pistolas aperradas, explicando-lhe, o melhor que podia, que a ordem dada pelos Estados lhe determinava que guardasse com três companhias a praça da prisão e os seus arredores.

— E para que deram essa ordem? por que mandaram guardar a prisão? — gritavam os orangistas.

— Ora essa! — respondeu Tilly — perguntam-me ao mesmo tempo mais coisas do que as que eu posso dizer-lhes. Disseram-me que guardasse a praça e eu guardo-a. Ora, os senhores, que são quase militares, devem saber que uma ordem nunca se discute.

— Mas deram-lhe essa ordem para que os traidores possam sair da cidade.

— Isso poderia muito bem ser, visto que os traidores estão condenados ao desterro — respondeu Tilly.
— E quem deu essa ordem?
— Quem havia de ser? Os Estados.
— Os Estados são traidores.
— Lá quanto a isso, nada sei.
— E o senhor também o é.
— Eu?
— Sim, o senhor.
—Ah! senhores burgueses, entendamo-nos; quem eu atraiçoaria? Os Estados? Esses não os posso trair, porque, recebendo deles o meu soldo, obedeço pontualmente às suas ordens.

E como o conde tinha, a este respeito, tanta razão que era impossível discutir a sua resposta, os clamores e as ameaças redobravam — clamores e ameaças terríveis, a que Tilly respondia com toda urbanidade possível.

— Mas, senhores burgueses, tenham a bondade de desengatilhar as suas espingardas, porque pode disparar-se uma por acaso, e se a bala ferisse um dos meus soldados, o resultado seria deitarmos nós por terra duzentos dos seus homens, o que nos seria bem desagradável, mas muito mais aos senhores, visto não serem essas as suas nem as minhas intenções.

— Se fizesse semelhante coisa — gritaram os burgueses — nós também faríamos fogo contra o senhor e os seus soldados.

— Sim, mas, embora, fazendo fogo contra nós, nos matassem a todos, do primeiro até ao último, nem por isso aqueles que nós matássemos deixariam de estar mortos.

— Pois então ceda-nos o posto e praticará um ato de bom cidadão.

— Primeiro que tudo, eu não sou cidadão — disse Tilly — sou oficial, o que é bem diferente; e depois não sou holandês, sou francês, o que ainda é mais diferente. Não conheço portanto senão os Estados, que me pagam: tragam-me os senhores da parte dos Estados a ordem de ceder o posto, que eu imediatamente farei meia-volta, pois, francamente, me aborrece muitíssimo estar aqui.

— Sim! sim! — bradaram cem vozes, que logo se multiplicaram por quinhentas outras. — Vamos à casa da câmara! Vamos ter com os deputados! Vamos! vamos!

— Isso mesmo — murmurou Tilly, vendo afastarem-se os mais furiosos; — vão pedir uma indignidade à casa da câmara, e verão se lha concedem; vão, meus amigos, vão!

O digno oficial contava com a honra dos magistrados, que pela sua parte se fiavam na sua honra de soldado.

— Meu capitão — segredou o tenente ao ouvido do conde — recusem embora os deputados o que esses desalmados pedem, mas que nos mandem algum reforço; parece-me que isso não seria mau.

Entretanto João de Witt, a quem deixamos subindo a escada de pedra, depois do seu curto diálogo com o carcereiro Gryphus e sua filha Rosa, tinha-se aproximado da porta do quarto em que jazia, em cima de um colchão, seu irmão Cornélio, a quem o fiscal, como dissemos, mandara aplicar a tortura preparatória.

A aplicação da tortura extraordinária tornara-se inútil, em conseqüência da sentença de desterro, que fora proferida.

Cornélio, estendido em cima da cama, com os pulsos meio quebrados e os dedos desconjuntados, não tendo confessado nada de um crime que não cometera, acabava enfim de respirar, depois de três dias de acerbos sofrimentos, ao saber que os juízes, de quem esperava a morte, só o tinham condenado ao desterro.

Este corpo de herói, esta alma invencível, decerto haveria frustrado os gozos dos seus inimigos, se eles tivessem podido ver, no meio das lôbregas profundezas do quarto do Buitenhof, brilhar naquele rosto pálido o sorriso do mártir, que olvida a imundície da terra desde que entrevê os esplendores do céu.

O *ruward,* mais pela força da sua vontade do que por um socorro real, tinha readquirido todas as energias e calculava quanto tempo ainda o reteriam na prisão as formalidades da justiça.

Era mesmo neste momento que os gritos da milícia burguesa, misturados com os do povo, se erguiam contra os dois irmãos e ameaçavam o capitão Tilly, que lhes servia de baluarte. Esta gritaria, que vinha estourar como a maré na enchente de encontro às muralhas da prisão, chegou aos ouvidos do preso.

Mas, por mais ameaçador que fosse o berreiro, Cornélio não procurou saber o que era, ou não quis dar-se ao trabalho de se levantar e espreitar pela fresta das grades, por onde entravam a luz e os rumores que vinham da banda de fora.

Sentia-se tão entorpecido pela continuidade do seu mal, que este quase se lhe tinha tornado num hábito. Sentia, enfim, com tantas delícias, a alma e a razão tão próximas a ausentarem-se dos estorvos materiais, que já lhe parecia que esta alma e esta razão, livres da matéria, pairavam por cima dela, do mesmo modo que baila por cima do lume, quase a morrer, a chama que dele se separa para subir ao céu.

Também pensava em seu irmão.

Era sem dúvida a sua aproximação que, pelos desconhecidos mistérios descobertos depois pelo magnetismo, se fazia sentir assim. No próprio momento em que João estava tão presente no pensamento de Cornélio, no momento em que Cornélio murmurava quase o seu nome, a porta abriu-se, João entrou, e foi a passos apressados ao leito do preso, que estendeu os braços pisados e as mãos embrulhadas em panos de linho para este glorioso irmão, a quem conseguira levar vantagem, não nos serviços feitos à pátria, mas no ódio que os holandeses lhe tinham.

João beijou ternamente o irmão na testa e colocou-lhe com toda cautela as mãos magoadas em cima do colchão.

— Cornélio, meu infeliz irmão — disse ele — padeces muito, não é verdade?

— Já não sofro nada, meu irmão, porque te vejo.

— Oh! meu querido Cornélio, então sou eu que sofro por te ver nesse estado.

— E por isso pensei mais em ti do que em mim mesmo, e enquanto eles me aplicavam os tormentos, só uma vez me queixei para dizer: "Pobre irmão!" Mas como tu estás aqui, esqueçamo-nos de tudo. Vens buscar-me, não é verdade?

— Venho, sim.

— Então já estou bom; ajuda-me a levantar, meu irmão, e verás como caminho bem.

— Não precisarás de andar muito, meu amigo, porque tenho a minha berlinda no viveiro, por detrás dos soldados de Tilly.

— Os soldados de Tilly? Então por que estão eles no viveiro?

— Ah! É porque se supõe — disse o grande pensionário, com o sorriso triste que lhe era habitual — que os habitantes de Haia quererão ver-te partir, e receiam que haja algum tumulto.

— Tumulto? — replicou Cornélio, fixando os olhos no irmão, que estava muito enleado — tumulto?

— Sim, Cornélio.

— Então era isso o que eu há pouco ouvia — respondeu o preso, como que falando consigo mesmo.

Depois, continuando a conversar com o irmão, perguntou:

— Está o povo reunido no Buitenhof, não é verdade?

— Sim, meu irmão.

— Mas então, para vires aqui...

— O quê?

— Como te deixaram passar?

— Bem sabes que não gostam de nós, Cornélio — retorquiu o grande pensionário com melancólica aspereza; — e por isso tomei pelas ruas mais escusas.

— Ocultaste-te, João?

— Eu queria vir ter contigo sem perder tempo, e fiz o que se faz em política e no mar, quando o vento é contrário: bordejei.

Neste momento o ruído subiu mais furioso da praça até a prisão. Tilly dialogava com a guarda burguesa.

— Oh! oh! — disse Cornélio — és um excelente piloto, João; mas não sei se tirarás teu irmão do Buitenhof, pelo meio deste mar alto e destes recifes populares, com tanta sorte como conduziste a frota de Tromp a Antuérpia, pelo meio dos baixios do Escalda.

— Com a ajuda de Deus, Cornélio, havemos de empregar ao menos os meios para isso — respondeu João; — mas primeiro dize-me uma coisa.

— Fala.

Os clamores subiram de novo.

— Oh! oh! — prosseguiu Cornélio — como essa gente está enraivecida! É contra ti, ou contra mim?

— Creio que é contra nós ambos, Cornélio... Dizia-te eu pois, meu irmão, que o que os orangistas nos assacam no meio das suas estúpidas calúnias, é termos negociado com a França.

— Fortes doidos!

— Sim, atiram-nos isso em rosto.

— Mas se essas negociações tivessem surtido efeito, tinham-lhes poupado as derrotas de Rees, d'Orsay, de Wesel e de Rheinberg; tinham-lhes evitado a passagem do Reno, e a Holanda poderia julgar-se ainda invencível no meio dos seus pântanos e dos seus canais.

— Tudo isso é verdade, meu irmão, mas o que é uma verdade ainda mais absoluta, é que se neste momento encontrassem a nossa correspondência com o Sr. de Louvois, por muito bom piloto que eu seja, não salvaria a frágil embarcação, que vai conduzir os de Witt e a sua fortuna para fora da Holanda. Essa correspondência, que afirmaria aos homens de bem quanto eu amo a pátria, e quantos sacrifícios me oferecia a fazer pessoalmente para a sua liberdade e para a sua glória, essa correspondência, repito, havia de nos perder aos olhos dos orangistas, nossos vencedores. E por isso, meu querido Cornélio, quero convencer-me de que a queimaste antes de sair de Dordrecht para vir ter comigo em Haia.

— A tua correspondência com o sr. de Louvois, meu irmão — respondeu Cornélio — prova que nestes últimos tempos foste o maior, o mais generoso e o mais inteligente cidadão das Sete Províncias Unidas. Ora, como eu amo a glória da minha pátria, e a tua glória principalmente, meu irmão, não queimei essa correspondência.

— Então estamos perdidos sem remédio — disse tranqüilamente o ex-grande pensionário, chegando à janela.

— Bem pelo contrário, João, teremos ao mesmo tempo a saúde do corpo e o restabelecimento da popularidade.

— Mas o que fizeste dessas cartas?
— Confiei-as a Cornélio Van Baerle, meu afilhado, a quem bem conheces e que vive em Dordrecht.
— Ah! pobre rapaz! Pois entregaste um depósito tão perigoso a esse querido e ingênuo moço! a esse sábio que, coisa rara, sabe tanto e não pensa senão nas flores que saúdam Deus, e em Deus, que faz desabrochar as flores! Mas então esse pobre e querido Cornélio está perdido!
— Perdido!
— Sim, porque ou será forte ou fraco. Se for forte (pois apesar de ser muito estranho a tudo quanto nos suçede, apesar de estar retirado em Dordrecht, apesar de ser tão distraído que causa admiração, mais dia menos dia saberá o que nos acontece), se for forte, repito, blasonará dos laços que nos ligam; se for fraco, terá medo da nossa intimidade; se for forte gritará alto e bom som o segredo; se for fraco, deixará que lhe arranquem. E tanto em um como em outro caso, Cornélio fica perdido e nós também. Por conseguinte, meu irmão, fujamos depressa, se ainda é tempo.

Cornélio levantou-se um pouco e, pegando na mão do irmão, que estremeceu ao contato das ligaduras, disse-lhe:
— Porventura não conheço o meu afilhado? Aprendi a ler a um e um os pensamentos na cabeça de Van Baerle, a um e um os sentimentos na sua alma. Perguntas-me se ele é fraco, perguntas-me se é forte? Não é nem uma nem outra coisa; mas que importa isso? Sei que guardará o segredo, visto que nem sequer o sabe, e isso é o principal.

João voltou-se, muito admirado.
— Oh! — continuou Cornélio com o seu terno sorriso — o *ruward* de Pulten é um político educado na escola de João de Witt; repito-te, meu irmão, que Van Baerle ignora a natureza e o valor do depósito que lhe confiei.
— Então, depressa! — exclamou João — visto que ainda é tempo; enviemos-lhe ordem para queimar o maço de papéis.
— E por quem lhe podemos mandar essa ordem?

— Pelo meu criado Craeke, que nos devia acompanhar a cavalo e que entrou comigo na prisão para te ajudar a descer a escada.

— Pensa bem antes de queimar esses títulos gloriosos, João.

— Primeiro que tudo penso, meu bom Cornélio, que é necessário que os irmãos Witt salvem as vidas para salvar a sua fama. Se morrermos, quem nos defenderá? Quem nos terá sequer compreendido?

— Julgas então que nos matariam, se encontrassem esses papéis?

João, sem responder ao irmão, estendeu a mão para o Buitenhof, de onde se erguiam neste momento repetidos e ferozes clamores.

— Sim, sim — disse Cornélio — ouço muito bem esses clamores; mas que dizem eles?

João abriu a janela.

— Morram os traidores! — bramia a multidão.

— Ouves agora, Cornélio?

— E os traidores somos nós! — replicou o preso, levantando os olhos ao céu e encolhendo os ombros.

— Sim, somos nós — repetiu João de Witt.

— Onde ficou Craeke?

— Presumo que ali à porta.

— Então manda-o entrar.

João abriu a porta do quarto; com efeito o criado fiel estava esperando perto dali.

— Entra, Craeke — disse ele — e toma muita atenção no que meu irmão te vai dizer.

— Oh! não basta dizê-lo, João; infelizmente é preciso que eu escreva.

— Por quê?

— Porque Van Baerle não entregará aquele depósito ou não o queimará sem uma ordem terminante.

— E poderás escrever, meu caro amigo? — perguntou João, vendo aquelas pobres mãos todas queimadas e martirizadas.

— Oh! Se eu tivesse pena e tinta, verias! — disse Cornélio.
— Aqui está um lápis.
— Tens papel? Não me deixaram aqui nada.
— Rasga a primeira folha dessa Bíblia.
— Dizes bem.
— E será legível a tua letra?
— Vamos ver! — disse Cornélio, olhando para o irmão. — Estes dedos que resistiram às mechas do carrasco, e esta vontade que venceu a dor vão unir-se num esforço comum, e, fica certo, meu irmão, de que as linhas serão traçadas sem o mais leve estremecimento.

E, com efeito, Cornélio pegou no lápis e escreveu.

Mas por baixo dos panos de linho branco viam-se-lhe transudar as gotas de sangue, que a pressão dos dedos sobre o lápis expelia das carnes abertas.

O suor corria em bagas das fontes do grande pensionário.

Cornélio escreveu estas palavras:

"Meu querido afilhado:

"Queima o depósito que te confiei, queima-o sem olhar para ele, sem o abrir, a fim de que tu mesmo fiques desconhecendo o que ele contém. Os segredos do gênero daquele que esse maço encerra matam os depositários. Queima-o, e terás salvo João e Cornélio.

"Adeus e sê meu amigo.

"20 de agosto de 1672.

CORNÉLIO DE WITT."

João, com as lágrimas nos olhos, limpou uma gota daquele nobre sangue que caíra na folha, entregou-a a Craeke, fazendo-lhe as últimas recomendações, e voltou para junto de Cornélio que, com as dores, se tornara ainda mais pálido e parecia estar quase a desmaiar.

— E agora — disse ele — quando este honrado Craeke tocar o seu antigo apito de contramestre, é sinal de que está livre dos magotes do povo, e do outro lado do viveiro... E então partiremos nós também.

Ainda bem não eram passados cinco minutos, quando um longo, vigoroso e trêmulo toque de apito, atravessando a abóbada da verde-negra folhagem dos olmeiros, predominou sobre a vozearia do Buitenhof.

João levantou os braços para o céu em ação de graças e disse:

—Agora partamos, Cornélio.

CAPÍTULO 3

O DISCÍPULO DE JOÃO DE WITT

Ao passo que os clamores da multidão reunida no Buitenhof, subindo cada vez mais temerosos até onde estavam os dois irmãos, determinavam João de Witt a apressar a partida de seu irmão Cornélio, uma deputação de burgueses tinha ido, como dissemos, à casa da câmara, a fim de pedir a retirada da cavalaria de Tilly.

Do Buitenhof ao Hoogstraat não era muito distante o caminho; e por isso um desconhecido, que desde o instante em que esta cena começara lhe seguia todos os detalhes com curiosidade, se dirigiu também com os outros, ou antes atrás dos outros, para a casa da câmara, a fim de conhecer mais depressa a notícia exata do que ia ali passar-se.

Este desconhecido era um homem muito novo, apenas de vinte e dois ou vinte e três anos, e sem vigor aparente; que cobria — pois sem dúvida tinha razões para não querer ser reconhecido — o rosto pálido e comprido com um fino lenço de pano da Frísia, com o qual sem cessar limpava a testa, banhada em copioso suor, ou os beiços ardentes.

Com os olhos fitos como os de uma ave de rapina, o nariz aquilino e comprido, a boca delgada e direita, aberta ou antes rasgada como os lábios de uma ferida, este homem teria oferecido a Lavater — se Lavater, o grande fisionomista, vivesse naquela época — um objeto de estudos fisiológicos que, ao primeiro aspecto, não lhe seriam favoráveis.

Entre a fisionomia do conquistador e a do pirata, diziam os antigos, que diferença haverá? A que se encontra entre a águia e o abutre.

A serenidade ou a inquietação.

Deste modo é que a fisionomia lívida, o corpo delgado e valetudinário e o andar inquieto deste indivíduo que ia do Buitenhof ao Hoogstraat em seguimento de todo este povo em grita, eram o tipo e imagem de um homem desconfiado ou de um ladrão inquieto; e um agente da polícia teria decerto aceitado este último alvitre, em vista da preocupação que a personagem de quem falamos punha em se ocultar.

E, para mais, vestia com simplicidade e não trazia armas aparentes; o seu braço era magro, mas nervoso; a sua mão delgada, mas branca, delicada e aristocrática, descansava não no braço, mas em cima do ombro de um oficial que, com a mão na espada, observara, até ao momento em que o seu companheiro se pusera a caminho e o arrastara consigo, todas as cenas do Buitenhof com um interesse fácil de notar.

Quando chegou à praça de Hoogstraat, o homem de rosto pálido empurrou o outro para baixo de um guarda-vento e cravou os olhos na janela de sacada da casa da câmara.

Aos brados enfurecidos do povo, a janela do Hoogstraat abriu-se e chegou a ela um homem para falar com a multidão.

— Quem é que chega à janela? — perguntou o desconhecido ao oficial, apontando-lhe só com os olhos o orador, que parecia muito emocionado, e que na aparência se segurava mais à balaustrada do que se debruçava dela.

— É o deputado Bowelt — respondeu o oficial.

— Que qualidade de homem é esse deputado Bowelt? Conhece-o?

— É um homem probo, segundo creio, senhor.

31

O desconhecido, ouvindo esta apreciação do caráter de Bowelt feita pelo oficial, deixou escapar um movimento de desalento tão singular, de descontentamento tão visível, que o oficial notou-o e apressou-se a acrescentar:

— Pelo menos assim o dizem, monsenhor. Eu por mim nada posso afirmar, porque não o conheço pessoalmente.

— Homem honrado — repetiu aquele a quem acabavam de dar o tratamento de *monsenhor;* — é bom homem que quer dizer, ou homem bom?

— Ah! Vossa Alteza há de desculpar-me; mas não me atreverei a estabelecer essa distinção com referência a um homem que, repito, só conheço de vista.

— Pois aguardemos — murmurou o senhor — e em breve nos tiraremos de dúvidas.

O oficial fez uma inclinação de cabeça em sinal de anuência.

— Se esse Bowelt é um bom homem — prosseguiu o indivíduo a quem o oficial dera o tratamento de Alteza — decerto receberá mal o pedido que estes furiosos lhe vêm fazer.

E o movimento nervoso da sua mão, que se agitava involuntariamente em cima do ombro do companheiro, como os dedos de um pianista sobre as teclas de um piano, traía-lhe a intensa impaciência, tão mal disfarçada em certos instantes, e neste principalmente, no ar frio e carrancudo do rosto.

Nesta ocasião ouviu-se o chefe da deputação burguesa interpelar o deputado, para que este declarasse onde estavam os outros seus colegas.

— Senhor! — replicou pela segunda vez Bowelt — afirmo-lhe que estou aqui sozinho com o sr. d'Asperen e não posso tomar decisão nenhuma.

— A ordem! a ordem! — gritaram muitos milhares de vozes.

Bowelt tentou falar, mas não se lhe ouviram as palavras e só se viu que agitava os braços com atitudes multiplicadas e desesperadas.

Reconhecendo, porém, que não podia conseguir que lhe ouvissem as palavras, voltou-se para trás e chamou d'Asperen.

Este apareceu por sua vez à janela, onde foi saudado com gritos ainda mais ardentes do que aqueles que dez minutos antes tinham acolhido Bowelt.

Asperen tentou também esta tarefa difícil de falar à multidão; mas a multidão preferiu forçar a guarda dos Estados, que demais a mais não opôs nenhuma resistência ao povo soberano, a escutar a fala do sr. d'Asperen.

— Está bom — disse friamente o senhor, enquanto o povo se ia metendo pela porta principal do Hoogstraat — parece que a deliberação será lá dentro, coronel. Vamos escutá-la.

— Ah! senhor, senhor, tome sentido!

— Em quê?

— Entre os deputados há muitos que estiveram em contato consigo, e basta que um só reconheça Vossa Alteza...

— Sim, para que me acusem de ser o instigador de tudo isto. Tem razão — disse o desconhecido, cujas faces se ruborizaram por um instante pelo pesar que sentia de ter mostrado tão grande precipitação nos seus desejos; — tem razão, deixemo-nos ficar aqui; temos de os ver sair com autorização, ou sem ela, e poderemos então ajuizar se o sr. Bowelt é um bom homem ou um homem bom, o que muito desejo saber.

— Mas — redargüiu o oficial, olhando com espanto para aquele a quem dava o título de monsenhor; — mas Vossa Alteza não pensa um só instante, presumo eu, que os deputados ordenem à cavalaria de Tilly que se retire, não é assim?

— Por quê? — inquiriu com frieza.

— Porque se tal ordenassem, seria o mesmo que assinar a sentença de morte de Cornélio e João de Witt.

— Veremos — retorquiu secamente o senhor; — só Deus pode conhecer o que se passa no coração dos homens.

O oficial olhou de soslaio para o rosto impassível do seu companheiro e empalideceu.

Do sítio em que tinham ficado, estes dois indivíduos sentiam o sussurro e o tropel do povo nas escadas da casa da câmara.

Depois ouviu-se este ruído ressoar pela praça, saindo pelas janelas abertas daquela sala, a cuja varanda tinham aparecido

Bowelt e d'Asperen, que se haviam retirado para dentro, com receio sem dúvida, de que, empurrando-os com força, o povo os fizesse saltar por cima da balaustrada.

Logo a seguir viram-se muitas sombras remoinhantes e tumultuosas passar por diante destas janelas.

É que a sala das deliberações ia-se enchendo a pouco e pouco.

De repente o ruído cessou; mas dali a pouco tornou a redobrar de intensidade, chegando a tal altura de explosão, que o velho edifício tremeu desde os alicerces até ao teto.

E por fim a torrente recomeçou a rolar pelas galerias e pelas escadas até a porta, por baixo da abóbada da qual desembocou como se fosse uma tromba.

Na frente do primeiro magote voava, não corria, um homem hediondamente desfigurado pela alegria.

Era o cirurgião Tyckelaer.

— Aqui está! aqui está! — gritou ele, agitando no ar um papel.

— Levam a ordem! — murmurou o oficial, estupefato.

— Agora, pois, já fiz o meu juízo — disse tranqüilamente Sua Alteza. — Não sabia, meu caro coronel, se o sr. Bowelt era um bom homem ou um homem bom. Pois não é nem uma nem outra coisa.

E continuando a seguir, sem pestanejar, toda aquela multidão que corria adiante dele, continuou:

— Agora vamos ao Buitenhof, coronel; pois me parece que teremos de ver um espetáculo extraordinário.

O oficial inclinou-se e seguiu o amo sem responder.

A multidão era imensa na praça e nas imediações da prisão.

Mas os soldados de Tilly continham-na sempre com a mesma felicidade, e principalmente com a mesma firmeza.

Em breve o conde ouviu o rumor crescente que fazia, ao aproximar-se, este fluxo de homens, cujas primeiras vagas dentro em pouco avistou desenrolando-se com a rapidez de uma catarata que se precipita.

No mesmo momento avistou também o papel que se agitava no ar por cima das mãos aduncas e armas cintilantes.

— Ora esta! — disse ele, levantando-se nos estribos e tocando no tenente com a maça da espada; — parece-me que aqueles miseráveis trazem a ordem.

— Infames cobardes! — exclamou o tenente.

Era com efeito a ordem, que a companhia dos burgueses recebeu com alegres rugidos, e pondo-se logo em movimento, marchou com as armas na mão, e soltando fortíssimos gritos ao encontro dos soldados do conde de Tilly.

Mas o conde não era homem para os deixar aproximar demasiado.

— Alto! alto! — gritou-lhes ele; afastem-se dos peitorais dos meus cavalos, senão mando carregar.

— Aqui está a ordem! — responderam cem vozes atrevidas.

Tilly pegou nela surpreendido, correu-a pela vista com rapidez e depois disse em voz alta:

— Os que assinaram esta ordem são os verdadeiros verdugos do sr. Cornélio de Witt. Eu, por mim, por coisa nenhuma deste mundo desejaria ter escrito nem uma só letra desta ordem infame.

E empurrando com o punho da espada o homem que queria tirar-lha da mão, continuou:

— Espere lá, espere lá; um escrito como este é importante e deve guardar-se.

Proferidas estas palavras, dobrou o papel e meteu-o com todo cuidado na algibeira do gibão.

Depois, voltando-se para os soldados, bradou-lhes:

— Cavaleiros de Tilly, três à direita, marcha!

E prosseguiu dizendo a meia voz, mas de modo que as suas palavras fossem ouvidas por alguns:

— Agora, assassinos, completem a vossa obra.

Um grito furioso, composto de todos os ódios sedentos e de todas as alegrias selvagens que rugiam no Buitenhof, acolheu esta partida.

35

A cavalaria marchava entretanto muito devagar, e o conde deixou-se ficar atrás de todos, fazendo frente até ao último momento àquela multidão bravia e ébria de furor, que se ia apoderando progressivamente do terreno que perdia o cavalo do capitão.

Como acabamos de notar, João de Witt não fazia do perigo uma idéia exagerada quando, ao ajudar o irmão a levantar-se, instava com este para partir.

Cornélio desceu, pois, amparado ao braço do ex-grande pensionário, a escada que ia dar ao pátio, no fim da qual encontrou a bela Rosa, toda trêmula.

— Oh! sr. João de Witt — disse esta — que desgraça tão grande!

— Então que há de novo, minha filha? — perguntou de Witt.

— Diz-se que foram buscar ao Hoogstraat a ordem que deve fazer retirar os soldados do conde de Tilly.

— Oh! — exclamou João; — na verdade, minha filha, se os cavaleiros se retirarem, a posição é bem má para nós.

— E se eu lhe pudesse dar um conselho... — replicou a jovem, toda trêmula.

— Fala, fala, minha filha. Seria acaso para admirar que Deus me falasse pela tua boca?

— Pois bem! sr. João de Witt, eu, por mim, não sairia pela rua Direita.

— Então por que, visto que os cavaleiros de Tilly ainda estão no seu posto?

— Sim, mas a ordem que eles têm, enquanto não for revogada, é para se deixarem estar diante da prisão.

— Sem dúvida.

— E o senhor pensa que eles o acompanham até fora da cidade?

— Não.

— Pois então, apenas passe além da cavalaria, cairá nas mãos do povo.

— Mas a guarda burguesa?

— Oh! A guarda burguesa é a mais encarniçada.

— Então que temos a fazer?

— Eu, no seu caso — prosseguiu timidamente a jovem — sairia pela porta falsa, que dá para uma rua deserta, porque toda a gente está na rua Direita, esperando à entrada principal, e iria à porta da cidade por onde quer sair.

. — Mas meu irmão não poderá andar.

— Farei o possível — respondeu Cornélio com uma expressão de firmeza sublime.

— A sua carruagem não está aí? — perguntou Rosa.

— Está perto do portão.

— Não, não — respondeu a jovem. — Como imaginei que o seu cocheiro devia ser certamente um homem fiel, disse-lhe que o fosse esperar junto da porta falsa.

Os dois irmãos fitaram-se enternecidos, e depois ambos cravaram os olhos, em que ressumbrava toda a expressão do seu reconhecimento, na linda moça.

— Agora — disse o grande pensionário — resta saber uma coisa: é se Gryphus quererá abrir-nos essa porta.

— Oh! Isso decerto que ele não o fará.

— Então como podemos sair?

— Mas eu previ a sua negativa, e ainda agora enquanto ele estava falando com um soldado pela janela da prisão, tirei-lhe a chave do molho.

— E tu a tens aí?

— Aqui está, sr. João de Witt.

— Minha filha — disse Cornélio — nada tenho que possa dar-te em recompensa do serviço que me prestas, exceto a Bíblia, que acharás no meu quarto: é o último presente de um homem honrado; e espero que esse livro que te ofereço te trará a felicidade.

— Muito obrigada, sr. Cornélio; nunca me separarei dela — respondeu a jovem, bastante comovida.

E depois disse consigo, suspirando:

— Que pena eu não saber ler!

— Aí redobra a vozearia — disse João; — parece-me que não há um momento a perder, minha filha.

— Pois venham — replicou a formosa frisã.
E conduziu os dois irmãos por um corredor interior, ao lado oposto da prisão.

Guiados sempre pela boa Rosa, os dois irmãos desceram uma escada de uns doze degraus, atravessaram um patiozinho de muralhas ameadas e, aberta que foi a porta abobadada, acharam-se do outro lado da prisão, na rua deserta, e defronte da carruagem que os esperava, com o degrau desdobrado.

— Depressa, depressa, meus amos, não os ouvem? — disse o cocheiro, todo atrapalhado.

Mas o grande pensionário, depois de ter feito subir primeiro seu irmão Cornélio, voltou-se para a jovem e disse-lhe:

— Adeus, minha filha; tudo quanto poderíamos dizer-te não exprimiria senão simplesmente o nosso reconhecimento. Pela nossa parte encomendar-te-emos a Deus, que espero se lembrará de que acabas de salvar a vida de dois homens. Adeus, e sê feliz.

Rosa pegou na mão que lhe estendia o grande pensionário e beijou-a respeitosamente, dizendo-lhe:

— Vá, vá; parece-me que estão arrombando a porta.

João de Witt subiu precipitadamente para a berlinda, sentou-se ao lado do irmão e fechou as cortinas, gritando ao cocheiro:

— Para o Tol-Hek!

O Tol-Hek era a grade que fechava a porta que ia ter ao pequeno porto de Scheveningen, onde um navio aguardava naquele momento os dois irmãos.

A carruagem partiu a galope, puxada por dois vigorosos cavalos flamengos, levando os dois fugitivos.

Rosa acompanhou-a com os olhos até voltar a esquina da rua.

E metendo-se então para dentro, pôs as chaves em um poço.

O estrondo que fizera pressentir a Rosa que o povo arrombava a porta era com efeito produzido pela multidão que, depois de ter feito evacuar a praça da prisão, estava aos empurrões à porta mencionada.

Por mais forte que esta fosse, e ainda que o carcereiro Gryphus (é preciso fazer-lhe justiça) recusasse obstinadamente abri-la, fácil era de ver que ela não resistiria muito a tantos esforços juntos; e Gryphus, branco como a cal da parede, consultava com os seus botões se não seria melhor abri-la do que deixar que a arrombassem, quando sentiu que alguém lhe puxava brandamente pela roupa.

Voltou-se e viu Rosa.

— Ouves aqueles desalmados? — perguntou ele à filha.

— Ouço-os tão bem, meu pai, que no seu lugar...

— Abririas, não é verdade?

— Não, senhor, não abria, deixaria antes arrombar a porta.

— Mas então matam-me!

— Decerto, se o virem.

— E como queres que não me vejam?

— Escondendo-se.

— Onde?

— Na masmorra secreta.

— E tu, minha filha?

— Eu, meu pai, irei para lá com o senhor; depois fecharemos a porta, e quando eles tiverem saído da prisão, sairemos nós do nosso esconderijo.

— Com mil demônios, tens razão! — exclamou Gryphus; — essa cabecinha tem tanto juízo que causa espanto!

E como a porta começava a dar de si, com grande alegria da multidão, que a forçava cada vez mais, Rosa abriu um pequeno alçapão e disse ao pai:

— Venha, venha depressa.

— Mas os presos? — retorquiu Gryphus.

— Deus os tomará à sua conta — respondeu a jovem, em tom resoluto; — agora consinta que eu vele por si.

Gryphus seguiu a filha, e o alçapão caiu por cima da cabeça de ambos no momento em que a porta, feita em pedaços, dava passagem ao povo furioso.

Todos entraram.

Mas a masmorra para onde Rosa acabava de fazer descer o pai, e que se conhecia pela masmorra secreta, oferecia às duas pessoas, a quem vamos ser obrigados a abandonar por um instante, um asilo seguro, por isso que só era conhecida das autoridades, que às vezes ali encerravam alguns desses grandes criminosos, que se receia promovam qualquer sedição, ou possam ser tirados do cárcere.

O povo entrou de tropel na prisão, gritando freneticamente:
— Morram os traidores! À forca Cornélio de Witt! Morra! morra!

CAPÍTULO 4

OS ASSASSINOS

Todavia o senhor desconhecido, sempre escondido com as abas do seu grande chapéu, sempre encostado ao braço do oficial, limpando a testa e os beiços com o lenço, era o único que olhava imóvel, a um canto do Buitenhof, protegido pela sombra do alpendre de uma loja fechada, para o espetáculo que lhe dava essa gentalha furiosa, e que parecia alcançar o seu desfecho.

— Oh! — disse ele ao oficial — parece-me que tinha razão, Van Deken, e que a ordem que os senhores deputados assinaram é a verdadeira sentença de morte de Cornélio de Witt. Ouve esse povo? Muito ódio tem ele decerto aos tais srs. de Witt.

— Quanto a mim — respondeu o oficial — nunca ouvi uma gritaria semelhante.

— É de crer que tenham encontrado a prisão de nosso homem. Ah! olhe, aquela janela não é a do quarto em que foi encerrado Cornélio?

Com efeito, um homem agarrado às grades da janela do cárcere de onde Cornélio acabava de sair havia dez minutos, sacudia-as violentamente.

— Com mil diabos! — gritava esse homem — já não está aqui.

— Que é isso, não está lá? — perguntaram da rua aqueles que, por serem os últimos, não podiam entrar, tão apinhada estava a prisão.

— Não! não! — repetia o homem furioso — não está aqui, fugiu! salvou-se!

— Que diz aquele homem? — perguntou o indivíduo que recebera o tratamento de Alteza, fazendo-se pálido.

— Ah! senhor, pronunciou uma novidade que seria bem boa se fosse verdadeira.

— Tem razão — replicou o senhor — seria uma boa novidade se fosse verdadeira; mas desgraçadamente não o pode ser.

— No entanto, veja... — disse o oficial.

Com efeito, outras caras, furiosas e rangendo os dentes de cólera, apareciam às janelas, gritando:

— Escapuliu-se! evadiu-se! deram-lhe fuga.

E o povo, que ficara na rua, repetia com horríveis imprecações:

— Fugiram! safaram-se! Corramos atrás deles, persigamo-los!

— Parece, senhor — disse o oficial — que Cornélio de Witt realmente fugiu.

— Da prisão talvez — respondeu o senhor — mas não da cidade; pois em breve verá que o pobre homem achará fechada a porta que julgava estar aberta.

— Porventura deu-se ordem para fechar as portas da cidade, senhor?

— Creio que não; quem teria dado essa ordem?

— Então por que suspeita...?

— É que neste mundo surgem fatalidades — respondeu negligentemente Sua Alteza — e os maiores homens têm às vezes sido vítimas dessas fatalidades.

O oficial, ao ouvir estas palavras, sentiu correr-lhe um calafrio pelas veias, por saber que, ou de um modo ou de outro, o preso estava perdido.

Durante este momento os rugidos da multidão ribombavam como um trovão, pois já lhe não restava dúvida nenhuma de que Cornélio de Witt não estava dentro da cadeia.

Com efeito, Cornélio e João, depois de terem corrido ao longo do rio, tinham-se encaminhado pela rua que vai dar ao

Tol-Hek, recomendando ao cocheiro que afrouxasse o passo dos cavalos, para que a berlinda não despertasse nenhuma suspeita.

Mas quando o cocheiro, ao chegar ao meio desta rua, viu de longe a grade, quando se lembrou de que deixava atrás de si a prisão e a morte, e que tinha diante dos olhos a vida e a liberdade, desprezando todas as cautelas, meteu os cavalos a galope.

Parou contudo de repente.

— Que é isso? — perguntou João de Witt, metendo a cabeça pelo postigo.

— Oh! meus ricos amos — exclamou o cocheiro — é que...

O terror embargava a voz deste honrado homem.

— Termina — disse o grande pensionário — então que temos?

— A grade está fechada.

— Fechada! Não é costume fechar-se enquanto é dia.

— Ora veja.

João de Witt debruçou-se para fora da berlinda e viu com efeito a grade fechada.

— Anda para diante — disse João — que eu trago comigo a ordem da comutação de pena e o guarda há de abri-la.

A berlinda renovou a corrida, mas sentia-se que o cocheiro não fazia andar os cavalos com a mesma confiança que até ali.

De mais a mais o grande pensionário, quando deitara a cabeça pelo postigo, fora visto e reconhecido por um fabricante de cerveja que, tendo-se demorado mais do que os seus companheiros, fechava a sua porta a toda pressa, a fim de ir reunir-se com eles no Buitenhof.

Este homem soltou um grito de pavor e correu logo atrás de outros dois homens que corriam adiante dele, os quais alcançou ao cabo de cem passos, e a quem falou; os três homens pararam, vendo a berlinda afastar-se, mas ainda pouco certos dos indivíduos que levava.

Durante este tempo a berlinda chegava ao Tol-Hek.

— Abra! — gritou o cocheiro.

— Abrir — disse o porteiro, assomando ao limiar da porta — abrir, e com quê?

— Ora essa! com a chave — redargüiu o cocheiro.
— Com a chave, assim é; mas para isso era preciso que eu a tivesse.
— Pois não tem a chave da porta? — perguntou o cocheiro.
— Não.
— Então que é feito dela?
— Que é feito dela? Tiraram-me.
— Quem?
— Alguém que provavelmente tinha muito desejo de que não saísse da cidade nenhum vivo.
— Meu amigo — disse o grande pensionário, deitando a cabeça fora da berlinda, e aventurando-se nesta crise a tudo — é para mim, João de Witt, e para meu irmão Cornélio, que conduzo para o desterro.
— Oh! sr. de Witt, tenho muito pesar — respondeu o guarda, correndo para a berlinda — mas dou-lhe a minha palavra de honra de que me levaram a chave.
— Quando?
— Esta manhã.
— Quem?
— Um rapaz de vinte e dois anos, pálido e magro.
— E por que lhe deu?
— Porque trazia uma ordem assinada e selada.
— Por quem?
— Pelos senhores da casa da câmara.
— Está bem — disse tranqüilamente Cornélio — segundo parece, estamos perdidos de todo.
— Sabes se a mesma precaução foi tomada por toda parte?
— Não sei, senhor.
— Vamos — disse João de Witt ao cocheiro — Deus ordena ao homem que faça tudo quanto puder para conservar a vida; corre para a outra porta.
E enquanto o cocheiro fazia voltar a berlinda, prosseguiu, dirigindo-se ao guarda da porta:

— Agradeço a tua boa vontade, e reputo os teus desejos como obras; tinhas intenção de nos salvar, e, aos olhos de Deus, isso vale o mesmo que se o tivesses conseguido.

— Ah! — disse o guarda — não vê lá ao longe?

— Passa a galope pelo meio daquele grupo — bradou João ao cocheiro — e toma pela rua da esquerda; é essa a nossa única esperança.

O ajuntamento de que falava João de Witt formara-se em torno dos três homens que vimos seguir com os olhos a berlinda, e que desde este instante, e enquanto o ex-grande pensionário falava com o guarda da porta, se engrossara com mais sete ou oito indivíduos.

As intenções destes recém-vindos eram evidentemente hostis à berlinda.

E por isso, vendo que os cavalos corriam para eles a todo galope, tomaram toda a largura da rua, brandindo os paus que traziam nas mãos, e gritando:

— Pára! pára!

Do seu lado o cocheiro debruçou-se sobre os cavalos e fustigou-os com rijas chicotadas.

A berlinda e os homens toparam-se afinal em cheio.

Os dois irmãos de Witt nada podiam ver, porque levavam os postigos fechados; mas sentiram os cavalos empinarem-se, e a seguir um violento abalo. Seguiu-se a isto um momento de hesitação e de estremecimento em todo o veículo, que de novo recomeçou a sua carreira, passando por cima do que quer que fosse redondo e flácido, que parecia ser o corpo de um homem derrubado, e se afastou no meio de blasfêmias.

— Oh! — disse Cornélio — receio muito que tenhamos causado alguma desgraça.

— A galope! a galope! — gritou João.

Mas, apesar desta ordem, o cocheiro parou de repente.

— Então que é isso? — perguntou João.

— Vê? — disse o cocheiro.

João de Witt olhou.

Toda a multidão do Buitenhof surgia na extremidade da rua que a berlinda devia seguir, e avançava, bramindo, rápida como um furacão.

— Pára e salva-te — disse João ao cocheiro; — é inútil ir mais longe; estamos perdidos!

— Lá estão eles! lá estão eles! — bradaram ao mesmo tempo quinhentas vozes.

— Sim, aqui estão os traidores! os assassinos! — responderam aos que vinham ao encontro da berlinda, aqueles que corriam atrás dela, conduzindo nos braços o corpo pisado e quebrantado de um dos seus companheiros que, tendo querido agarrar-se às rédeas dos cavalos, fora derrubado por estes.

Fora por cima deste homem que os dois irmãos tinham sentido passar a berlinda.

O cocheiro parou; mas apesar das reiteradas instâncias do amo, não quis fugir.

Num momento rápido a berlinda ficou rodeada pelos que corriam atrás dela e pelos que caminhavam ao seu encontro; e por um instante dominou toda esta multidão agitada como uma ilha flutuante.

De repente a ilha flutuante estacou; é que um ferrador acabava de descarregar uma rija martelada em um dos cavalos, que caiu de golpe sobre a terra, envolvido nos tirantes.

Neste instante entreabriu-se o postigo de uma janela e assomou a ele o rosto lívido e os olhos curiosos do senhor que olhava interessado o espetáculo que se preparava, e por detrás dele o rosto do oficial, quase tão pálido como o seu.

— Oh! meu Deus! meu Deus! que acontecerá agora? — murmurou o oficial.

— Alguma coisa bem trágica decerto — respondeu o senhor.

— Ah! veja Vossa Alteza, tiram o grande pensionário da berlinda, rasgam-no e espancam-no.

— Na verdade, para fazerem aquilo, é preciso que toda essa gente esteja animada de violenta indignação — respondeu o senhor com o mesmo ar impassível que até então conservara.

— Tiram também agora da berlinda o pobre Cornélio, todo moído e mutilado pela tortura. Veja! veja!
— Não resta dúvida, é Cornélio.
O oficial soltou um débil grito e voltou a cabeça.
É que ao descer o último degrau do estribo, e antes mesmo de colocar o pé no chão, o *ruward* acabava de receber uma pancada com uma barra de ferro, que lhe abrira a cabeça.
Assim mesmo levantou-se, mas para tornar a cair imediatamente.
Depois, uns homens, pegando-lhe pelos pés, arrastaram-no para o centro da multidão, pelo meio da qual ia deixando um sulco sangrento, que se fechava atrás dele no meio de grandes apupos de alegria selvagem.
O senhor tornou-se ainda mais pálido, coisa que pareceria impossível, e por um momento as pálpebras cerraram-se-lhe.
O oficial notou este movimento de compaixão, o primeiro que o seu severo companheiro deixara escapar, e querendo aproveitar esse súbito enternecimento, disse-lhe:
— Venha, senhor, venha, pois decerto vão também assassinar o grande pensionário.
Mas Sua Alteza, que tinha aberto os olhos, retorquiu:
— Com efeito! Este povo é implacável, e não é bom atraiçoá-lo.
— Senhor, senhor — replicou o oficial — acaso não seria possível salvar aquele infeliz homem, que educou Vossa Alteza? Se há algum meio de o conseguir, diga-o, porque ainda quando eu nisso perdesse a vida...
Guilherme de Orange, porque era ele mesmo, franziu a testa de um modo sinistro, modificou o terrível furor que lhe chamejava nos olhos e respondeu:
— Peço-lhe, coronel Van Deken, que vá aos quartéis, a fim de que os meus soldados se ponham em armas, prontos para o que possa suceder.
— Mas hei de deixar Vossa Alteza aqui sozinho, na presença desses assassinos?
— Não dedique a mim mais cuidado do que eu próprio — replicou bruscamente o príncipe. — Vá!

O oficial partiu com uma pressa que testemunhava menos a sua obediência do que a alegria de não assistir ao espantoso assassínio do segundo dos dois irmãos.

Mas ainda ele não tinha fechado a porta do quarto, quando João, que, por um esforço supremo, conseguira subir ao paiol de uma casa situada quase defronte daquela em que estava escondido o seu discípulo, cambaleou em conseqüência dos puxões que lhe davam de dez lados ao mesmo tempo, dizendo:

— Meu irmão, onde está meu irmão?

Um daqueles furiosos deitou-lhe o chapéu ao chão com um murro.

Outro mostrou-lhe o sangue que lhe tingia as mãos, com que acabava de ferir Cornélio, e corria para não perder a ocasião de fazer outro tanto ao grande pensionário, enquanto outros levavam de rastos para a forca o cadáver do que fora massacrado.

O grande pensionário soltou um gemido cheio de lágrimas e tapou os olhos com uma das mãos.

— Ah! tu fechas os olhos — disse um dos soldados da guarda burguesa — pois espera que eu vou arrancá-los!

E deu-lhe uma chuçada na cara, da qual rebentou logo o sangue.

— Meu irmão! — gritou de Witt, tentando ver o que era feito de Cornélio através do jorro de sangue que o cegava; — meu irmão!

— Vai ter com ele! — berrou outro assassino, chegando-lhe a boca da espingarda à frente e desfechando-a.

A arma negou fogo; e o assassino, agarrando com as duas mãos no cano, descarregou uma coronhada em João de Witt, que cambaleou e lhe caiu aos pés.

Levantou-se, porém logo, por um esforço supremo.

— Meu irmão! — bradou ainda com uma voz tão suplicante, que Sua Alteza puxou para si o postigo da janela.

Depois nada mais restava que ver, porque um terceiro assassino lhe disparou à queima-roupa um tiro de pistola, que lhe deitou os miolos fora.

João de Witt caiu para se não tornar a levantar mais.
Depois disto, cada um daqueles miseráveis, cobrando nova ousadia com esta queda, quis descarregar a sua arma no cadáver. Cada um lhe quis dar uma martelada, uma cutilada, uma facada, tirar a sua gota de sangue, arrancar-lhe um pedaço da roupa.

E, quando ambos os irmãos estavam bem espicaçados, bem despedaçados, bem esfarrapados, aquele tropel de homens arrastou-os, nus e ensangüentados, para uma forca improvisada, onde uns carrascos, por divertimento, os penduraram pelos pés.

Durante este tempo, chegaram os mais cobardes, que, não se tendo atrevido a ferir a carne enquanto viva, fizeram em pedaços a carne morta e foram depois vender pela cidade bocadinhos de João e de Cornélio por baixo preço.

Não poderemos afirmar se, através da greta quase imperceptível da janela, Sua Alteza viu o desfecho desta cena terrível; mas no momento em que penduravam na forca os dois mártires, atravessava ele a multidão, que estava muito entretida com a alegre tarefa que punha em prática, para fazer caso dele, e chegava ao Tol-Hek, que ainda estava fechado.

— Ah! senhor — exclamou o guarda — traz-me a chave?

— Sim, meu amigo, aqui está — respondeu Sua Alteza.

— Que desgraça não me ter trazido só meia hora mais cedo! — disse o guarda, suspirando.

— Então por quê? — perguntou o senhor.

— Porque teria podido abrir a porta aos Srs. de Witt, que, tendo-a achado fechada, se viram obrigados a voltar e foram cair nas unhas daqueles que os perseguiam.

— A porta! a porta! — gritou uma voz que parecia ser de um homem que tinha pressa.

O príncipe voltou-se e reconheceu o coronel Van Deken.

— Ah! É o coronel? — disse ele. — Pois ainda não saiu de Haia? Isso é cumprir bem tardiamente a minha ordem.

— Monsenhor — respondeu o coronel — é esta a terceira porta a que chego; porque as outras duas achei-as fechadas.

— Pois bem, este bom homem há de abrir-nos esta... Abre, meu amigo — disse o príncipe ao guarda, que ficara boquiaberto ao ouvir o tratamento de *monsenhor*, que o coronel Van Deken acabava de dar a este homem pálido, ao qual ele tinha falado há pouco com tanta familiaridade.

Assim é que, para reparar a sua falta, se apressou em abrir o Tol-Hek, que rodou rangendo nos gonzos.

— Vossa Alteza quer o meu cavalo? — perguntou o coronel a Guilherme.

— Obrigado, coronel; a pouca distância daqui devo ter um à minha espera.

E logo a seguir tirou da algibeira um apito de ouro, sacou deste instrumento, que naquela época servia para chamar os criados, um som agudo e longo a cujo sibilo correu logo um escudeiro montado em um cavalo e trazendo outro pela rédea.

Guilherme cavalgou de um pulo, sem se servir do estribo, e chegando-lhe forte as esporas, em breve alcançou a estrada de Leyde.

Chegado ali voltou-se e viu que o coronel o seguia a certa distância.

Fez-lhe sinal para que se aproximasse e disse-lhe, sem parar:

— Sabe que aqueles marotos mataram João de Witt, como tinham morto Cornélio?

— Ah! senhor — respondeu tristemente o coronel — eu estimava mais que Vossa Alteza tivesse ainda de vencer esses dois obstáculos para ser de fato o *stathouder* da Holanda.

— De fato que melhor seria — disse o príncipe — que o que acaba de suceder não tivesse sucedido; mas enfim o que está feito está feito, e não somos nós a causa disso. Andemos porém depressa, coronel, para chegarmos a Alphen antes da participação que certamente os Estados vão mandar-me ao campo.

O coronel inclinou-se, deixou passar adiante o príncipe e retomou atrás deste o lugar em que ia antes de Guilherme lhe ter dirigido a palavra.

— Ah! — murmurou com maldade Guilherme de Orange, franzindo as sobrancelhas, apertando os lábios e cravando as esporas na barriga do cavalo — desejaria bem ver a cara que fará Luís o Sol, quando souber o modo por que acabam de ser tratados os seus particulares amigos de Witt! Oh! sol, sol, chamo-me Guilherme o Taciturno; sol, arreda os teus raios!

E correu com mais pressa, este jovem príncipe, o pertinaz rival do grande rei, esse *stathouder*, tão pouco estável ainda na véspera, no seu novo poder, mas a quem os burgueses de Haia acabavam de fazer um degrau com os cadáveres de João e de Cornélio, dois nobres príncipes, tanto perante os homens como perante Deus.

CAPÍTULO 5

O AMADOR DE TULIPAS E O SEU VIZINHO

Ao passo que os burgueses de Haia despedaçavam os cadáveres de João e de Cornélio, enquanto Guilherme de Orange, depois de se ter convencido de que os seus dois antagonistas estavam bem mortos, galopava pela estrada de Leyde, seguido pelo coronel Van Deken, a quem achava bastante compassivo para continuar a depositar nele a mesma confiança com que até ali o honrara, Craeke, o fiel criado, montado também em bom cavalo, e muito longe de desconfiar dos terríveis acontecimentos que depois da sua partida se tinham dado, corria pelas estradas orladas de árvores, até que se encontrou fora da cidade e das aldeias vizinhas.

Logo que se viu em segurança, deixou o cavalo em uma estalagem, para não levantar suspeitas, e continuou tranqüilamente a sua viagem em barco que o levou a Dordrecht, passando com habilidade pelos mais curtos caminhos desses braços sinuosos do rio, que apertam nas suas roscas úmidas essas encantadoras ilhas bordadas de salgueiros, de juncos, e ervas floridas em que pascem preguiçosamente os armentos de pêlo luzidio.

Craeke reconheceu de longe Dordrecht, a cidade risonha, assente nas abas da colina bordada de moinhos. Viu as lindas casas vermelhas com cintas brancas, banhando na água os seus pés de tijolo e deixando flutuar, pelas janelas abertas sobre o rio, as suas cortinas de seda mosqueadas de flores de ouro, maravilhas da Índia e da China, e junto destas cortinas, essas compridas linhas de pescar, laços permanentes armados às enguias vorazes, que chama em torno das habitações a espórtula quotidiana que as cozinhas deitam na água pelas janelas.

Craeke, do tombadilho da barca, avistava, por entre todos estes moinhos de asas velozes, ao longe na encosta de um outeiro, a casa branca e cor-de-rosa, alvo da sua missão, cujo telhado se escondia na folhagem amarelada de uma cortina de choupos, e sobressaía no fundo escuro que lhe formava um bosque de olmeiros gigantes. Esta casa estava de tal forma situada, que o sol, batendo-lhe em cheio, ia ali secar, aquecer e fecundar até as últimas neblinas, que a muralha de verdura não podia impedir que o vento do rio impelisse todas as manhãs e todas as noites para aquele lado.

Desembarcando no meio do tumulto da cidade, Craeke encaminhou-se logo para a casa, da qual vamos fazer aos nossos leitores uma indispensável descrição.

Branca, limpa, reluzente, lavada e asseada com mais esmero nos lugares ocultos, do que nos lugares patentes, esta casa encerrava um mortal feliz.

E este mortal feliz, *rara avis,* como diz Juvenal, era o dr. Van Baerle, afilhado de Cornélio, que habitava a casa que acabamos de descrever, desde a sua infância; porque nela tinham nascido seu pai e seu avô, antigos mercadores nobres da nobre cidade de Dordrecht.

Van Baerle pai tinha juntado no comércio das Índias trezentos a quatrocentos mil florins, que Van Baerle encontrara novinhos em 1663, pela morte dos seus bons e queridos progenitores, apesar destes florins terem sido cunhados uns em 1640, outros em 1610, o que provava que entre eles havia florins do pai Van Baerle e florins do avô Van Baerle; mas estes quatrocentos mil florins, apressemo-nos a dizê-lo, não eram mais do que a moeda sonante de Cornélio Van Baerle, o herói desta história, pois que as suas propriedades na província lhe rendiam ainda perto de dez mil florins.

Quando o honrado cidadão, pai de Cornélio, passara desta para outra vida, três meses depois do funeral de sua mulher, que parecia ter ido adiante para lhe tornar fácil o caminho da morte, como lhe tornara fácil o da vida, dissera ao filho, abraçando-o pela última vez:

— Come, bebe, e gasta se quiseres realmente viver; porque trabalhar todo o dia sentado numa cadeira de pau, ou numa poltrona de couro, num laboratório, ou num armazém, não é viver. Tu também hás de morrer, e se não tiveres a felicidade de ter um filho, deixarás acabar o teu nome, e os meus florins, admirados, hão de encontrar-se em poder de um dono desconhecido, esses florins novos que ninguém pesou senão meu pai, eu e o fundidor. Sobretudo não imites o teu padrinho Cornélio de Witt, que se meteu na política, a mais ingrata das carreiras, e que decerto terminará mal.

Depois disto, o digno Van Baerle morrera, deixando muito desconsolado seu filho Cornélio, que adorava pouco os florins e tinha muita amizade ao pai.

Cornélio ficou portanto sozinho e senhor da casa.

Foi em vão que o seu padrinho Cornélio lhe ofereceu empregá-lo no serviço público; debalde quis este fazer-lhe saborear a glória, quando Cornélio, para obedecer ao padrinho, se embarcara com de Ruyter na nau *Sete Províncias,* que era a capitânia dos cento e trinta e nove navios com que o ilustre almirante ia contrabalançar sozinho a fortuna da França e da Inglaterra reunidas. Porque quando Cornélio, conduzido pelo piloto Léger, se aproximou a tiro de mosquete da nau *Príncipe,* em que vinha o duque de York, irmão do rei de Inglaterra, quando viu o ataque de Ruyter, seu patrono, feito com tanta rapidez e habilidade, que o duque de York, vendo o seu navio a ponto de ser tomado, não teve mais tempo senão o de se retirar para bordo do *San Miguel;* quando viu o *San Miguel,* despedaçado, cheio de rombos pelas balas holandesas, sair da linha; quando viu ir pelos ares uma nau, o *Conde de Sanwick,* e morrerem afogados ou queimados quatrocentos marinheiros; quando, no fim de tudo isto, viu que, depois de vinte navios despedaçados, de três mil mortos e cinco mil feridos, nada estava decidido nem pró nem contra, que cada um atribuía a si a vitória, que a coisa ia recomeçar, e que somente mais um nome, a batalha de Southwood-Bay, se juntara ao catálogo das batalhas; depois de ter calculado quanto tempo perde, em tapar os olhos e os ouvidos, um homem que quer refletir mesmo quando os seus semelhantes se bombardeiam uns aos outros, Cornélio disse adeus a Ruyter, ao *ruward* de Pulten e à glória, beijou os joelhos do grande pensionário, a quem profundamente venerava, e voltou para sua casa de Dordrecht, rico, com o repouso alcançado, com os seus vinte e oito anos, com uma saúde de ferro, com uma vista penetrante, e mais rico ainda com a convicção de que um homem sempre recebeu do céu demasiado para ser feliz, o suficiente para o não ser, do que com os seus quatrocentos mil florins de capital e os seus dez mil florins de rendimento.

Por conseqüência, e para criar uma felicidade à sua maneira, Cornélio começou a estudar os vegetais e os insetos, colheu e classificou toda a flora das ilhas, examinou toda a insetologia da província, compondo sobre ela um tratado manuscrito com estampas desenhadas pela sua mão, e por fim, não sabendo em que despender o tempo, e principalmente o dinheiro, que se ia amontoando de modo espantoso, pôs-se a escolher entre todas as loucuras da sua pátria e da sua época uma das mais elegantes e dispendiosas.

Dedicou-se por fim à cultura das tulipas.

Ora, naquele tempo, como todos sabem, os flamengos e os portugueses, explorando à porfia este gênero de horticultura, tinham chegado a divinizar a tulipa e a fazer desta flor, vinda do Oriente, o que nunca naturalista nenhum tentara fazer da raça humana, com receio de causar ciúme a Deus.

Em pouco tempo, de Dordrecht a Mons não se falou senão nas tulipas de *mynheer* Van Baerle, e os seus canteiros, os seus quartos de enxugo, os seus registros de bulbos foram visitados como em outro tempo as galerias e bibliotecas de Alexandria pelos ilustres viajantes romanos.

Van Baerle principiou por despender o seu rendimento anual em estabelecer a sua coleção; depois lançou mão dos seus florins novos para a aperfeiçoar; mas teve o gosto de ver o seu trabalho recompensado com um resultado magnífico. Achou cinco espécies diferentes, a que chamou *Joana,* do nome de sua mãe, *Baerle,* do nome de seu pai, e *Cornélia,* do nome de seu padrinho; dos nomes das outras não nos recordamos; mas os amadores poderão facilmente achá-las nos catálogos daquele tempo.

No começo do ano de 1672, Cornélio de Witt fora a Dordrecht, para residir três meses na sua antiga casa de família; pois é bem sabido que Cornélio não só nascera em Dordrecht, mas que a família dos de Witt era originária desta cidade.

Cornélio principiava já nesta época, como dizia Guilherme de Orange, a gozar da mais perfeita impopularidade. Entretanto, para os seus conterrâneos, os bons habitantes de Dordrecht, ainda ele não era um celerado merecedor da forca, e estes, pouco satisfeitos com o seu republicanismo bastante puro, mas cheios de orgulho pelo seu valor pessoal, quiseram oferecer-lhe o vinho da cidade quando ele ali entrou.

Depois de ter agradecido aos seus concidadãos, Cornélio foi visitar a sua velha casa paterna, e mandou fazer-lhe alguns reparos, antes que a Sra. de Witt, sua mulher, viesse para ela com os filhos.

Em seguida, o *ruward* encaminhou-se para casa do afilhado, que era talvez a única pessoa em Dordrecht que ainda ignorava a presença dele na sua cidade natal.

Cornélio de Witt tinha acordado tantos ódios agitando essas sementes maléficas chamadas paixões políticas, quantas simpatias granjeara Van Baerle desprezando completamente a cultura da política, por estar todo absorvido na cultura das suas tulipas.

Era assim que Van Baerle conseguia ser estimado pelos seus criados e trabalhadores; e por isso não podia presumir que existisse no mundo um homem que quisesse mal a outro homem.

E, contudo, afirmamo-la para vergonha da humanidade, Cornélio Van Baerle tinha, sem o saber, um inimigo muito mais feroz, muito mais acirrado, muito mais irreconciliável, do que nenhum dos que até ali haviam tido o *ruward* e o irmão entre os orangistas mais hostis a esta admirável fraternidade, que, sem quebra durante a vida, se prolongaria para lá da morte.

Quando Cornélio começou a dedicar-se à cultura das tulipas, empregando nisto o seu rendimento anual e os florins de seu pai, havia em Dordrecht, e muito próximo a ele, um burguês chamado Isaac Boxtel, que, desde que chegara à idade de ter conhecimento, seguia a mesma inclinação, e ficava boquiaberto só ao enunciado da palavra *tulban,* que, como assevera o *florista francês,* isto é, o historiador mais sábio desta flor, foi a primeira que, na língua dos Chingulás, serviu para designar essa obra-prima da criação chamada tulipa.

Boxtel não tinha a felicidade de ser rico como Van Baerle; e fora com grande custo e à força de cuidados e de paciência, que arranjara em sua casa de Dordrecht um jardim cômodo para a cultura; preparara o terreno segundo as prescrições exigidas e dera aos seus tabuleiros de terra exatamente tanto calor e frescura como determina o código dos jardineiros.

Isaac conhecia tão bem a temperatura das suas estufas a ponto de quase não errar na apreciação da vigésima parte de um grau. Sabia o peso do vento e distribuía-o de modo que só balouçava as hastes das flores; e por isso as suas produções começavam a agradar, eram belas, e até procuradas. Muitos amadores tinham ido ver as tulipas de Boxtel. Enfim, Boxtel tinha lançado no mundo dos Lineus e dos Tourneforts uma tulipa do seu nome. Esta tulipa tinha-se generalizado, atravessara a França, entrara em Espanha, penetrara em Portugal, e o rei Afonso VI, que, expulso de Lisboa, se retirara para a ilha Terceira, onde se divertia, não como o grande Condé, em regar cravos, mas sim em cultivar tulipas, dissera, ao examinar a sobredita tulipa *Boxtel:* "Não é má".

Mas como de repente, e em resultado de todos os estudos a que se dera, a paixão das tulipas se apoderara de Cornélio Van Baerle, este modificou a sua habitação de Dordrecht, que, como dissemos, era contígua à de Boxtel, e aumentou um andar a uma casa que havia no pátio, a qual, erguendo-se, tirou perto de meio grau de calor e em troca aumentou meio grau de frio ao jardim de Boxtel, sem contar que lhe interceptou o vento e prejudicou todos os cálculos a toda a economia hortícola do seu vizinho.

No fim de contas, esta desgraça não era nada aos olhos do vizinho Boxtel. Van Baerle não era mais do que um pintor, isto é, uma espécie de louco que procurava reproduzir num pedaço de pano, desfigurando-as, as maravilhas da natureza. E o pintor, mandando acrescentar mais um andar a sua casa de trabalho, para ter melhor luz, estava no seu direito. Van Baerle era pintor como Boxtel era florista-tulipista; queria sol para os seus quadros e por isso tirava meio grau dele às tulipas de Boxtel.

A lei favorecia Van Baerle. Não havia que protestar.

E, para mais, Boxtel, descobrira que o sol demasiado é nocivo às tulipas e que estas flores desabrochavam melhor e mais coradas com o tépido sol da manhã ou da tarde, do que com o sol ardente do meio-dia.

Em resultado disto quase que ficou agradecido a Cornélio Van Baerle por lhe ter construído gratuitamente um guarda-sol.

Talvez que isto não fosse a pura verdade e que o que Boxtel dizia a respeito do seu vizinho Van Baerle não significasse a expressão cabal do seu pensamento; porque as almas grandes costumam encontrar na filosofia assombrosos recursos no meio das grandes catástrofes.

Mas ah! Como não ficou aquele infortunado Boxtel quando viu os vidros do andar construído de novo guarnecerem-se de bulbos, de tulipas em canteiros, de tulipas em vasos, em uma palavra, de tudo o que diz respeito à profissão de um maníaco tulipista?

Havia ali maços de dísticos, armários, caixas com repartimentos e grades de ferro destinadas a fechar estes armários e a renovar-lhes o ar sem deixar entrar ali os ratos, os gorgulhos, os arganazes e outros animálculos, que são curiosos amadores de tulipas do custo de dois mil francos cada bulbo. Boxtel ficou boquiaberto quando viu todo este material; mas ainda não compreendia a extensão da sua desgraça. Todos sabiam que Van Baerle gostava de tudo quanto recreia a vista e estudava a fundo a natureza para fazer os seus quadros, tão bem acabados como os de Gerardo Dow, seu mestre, e os de Mieris, seu amigo. Não seria por conseguinte possível que, tendo de pintar o interior de uma tulipa, tivesse ele reunido na sua nova casa de trabalho todos os acessórios da decoração?

Todavia, posto que embalado por esta sedutora idéia, Boxtel não pôde resistir à ardente curiosidade que o queimava; assim é que, quando chegou a noite, encostou uma escada de mão ao muro divisório e, olhando para a propriedade do vizinho Baerle, convenceu-se de que a terra de um enorme quadrado, há pouco povoado de plantas diferentes, fora remexida, disposta em canteiros de esterco misturado com lodo do rio, combinação essencialmente simpática às tulipas, e tudo isto amparado com basta relva, a fim de impedir os esboroamentos. Além disso, dava-lhe o sol ao nascer e ao pôr-se e tinha ao meio-dia a sombra necessária para temperar o calor, a água em abundância, exposição ao su-sudoeste, enfim, todas as condições precisas, não só para o bom resultado, mas para o progresso.

Não havia que duvidar, Van Baerle tornara-se tulipista.

Boxtel imaginou imediatamente este homem sábio com quatrocentos mil florins de capital e dez mil florins de rendimento, empregando todos os seus recursos morais e físicos na cultura das tulipas em larga escala. Imaginou o seu bom êxito num futuro vago, mas próximo, e sentiu de antemão uma tal tristeza só com este bom resultado imaginário, que as mãos se lhe afrouxaram, os joelhos vergaram-lhe e rolou, desesperado, pela escada abaixo.

Não era pois por causa das tulipas em pintura, mas por amor das tulipas reais e verdadeiras que Van Baerle lhe tirava uma résstea de sol. Desta forma o seu vizinho ia ter a mais admirável das localidades pela sua boa exposição aos raios solares, e de mais a mais um vasto quarto, em que podia conservar os seus bulbos otimamente: um quarto alumiado, ventilado, arejado, riqueza que Boxtel não podia ter, pois se vira obrigado a servir-se para este fim da sua alcova, resignando-se, para não prejudicar com a influência dos espíritos vitais os seus bulbos e tubérculos, a dormir nas águas-furtadas.

Não restava pois dúvida de que, bem perto, e paredes meias, Boxtel ia ter um rival, um êmulo, talvez um vencedor; e este rival, em lugar de ser aí qualquer jardineiro das dúzias, somenos, desconhecido, era o afilhado de Cornélio de Witt, isto é, uma celebridade!

Já se vê que Boxtel não tinha a alma tão bem formada como Poro, que se consolava de haver sido vencido por Alexandre, mesmo por causa da celebridade do seu vencedor.

E, com efeito, que aconteceria se um dia Van Baerle tivesse achado uma tulipa nova, e lhe chamasse *João Witt,* depois de ter denominado uma de *Cornélia?*

Seria isto uma coisa capaz de o fazer morrer de raiva.

Assim é que, no meio da sua invejosa previdência, Boxtel, profeta de desgraça para si próprio, adivinhava o que ia acontecer.

E por isso, depois de feita esta descoberta, o pobre homem passou a noite mais terrível que se pode imaginar.

CAPÍTULO 6

O ÓDIO DE UM TULIPISTA

Depois deste momento, em vez de uma preocupação, Boxtel teve um receio; e ruminando todo o mal que lhe ia causar a idéia do vizinho, perdeu aquilo que dá vigor e nobreza aos esforços do corpo e do espírito, isto é, meditar em uma idéia predileta.

Como é de crer, Van Baerle, desde o momento em que aplicou a este ponto a perfeita inteligência de que a natureza o dotara, conseguiu criar as mais lindas tulipas.

Melhor do que ninguém em Harlem e em Leyde, cidades que oferecem os terrenos melhores e os climas mais salubres, Cornélio conseguiu variar as cores, modelar as formas e multiplicar as espécies.

Pertencia ele a essa escola perfeita e cândida que tomou por divisa, desde o século VII, este aforismo desenvolvido em 1653 por um dos seus adeptos:

"Desprezar as flores é ofender a Deus."

Premissa de que a escola tulipista, a mais exclusiva das escolas, realizou nesse mesmo ano o silogismo seguinte:

"Desprezar as flores é ofender a Deus.

"Quanto mais bela é a flor, mais se ofende a Deus, desprezando-a.

"A tulipa é a mais bela de todas as flores.

"Logo, quem despreza a tulipa ofende enormemente a Deus."

Conclusão esta com cujo auxílio, e com certa má vontade, é claro que os quatro ou cinco mil tulipistas da Holanda, da França e de Portugal, não falando dos de Ceilão, da Índia e da China, teriam posto o universo fora da lei e declarado cismáticos, heréticos e dignos da morte alguns centenares de milhões de homens pouco apaixonados pelas tulipas.

Não se deve, por conseguinte, duvidar de que por uma causa semelhante, Boxtel, posto fosse inimigo mortal de Van Baerle, não tivesse marchado debaixo da mesma bandeira que este.

Van Baerle conseguiu, no entanto, numerosos êxitos e fez com que se falasse tanto dele, que Boxtel desapareceu para sempre da lista dos tulipistas notáveis da Holanda, e a *tuliparia* de Dordrecht ficou sendo representada por Cornélio Van Baerle, o modesto e inofensivo sábio.

Do mesmo modo que do mais humilde ramo o enxerto faz rebentar as vergônteas mais robustas, e da roseira brava de quatro pétalas inodoras se forma a rosa gigante e perfumada, assim também as casas reais principiaram às vezes na choupana de um mateiro, ou no tugúrio de um pescador.

Van Baerle, dedicado, porém, por completo aos seus trabalhos de sementeira, de plantação e de colheita, adulado por todos os amadores de tulipas da Europa, nem sequer suspeitou de que a seu lado houvesse um infeliz desentronizado, de quem ele era o usurpador. Continuou pois as suas experiências, e por conseguinte os seus triunfos, e dentro de dois anos encheu os seus alegretes de objetos tão maravilhosos, que nunca homem algum, exceto talvez Shakespeare e Rubens, havia criado tanto depois de Deus.

Assim é que, para se fazer uma idéia de um condenado esquecido por Dante, cumpria ver Boxtel durante este tempo.

Enquanto Van Baerle sachava, estrumava, umedecia os seus canteiros, enquanto ele, de joelhos em cima do declive de relva, analisava cada veia da tulipa na sua florescência e meditava nas modificações que se lhe podiam fazer, nas combinações de cores que se podiam experimentar, Boxtel, escondido por detrás de um sicômoro pequeno, que plantara junto do muro e que lhe servia como leque, seguia, com os olhos intumescidos, a boca escumando, cada passo, cada atitude do seu vizinho; e quando julgava vê-lo alegre, quando o apanhava a sorrir-se, quando lhe lobrigava um raio de felicidade nos olhos, enviava-lhe tantas pragas, tantas ameaças furibundas, que se não poderia imaginar como estes hálitos empestados de inveja e de cólera não iam, infiltrando-se nas hastes das flores, levar-lhes princípios de decadência e germes de morte.

Em breve porém, tão rápidos são os progressos que faz o mal quando se apodera da alma humana, Boxtel não se contentou em ver somente Van Baerle. Também quis ver as suas flores; porque como era um verdadeiro artista, a obra-prima de um rival não podia ser para ele coisa de pouca monta.

Comprou um telescópio, com o auxílio do qual, tão bem como o mesmo proprietário, pôde acompanhar todas as evoluções da flor, desde o momento em que lança, no primeiro ano, o seu pálido rebento fora da terra, até àquele em que, depois de ter completado o seu período de cinco anos, arredonda o nobre e gracioso cilindro, sobre o qual aparecem as incertas mostras da sua cor e se desenvolvem as pétalas da flor, que só então revela os tesouros mais secretos do seu cálice.

Oh! Quantas vezes o desgraçado invejoso, empoleirado na sua escada, lobrigou nos canteiros de Van Baerle umas tulipas que o cegavam com a sua beleza e o sufocavam com o seu delicioso perfume!

Nestas ocasiões, passado o período de admiração que não podia vencer, Boxtel sentia-se atacado pela febre da inveja, essa enfermidade que lacera o peito e que transforma o coração em miríadas de pequenas serpentes, que se devoram umas às outras, origem infame das mais horríveis dores.

Quantas vezes, no meio dos seus tormentos, de que nenhuma descrição poderia dar uma cabal idéia, Boxtel teve a tentação de saltar de noite ao jardim do seu vizinho, destruir as plantas, devorar os bulhos com os dentes e sacrificar o próprio dono, se este ousasse defender as suas tulipas.

Mas matar uma tulipa é, aos olhos de um verdadeiro horticultor, um crime tão espantoso!

Matar um homem, ainda passava...

Todavia, graças aos progressos que Van Baerle fazia todos os dias na ciência que parecia adivinhar por instinto, Boxtel chegou a um tal paroxismo de furor, que se lembrou de atirar com pedras e paus para cima dos canteiros do seu vizinho.

Refletindo, porém, que no dia seguinte, à vista do destroço, Van Baerle se informaria da causa, que se provaria então que a rua ficava longe, que as pedras e os paus não caem do céu no século XVII, como no tempo dos Amalecitas, que o autor do atentado, posto o houvesse perpetrado de noite, seria descoberto, e não só punido pela lei, mas também desonrado para todo o sempre aos olhos da Europa tulipista, Boxtel aguçou o ódio com a manha e resolveu empregar um meio que o não pusesse em risco.

Cogitou muito tempo, é verdade, mas enfim achou.

Uma noite atou dois gatos, cada um por uma perna, com um cordel de dez pés de comprido, e deitou-os por cima do muro, no meio do canteiro principal, que não só continha a *Cornélia de Witt,* mas também a *Brabanteza* branco-leite, purpúrea e vermelha, a *Jaspeada,* de Rotre, gredelém cambiante, vermelho e cor-de-rosa brilhante, e a *Maravilha* de Harlem, a tulipa *Columbina,* uma cor de peito de pombo escuro e outra mais clara.

Deste modo, os animais, espantados, caindo do alto do muro, estrebucharam primeiro em cima do alegrete, procurando fugir cada um para seu lado, até ficar teso o cordel que os prendia um ao outro; mas, sentindo então a impossibilidade de ir mais longe, correram para um e outro lado soltando furiosos miados, cortando com o cordel as flores, no meio das quais se debatiam; até que afinal, depois de um quarto de hora de luta desesperada, tendo conseguido quebrar o cordel que os prendia, desapareceram.

Boxtel, emboscado por detrás do seu sicômoro, não via nada por causa da escuridão da noite; mas, aos miados raivosos dos dois gatos, imaginava tudo e o seu coração, trasbordando de fel, enchia-se de alegria.

A ambição de se certificar do prejuízo feito era tamanha no coração de Boxtel, que se deixou ali ficar até ao amanhecer para ver, com os próprios olhos, o estado em que a luta dos dois gatos pusera os alegretes do seu vizinho.

Estava gelado pela neblina da madrugada; mas não sentia frio, porque a idéia da vingança lhe dava calor.

A mágoa do rival ia recompensá-lo de todos os seus incômodos.

Quando apareceram os primeiros raios do sol, a porta da casa branca abriu-se; Van Baerle apareceu e aproximou-se dos seus canteiros, sorrindo como um homem que passou a noite na cama, onde teve bons sonhos.

De repente vê covas e montículos naquele terreno mais liso na véspera do que um espelho; vê as fileiras simétricas das suas tulipas desordenadas, como as baionetas de um batalhão no meio do qual houvesse caído uma bomba.

Corre, todo pálido, todo trêmulo.

Boxtel, entretanto, estremecia de prazer. Quinze ou vinte tulipas estavam despedaçadas, esmagadas, acurvadas umas, outras inteiramente quebradas, e já murchas; a seiva escorria-lhes das feridas; a seiva, esse sangue precioso que Van Baerle desejaria comprar com o seu próprio.

Mas, oh surpresa! oh alegria de Van Baerle! oh dor inexprimível de Boxtel! nenhuma das quatro tulipas ameaçadas pelo atentado deste último sofrera o menor dano; pois lá erguiam orgulhosamente as suas nobres cabeças por cima dos cadáveres das companheiras; e isto era bastante para consolar Van Baerle, era bastante para fazer estalar de raiva o assassino, que arrancava os cabelos ao ver o seu crime cometido inutilmente.

Lamentando a desgraça que acabava de feri-lo, desgraça que, afinal, por mercê de Deus, era menor do que poderia sê-lo, Van Baerle não podia, contudo, adivinhar-lhe a causa. Fez somente algumas indagações e soube que toda a noite se tinham ouvido miados terríveis. De mais a mais, reconheceu o rasto dos gatos, pelos sinais que as unhas tinham ali deixado, à vista do pêlo, que ficara no campo da batalha e sobre o qual os pingos de orvalho tremiam do mesmo modo que sobre as folhas de uma flor quebrada ali ao lado. Para evitar, portanto, que se repetisse outra desgraça semelhante para o futuro, ordenou que um moço dormisse todas as noites no jardim, dentro de uma guarita, perto dos canteiros.

Boxtel ouviu dar a ordem; viu levantar-se a guarita no mesmo dia e, muito contente por não terem recaído nele as suspeitas, porém mais animado que nunca contra o feliz horticultor, aguardou ocasião mais oportuna.

Foi por este tempo que a sociedade tulipista de Harlem propôs um prêmio pela descoberta, não nos atrevemos a dizer pela fabricação da grande tulipa negra e sem mancha, problema este não resolvido e olhado como insolúvel, se considerarmos que naquela época a espécie não existia sequer no estado de bistre na natureza. O que fazia com que todos dissessem que os fundadores do prêmio poderiam muito bem ter prometido tanto dois milhões como cem mil libras, visto que a coisa era impossível.

Mas nem por isso o mundo tulipista ficou menos abalado desde a base até ao cume.

Alguns amadores acolheram a idéia, mas sem crerem na sua aplicação; é tal, porém, o poder imaginário dos horticultores, que apesar de julgarem a sua especulação já de antemão infrutífera, não pensaram senão nessa grande tulipa negra, que se julgava quimérica, como o cisne preto de Horácio e como o melro branco da tradição francesa. Van Baerle foi do número daqueles que se compenetraram da idéia; e Boxtel do número dos que pensaram na especulação. Desde o momento em que Van Baerle incrustou esta tarefa na sua cabeça perspicaz e engenhosa, principiou logo com toda paciência as sementeiras e operações necessárias para mudar de vermelho em pardo, de pardo em pardo-escuro, as tulipas que até ali tinha cultivado.

Logo no ano seguinte obteve produtos de um cinzento escuro perfeito, enquanto Boxtel, a quem não escapara um resultado tão favorável, ainda não tinha obtido senão o pardo-claro.

Talvez fosse uma coisa interessante explicar aos leitores as belas teorias, que consistem em provar que a tulipa recebe dos elementos as suas cores; talvez nos levassem a bem o estabelecer que nada é impossível ao horticultor, que por meio da sua paciência e engenho tira proveito do calor do sol, da frescura da água, dos sucos da terra, dos sopros do ar. Mas o que nós nos resolvemos a escrever não é um tratado da tulipa em geral e sim a história de uma tulipa em particular; não sairemos, pois, destes limites, apesar de serem muito sedutores os atrativos do objeto que tão próximo está do nosso.

Boxtel, vencido mais uma vez pela superioridade do seu inimigo, desgostou-se da cultura e, meio louco, dedicou-se todo inteiro à observação.

A casa do seu rival era bem descoberta. Jardim patente ao sol, gabinetes envidraçados penetráveis à vista, armários, caixas e dísticos que o telescópio esquadrinhava facilmente; Boxtel deixou apodrecer os bulbos nos tabuleiros de terra, deixou morrer as tulipas nos canteiros, e gastando a vida em espreitar, só se ocupou do que se passava em casa de Van Baerle; respirou pela haste das suas tulipas, saciou-se com a água com que as regavam e fartou-se com a terra mole e fina que o seu vizinho espargia por cima dos seus queridos bulbos.

Mas o mais curioso do trabalho não se fazia no jardim.

Quando dava uma hora da noite, Van Baerle subia ao seu laboratório, entrava no gabinete envidraçado em que o telescópio de Boxtel penetrava tão bem, e ali, desde que as luzes do sábio, sucedendo aos raios do dia, haviam iluminado as paredes e as janelas, Boxtel via funcionar o espírito inventor do seu rival.

Via-o separar os seus bulbos, regá-los com substâncias destinadas a modificá-los ou colori-los. Adivinhava, ao vê-lo aquecer alguns deles, depois umedecê-los, depois combiná-los com outros por uma espécie de enxerto, operação minuciosa e maravilhosamente delicada, que o seu vizinho encerrava nas trevas as que deviam dar a cor negra, expunha ao sol ou à luz de um candeeiro as que deviam dar a cor vermelha e fazia mirarem-se num eterno reflexo de água as que deviam fornecer o branco, cândida representação hermética do úmido elemento.

Esta magia inocente, fruto do fantasiar infantil e do engenho viril ao mesmo tempo, este trabalho paciente e eterno, de que Boxtel sabia não ser capaz, era para fazer concentrar no telescópio do invejoso toda a sua vida, todo o seu pensamento, toda a sua esperança.

Coisa extraordinária! Tanto interesse e o amor próprio da arte não tinham extinguido em Isaac a feroz inveja, a sede da vingança. Algumas vezes, quando tinha o telescópio bem fixo sobre Van Baerle, chegava a ponto de supor que lhe apontava um mosquete infalível e procurava com o dedo o gatilho, para disparar o tiro que o devia matar.

Mas já é tempo de ligarmos a esta época dos trabalhos de um e da espionagem do outro a visita que Cornélio de Witt, *ruward* de Pulten, vinha fazer à sua cidade natal.

CAPÍTULO 7

O HOMEM FELIZ PRINCIPIA A SABER O QUE É A DESGRAÇA

Cornélio de Witt, depois de ter posto em ordem os negócios da sua família, chegou a casa do seu afilhado Cornélio Van Baerle, no mês de janeiro de 1672, no começo da noite.

Cornélio de Witt, embora fosse pouco horticultor, e bem pouco artista, visitou toda a casa, desde a oficina até às estufas, desde os quadros até às tulipas. Agradecia ao seu afilhado tê-lo posto sobre a tolda da nau almirante a *Sete Províncias,* durante a batalha de Southwood-Bay, ter dado o seu nome a uma tulipa magnífica, e tudo isto com a generosidade e a afabilidade de um pai para com um filho; e enquanto examinava assim os tesouros de Van Baerle, a multidão permanecia curiosamente, respeitosamente mesmo, diante da porta do homem feliz.

Todo este ruído despertou a atenção de Boxtel, que merendava junto ao fogão.

Informou-se do que era, soube-o, subiu logo ao seu laboratório; e ali, apesar do frio, pôs-se à mira com o seu telescópio.

Este telescópio já lhe não servia de grande utilidade desde o outono de 1671; porque as tulipas, friorentas como verdadeiras filhas do Oriente, não se cultivam no inverno. Nesta estação carecem do aconchego interior da casa, da cama fofa e macia das gavetas e das suaves carícias do fogão. E por isso, o inverno todo passava-o Cornélio no seu laboratório, no meio dos seus livros e dos seus quadros. Raras vezes ia ao gabinete dos bulbos, a não ser para fazer entrar nele alguns raios de sol, que furtava ao céu, e que obrigava, abrindo um alçapão de vidros, a cair, de bom ou mau grado, dentro do gabinete.

Durante a noite de que falamos, depois de os dois Cornélios visitarem todos os quartos, acompanhados por alguns criados, Cornélio de Witt disse em voz baixa a Van Baerle:

— Meu filho, mande retirar os seus criados e faça com que fiquemos por alguns momentos sozinhos.

Van Baerle inclinou-se em sinal de obediência.
Depois disse-lhe em voz alta:
— Quer ter agora a bondade de visitar o meu gabinete de enxugo das tulipas?

O gabinete de enxugo, esse *Pandemonium* da *tuliparia,* esse tabernáculo, esse *sanctum sanctorum,* era, como a antiga Delfos, interdito aos profanos.

Nunca criado algum havia posto ali o pé audacioso, como teria dito o grande Racine, que florescia naquela época. Cornélio não deixava lá penetrar senão a vassoura inofensiva de uma velha criada frisã, sua ama de leite, a qual, depois que ele se dedicara ao culto das tulipas, não se atrevia a deitar cebolas nos guisados, com medo de descascar e guisar o deus do seu menino.

E por isso, a estas palavras *gabinete de enxugo,* os criados que levavam as luzes desviaram-se respeitosamente; e Cornélio, tirando a vela da mão do primeiro, entrou adiante do padrinho no gabinete.

Acrescentemos ao que acabamos de dizer que o gabinete de enxugo era esse mesmo quarto envidraçado, para o qual Boxtel dirigia inalteravelmente o seu telescópio.

Esse invejoso, que lá estava no seu posto, viu primeiro alumiarem-se as paredes e as vidraças; depois aparecerem duas sombras, uma das quais grande, majestosa, severa, se sentou perto da mesa em cima da qual Van Baerle pusera o castiçal.

Nesta sombra reconheceu Boxtel o pálido rosto de Cornélio de Witt, cujos longos cabelos pretos, separados na testa, lhe caíam sobre os ombros.

O *ruward* de Pulten, depois de ter dito a Cornélio algumas palavras, cujo sentido o invejoso não pôde compreender pelo movimento dos lábios, tirou do seio e entregou-lhe um embrulho branco, cuidadosamente lacrado, embrulho que Boxtel, pelo modo com que Cornélio lhe pegou e depôs num armário, supôs conteria papéis da maior importância.

De começo pensara ele que este maço precioso continha alguns bulbos vindas recentemente de Bengala, ou de Ceilão;

mas em breve refletira que Cornélio de Witt cultivava pouco as tulipas e só se ocupava do homem, má planta, muito menos agradável à vista, e sobretudo muito mais difícil de fazer florescer.

Regressou portanto à idéia de que este embrulho encerrava pura e simplesmente papéis e que estes papéis tratavam de política.

Mas por que se entregavam papéis de política a Cornélio, que não só era, mas até se vangloriava de ser inteiramente estranho a esta ciência, no seu conceito muito mais obscura do que a química, ou mesmo do que a alquimia?

Devia ser sem dúvida um depósito que Cornélio de Witt, já ameaçado pela impopularidade com que começavam a honrá-lo os seus conterrâneos, entregava ao seu afilhado Van Baerle; e o ato era tanto mais sagaz da parte do *ruward,* por isso que não seria na casa de Cornélio Van Baerle, homem estranho a todos os enredos e intrigas, que iriam procurar este depósito.

E demais, se o embrulho contivesse bulbos, Boxtel, que conhecia o seu vizinho, sabia que Cornélio não se poderia suster e tê-lo-ia no mesmo instante apreciado, examinando, como amador que era, o valor do presente recebido.

Bem ao contrário, Cornélio recebera respeitosamente o depósito das mãos do *ruward* e metera-o com todo o respeito numa gaveta, lá bem para o fundo, em primeiro lugar, sem dúvida, para que não fosse visto, e em segundo lugar, para que não tomasse uma grande parte do espaço reservado aos seus bulbos.

Cornélio de Witt, quando viu o maço de papéis metido dentro da gaveta, levantou-se, apertou a mão ao seu afilhado e dirigiu-se para a porta.

E Van Baerle pegou apressadamente no castiçal e correu a tomar-lhe a dianteira, a fim de o alumiar.

A luz foi-se então esvaecendo insensivelmente no gabinete envidraçado, para tornar a aparecer na escada, depois debaixo do vestíbulo e finalmente na rua, ainda cheia de gente, que queria ver o *ruward* subir para a berlinda.

O invejoso não se enganara nas suas suposições. O depósito confiado pelo *ruward* ao seu afilhado, e cuidadosamente guardado por este, era a correspondência de João com Louvois. Só com a diferença de que este depósito, como Cornélio de Witt o dissera a seu irmão, fora confiado a Van Baerle sem que este tivesse tido a menor suspeita da sua importância política. E tão-somente lhe havia recomendado que o não entregasse senão a ele ou à vista de um bilhete seu, fosse quem fosse a pessoa que o viesse reclamar.

Cornélio Van Baerle, como acabamos de ver, fechara o depósito no armário dos bulbos raros.

Mas depois, apenas o *ruward* partiu, apenas o ruído e as luzes se extinguiram, o nosso homem não se lembrara mais deste embrulho, do qual pelo contrário muito se lembrava Boxtel, que, qual hábil piloto, via no tal maço de papéis a nuvem longínqua e imperceptível, que irá crescendo ao passo que caminha e que encerra a tempestade.

Eis aqui, pois, todas as bases da nossa história plantadas nesta pingue terra que se estende desde Dordrecht até Haia. Segui-las-á quem quiser, nos seguintes capítulos; nós, pela nossa parte, cumprimos a nossa palavra, provando que nunca Cornélio nem João de Witt tinham tido tão ferozes e acirrados inimigos em toda a Holanda, como o que tinha Van Baerle no seu vizinho *mynheer* Isaac Boxtel.

Entretanto, prosperando na sua ignorância, o tulipista caminhara ao fim proposto pela sociedade de Harlem e conseguira passar da tulipa cinzento-escura à tulipa cor de café torrado. Assim é que, continuando o curso da nossa história, vamos encontrá-lo, no mesmo dia em que se passava em Haia o grande acontecimento, que atrás narramos, aí pela uma hora da tarde, tirando do seu canteiro os bulbos, ainda infrutíferos, de uma sementeira de tulipas cor de café torrado, tulipas cuja florescência, até então abortada, estava fixada para a primavera de 1673, e que não podiam deixar de dar a grande tulipa negra exigida pela sociedade de Harlem.

No dia 20 de agosto de 1672, a uma hora da tarde, estava pois Cornélio no seu gabinete com os pés na travessa da mesa, os cotovelos encostados ao pano que a cobria, contemplando com arroubos três pequenos bulbos que acabava de separar de outra maior: cebolinhas puras, perfeitas, intactas, princípios inapreciáveis de uma das mais maravilhosas produções da ciência e da natureza, unidos nessa combinação, cujo bom resultado devia ilustrar para sempre o nome de Cornélio Van Baerle.

— Hei de encontrar a grande tulipa negra — dizia consigo Cornélio, à proporção que separava os bulbos. Receberei os cem mil florins do prêmio proposto e distribuí-los-ei pelos pobres de Dordrecht; deste modo amenizar-se-á o ódio que todo homem rico inspira no meio das guerras civis e poderei, sem nada temer dos republicanos ou dos orangistas, continuar a ter os meus alegretes em estado suntuoso. Não recearei tampouco que num dia de sedição os lojistas de Dordrecht e os marinheiros do porto venham arrancar os meus bulbos para sustentar as suas famílias, como às vezes me ameaçam pela socapa, quando se lembram que adquiri um bulbo por dois ou três mil florins. Está dito, darei aos pobres os cem mil florins do prêmio de Harlem. Embora que...

E a este *embora que,* Cornélio Van Baerle fez uma pausa e suspirou.

— Embora que — prosseguiu ele — seria uma coisa bem agradável despender esses cem mil florins com o engrandecimento do meu jardim, ou mesmo numa viagem ao Oriente, pátria das lindas flores. Mas ah! não pensemos em tal; porque o que domina a situação neste momento são mosquetes, bandeiras, tambores e proclamações!

Proferindo estas palavras, ergueu os olhos para o céu e soltou um suspiro.

Depois, volvendo-os para os seus bulbos, que eram para ele um objeto de muito maior interesse do que esses mosquetes, esses tambores, essas bandeiras e essas proclamações, tudo coisas próprias para perturbarem o espírito de um homem honrado, prosseguiu dizendo:

— Realmente, são bem lindos estes bulbos; tão lisas, tão bem feitos, como têm esse ar melancólico que promete um preto de ébano à minha tulipa! As veias de circulação não se lhes vêem sobre a pele a olho nu. Oh! decerto, nem uma só nódoa manchará o vestido de luto da flor que me deverá a existência... E que nome darão a esta filha das minhas vigílias, do meu trabalho, do meu pensamento? *Tulipa Nigra Barlaeensis.*

"Sim, *Barlaeensis;* lindo nome. Toda a Europa tulipista, isto é, toda a Europa inteligente, estremecerá quando for levada nas asas do vento aos quatro pontos cardiais do globo esta notícia: A GRANDE TULIPA NEGRA FOI ACHADA! — Como se chama? perguntarão os amadores. — *Tulipa Barlaeensis.* — *Barlaeensis* por quê? — Do nome do seu inventor Van Baerle, responderão. — E quem é esse Van Baerle? — É aquele que já tinha achado cinco espécies novas: *Joana, João de Witt, Cornélia,* etc. Ora aqui está a minha ambição, ambição que não custará lágrimas a ninguém. E o caso é que ainda se há de falar da *Tulipa Nigra Barlaeensis,* quando talvez o meu padrinho, esse político sublime, já não for conhecido senão pela tulipa a que dei o seu nome.

"Oh! Que lindos bulbos!...

"Quando a minha tulipa tiver florescido — continuou Cornélio — se a Holanda já estiver tranqüila, darei somente aos pobres cinqüenta mil florins; o que, por fim de contas, é já muito para um homem que não deve absolutamente nada. Depois, com os outros cinqüenta mil, realizarei experiências e hei de ver se consigo dar aroma à tulipa. Oh! Se eu pudesse conseguir dar-lhe o cheiro da rosa ou do cravo, ou mesmo um cheiro completamente novo, o que seria ainda melhor; se eu chegasse a restituir a esta rainha das flores esse perfume natural e genérico que ela perdeu passando do seu trono do Oriente para o seu trono europeu, o perfume que deve ter na península da Índia, em Goa, em Bombaim, em Madrasta, e essencialmente nessa ilha que outrora, segundo se afirma, foi o Paraíso Terrestre, e que se chama Ceilão, ah! que glória! Preferiria antes, digo-o muito deveras, preferiria antes ser Cornélio Van Baerle, a ser Alexandre, César, ou Maximiliano.

"Oh! Que admiráveis são estes bulbos!..."

E Cornélio deleitava-se na sua contemplação e embebia-se nos mais doces sonhos.

De repente a campainha do seu gabinete retiniu com mais força que de costume.

Cornélio estremeceu, tapou os bulbos com a mão e voltou-se.

— Quem está aí? — perguntou ele.

— É um mensageiro de Haia, senhor — respondeu o criado.

— Um mensageiro de Haia... Que quer ele?

— É Craeke, senhor.

— Craeke, o criado de confiança do Sr. João de Witt? Pois que espere.

— Não posso esperar — disse uma voz no corredor.

E ao mesmo tempo, alterando as ordens, Craeke precipitou-se no gabinete.

Esta aparição quase violenta era uma tal infração dos costumes estabelecidos na casa de Cornélio Van Baerle, que este, ao ver Craeke entrar tão precipitadamente no gabinete, fez, com a mão com que cobria os preciosos bulbos, um movimento quase convulsivo, que atirou com dois deles, um para debaixo de uma mesa próxima à mesa grande e o outro para o fogão.

— Com os demônios! — disse Cornélio, correndo a apanhar os bulbos — então que novidades há, Craeke?

— Pede-se-lhe, senhor — disse Craeke, pondo o papel em cima da mesa grande em que ficara o terceiro bulbo — que tenha a bondade de ler este papel sem perder um só instante.

E Craeke, que julgara notar nas ruas de Dordrecht os sintomas de um tumulto igual àquele que deixara em Haia, fugiu sem voltar a cabeça.

— Está bom! está bom! meu querido Craeke — disse Cornélio, estendendo o braço por baixo da mesa, para procurar o bulbo precioso; — deixa estar que eu lerei o teu papel.

Depois, apanhando o bulbo, que pôs no côncavo da mão, a fim de a examinar, disse:

— Bom! Aqui está um intacto. Se este diabo de Craeke entra assim no meu gabinete! Vejamos agora o outro!

E sem largar o bulbo fugitivo, Van Baerle dirigiu-se para o fogão e, pondo-se de joelhos, começou com a ponta do dedo a esgaravatar nas cinzas, que felizmente estavam frias.

Ao fim de um momento sentiu o segundo bulbo.

— Bom — disse — aqui está ele.

E mirando-o com uma atenção quase paternal, prosseguiu:

— E intacto como o primeiro.

No mesmo instante, e quando Cornélio, ainda de joelhos, examinava o segundo bulbo, a porta do gabinete foi empurrada com tanta força e abriu-se de tal modo em conseqüência deste abalo, que Cornélio sentiu subir-lhe às faces e às orelhas a chama dessa má conselheira, que se chama cólera.

— Que mais temos? — perguntou ele. — Estarão acaso todos doidos varridos?

— Senhor! senhor! — exclamou um criado, entrando precipitadamente no gabinete com o rosto mais pálido e um ar mais esbaforido do que Craeke.

— Que é? — perguntou Cornélio, pressagiando uma desgraça ao ver esta dupla infração de todas as regras.

—Ah! senhor, fuja, fuja depressa! — exclamou o criado.

— Fugir! e por quê?

— A casa está cheia de guardas dos Estados.

— Que querem eles?

— Procuram-no, senhor.

— Para quê?

— Para o prenderem.

— Para me prenderem?

— Sim, senhor, e vêm precedidos de um magistrado.

— Que quer isso dizer? — perguntou Van Baerle, apertando os dois bulbos na mão e cravando os olhos assustados na escada.

— Já sobem! já sobem! — gritou o criado.

— Oh! meu querido filho, meu respeitável amo — exclamou a ama de leite, entrando por seu turno no gabinete. — Pegue no seu ouro, nas suas jóias, e fuja! fuja!
— Mas por onde queres que eu fuja, ama? — perguntou Van Baerle.
— Salte pela janela.
— Tem vinte e cinco pés de altura.
— Cairá em cima de seis pés de terra fofa.
— Sim, mas cairei em cima das minhas tulipas.
— Não importa, salte.

Cornélio pegou no terceiro bulbo, chegou à janela, abriu-a, mas ao aspecto do destroço que ia fazer nos alegretes, muito mais ainda do que à vista da altura que tinha de saltar, disse:
— Isso nunca!
E deu um passo para trás.
Neste momento viam-se aparecer através das grades de ferro da escada as alabardas dos soldados.
A ama levantou os braços para o céu.
Quanto a Cornélio Van Baerle, releva dizê-lo em abono, não do homem, mas do tulipista, a sua única preocupação foi pelos seus inestimáveis bulbos.
Procurou com os olhos um papel em que pudesse embrulhá-las, e vendo a folha da Bíblia posta por Craeke em cima da mesa, agarrou nela sem se lembrar, tão grande era a sua perturbação, de onde viera este papel, embrulhou os três bulbos, escondeu-as no seio e esperou.
Os soldados, seguindo o magistrado, entraram neste instante.
— É o doutor Cornélio Van Baerle? — inquiriu o magistrado, embora conhecesse perfeitamente o tulipista, mas nisto conformava-se com as regras da justiça, o que dava, como se vê, uma grande gravidade à interrogação.
— Sim, mestre Van Spennen — respondeu Cornélio, cumprimentando com amabilidade o seu juiz — e o senhor bem o sabe.
— Nesse caso, entregue-nos os papéis sediciosos que oculta em sua casa.

— Os papéis sediciosos? — repetiu Cornélio, muito pasmado com a apóstrofe.

— Ora não se faça de espantado!

— Juro-lhe, mestre Van Spennen — replicou Cornélio — que ignoro completamente o que quer dizer.

— Então vou falar-lhe com mais clareza; entregue-nos os papéis que o traidor Cornélio de Witt depositou em sua casa, no mês de janeiro último.

Um raio de luz passou pela mente de Van Baerle ao ouvir isto.

— Oh! oh! — disse Van Spennen — começa a recordar-se, não é assim?

— Sem dúvida; mas o senhor falava de papéis sediciosos, e eu não tenho em meu poder nenhum papel desse gênero.

— Ah! nega?

— Certamente.

O magistrado voltou-se para examinar num rápido olhar todo o gabinete.

— Qual é o quarto de sua casa que se chama o gabinete de enxugo? — perguntou ele.

— É justamente este em que estamos, mestre Van Spennen.

O magistrado deitou uma vista de olhos para uma pequena nota que trazia na frente dos seus papéis.

— Está bem — disse ele, como um homem bem informado. Depois voltando-se para Cornélio, prosseguiu:

— Quer entregar-me esses papéis?

— É coisa que não posso fazer, mestre Van Spennen; porque esses papéis não são meus; foram-me entregues a título de depósito, e um depósito é sagrado.

— Doutor Cornélio — retorquiu o juiz — em nome dos Estados ordeno-lhe que abra esta gaveta e que me entregue os papéis que aqui estão fechados.

Proferindo estas palavras, o magistrado indicava a terceira gaveta de um cofre colocado junto do fogão.

Era com efeito nesta terceira gaveta que estavam os papéis entregues pelo *ruward* de Pulten ao seu afilhado; prova de que a polícia fora muito bem informada.

—Ah! não quer? — disse Van Spennen, vendo que Cornélio permanecia imóvel de pasmo.

E puxando a gaveta até ao fim, o magistrado descobriu primeiro uns vinte bulbos, arranjadas com cuidado, e com os competentes dísticos, e depois o maço de papéis que ficara exatamente no mesmo estado em que fora entregue pelo infeliz Cornélio de Witt ao seu afilhado.

—Ah! bem se vê que a justiça não recebeu um falso aviso!
—Então que é?
—Ora, não continue a fazer-se de bobo, Sr. Van Baerle — respondeu o magistrado — e acompanhe-nos.
—Que o acompanhe? — exclamou o doutor.
—Sim, porque está preso da parte dos Estados.

Nesse tempo ainda não se prendia à ordem de Guilherme de Orange, pois para isso ainda não havia decorrido o tempo suficiente que era *stathouder*.

—Prender-me! — exclamou Cornélio; — então que fiz eu?
—Isso não é da minha competência, doutor, explicar-se-á com os seus juízes.
—Onde?
—Em Haia.

Cornélio, surpreendido, abraçou a sua ama, que perdia os sentidos, apertou a mão aos seus criados, que derramavam lágrimas, e seguiu o magistrado, que o fechou na carruagem como um preso de Estado e o mandou conduzir a todo o galope para Haia.

CAPÍTULO 8

UMA INVASÃO

Tudo o que acabava de acontecer era, como facilmente se adivinha, a obra diabólica de *mynheer* Isaac Boxtel.

O leitor decerto se há de lembrar que este, com o auxílio do seu óculo, não perdera uma única particularidade da conferência de Cornélio de Witt com o seu afilhado.

Deve recordar-se também de que nada ouvira, é verdade, mas que vira tudo.

Há de lembrar-se enfim de que adivinhara a importância dos papéis confiados pelo *ruward* de Pulten ao seu afilhado, vendo que este fechara com todo cuidado o maço dos papéis na gaveta em que guardava os seus bulbos mais preciosos.

O resultado disto foi que apenas Boxtel, que seguia o andamento da política com mais atenção do que o seu vizinho Cornélio, soube que Cornélio de Witt estava preso como criminoso de alta traição para com os Estados, logo se lembrou de que bastaria pronunciar apenas uma palavra para fazer prender o afilhado ao mesmo tempo que o padrinho.

Entretanto, por muito rancoroso que fosse o coração de Boxtel, estremeceu ainda ao princípio só com a idéia de denunciar um homem, que em conseqüência de tal denúncia podia subir ao cadafalso.

Mas as idéias más têm uma coisa bem terrível, que é o familiarizarem-se com elas os maus espíritos.

De mais a mais, *mynheer* Isaac Boxtel animava-se com este sofisma:

"Cornélio de Witt é um mau cidadão, visto que é acusado de alta traição e está preso.

"Eu sou um bom cidadão, visto que não sou acusado de coisa nenhuma neste mundo e que ando livre como o ar.

"Ora, se Cornélio de Witt é um mau cidadão, o que não admite dúvidas, pois se acha acusado de alta traição, e está preso, o seu cúmplice Cornélio Van Baerle é tão mau cidadão como ele.

"Por conseguinte, como eu sou um bom cidadão, e o dever dos bons cidadãos é denunciarem os maus, cumpre-me a mim, Isaac Boxtel, denunciar Cornélio Van Baerle."

Mas este raciocínio, por mais ilusório que fosse, talvez não houvesse tomado completo império sobre Boxtel, talvez até que o invejoso não tivesse cedido ao simples desejo de vingança que lhe mordia o coração, se, conjuntamente com o demônio da inveja, não surgisse o demônio da cobiça.

Boxtel não desconhecia o ponto a que Van Baerle chegara nos seus trabalhos para achar a grande tulipa negra.

O doutor Cornélio, apesar de toda a sua grande modéstia, não pudera ocultar aos seus mais íntimos amigos que tinha quase a certeza de ganhar, no ano da graça de 1673, o prêmio de cem mil florins proposto pela sociedade horticultora de Harlem.

Ora, esta quase certeza de Cornélio Van Baerle era a febre que devorava Isaac Boxtel.

Se Cornélio fosse preso, isto ocasionaria certamente um grande transtorno e confusão em sua casa. Na noite imediata à prisão, ninguém se lembraria de vigiar as tulipas do jardim. E nessa noite, Boxtel galgaria por cima do muro, e como sabia onde estava o bulbo, que devia dar a grande tulipa negra, roubaria este bulbo; e assim a tulipa negra, em lugar de desabrochar em casa de Cornélio, floresceria em sua casa, e seria ele quem ganharia o prêmio de cem mil florins, em vez de Cornélio; sem contar a honra suprema de chamar à flor nova, *Tulipa Nigra Boxtelensis,* resultado que não só satisfazia a sua vingança, como também a sua ambição.

Acordado, não pensava senão na grande tulipa negra; dormindo, não sonhava senão com ela.

Finalmente, no dia 19 de agosto, pelas duas horas da tarde, a tentação foi tão dominadora, que *mynheer* Isaac não lhe pôde resistir por mais tempo.

Por conseguinte escreveu uma denúncia anônima, que substituía a autenticidade pela exatidão, e deitou esta denúncia no correio.

Nunca um papel venenoso, metido nas fauces de bronze do leão de Veneza, produziu um efeito mais rápido e mais terrível.

Nessa mesma noite, o principal magistrado recebeu a carta; e no mesmo instante convocou os seus colegas para a manhã seguinte. Com efeito, logo no outro dia pela manhã, os magistrados tinham-se reunido e decidido a prisão de Cornélio, confiando a execução desta ordem a mestre Van Spennen, que, como vimos, tinha cumprido o seu dever como digno holandês e prendera Van Baerle no mesmo momento em que os orangistas de Haia faziam queimar e assar os pedaços dos cadáveres de Cornélio e de João de Witt.

Mas, ou fosse vergonha ou fraqueza no crime, Isaac Boxtel não tivera coragem de dirigir o seu óculo nem para o jardim, nem para o gabinete, nem para a casa de trabalho do seu vizinho.

Imaginava muito bem o que se ia passar em casa do pobre Dr. Cornélio, para necessitar de observar o que ali se fazia; e por isso nem sequer se levantou, quando o seu único criado, que invejava a sorte dos criados de Cornélio, com tanto azedume como Boxtel invejava a sorte do amo, lhe entrou no quarto; e Boxtel só lhe disse:

— Hoje não me levanto, porque estou doente.

Aí pelas nove horas, sentiu um grande ruído na rua e estremeceu; neste momento estava mais pálido do que um verdadeiro doente, mais trêmulo do que um verdadeiro febricitante.

O criado entrou e Boxtel cobriu a cabeça com a roupa da cama.

— Ah! senhor — exclamou o criado, não sem ter suas desconfianças de que, deplorando a desgraça acontecida a Van Baerle, ia anunciar uma boa nova ao seu amo; — ah! senhor, não sabe o que se está passando?

— Como queres que o saiba? — respondeu Boxtel, com voz quase ininteligível.

— Pois, senhor! estão agora mesmo prendendo o seu vizinho Cornélio Van Baerle, como criminoso de alta traição.

— Ora essa! — murmurou Boxtel com voz débil — isso não é possível!

— Pelo menos é o que se diz; e demais eu mesmo acabo de ver entrar para lá o juiz Van Spennen e os guardas.

— Ah! Se viste — replicou Boxtel — isso então é outra coisa.

— Contudo, vou-me informar de novo — disse o criado — e fique descansado que lhe darei parte de tudo.

Boxtel contentou-se com incitar por um gesto o zelo do seu criado, que saiu e tornou a entrar um quarto de hora depois, dizendo:

— Ah! senhor, tudo quanto ainda agora lhe contei era a verdade pura.
— Como assim?
— O sr. Van Baerle está preso; meteram-no na carruagem e acabam de o mandar para Haia.
— Para Haia?
— Sim, senhor, e se o que dizem é verdade, aquilo por lá não há de ser para ele água de rosas.
— Então que dizem? — perguntou Boxtel.
— Ora essa! Dizem, mas ainda não há a certeza, de que os burgueses devem a estas horas estar assassinando o sr. Cornélio e o sr. João de Witt.
— Oh! — murmurou, ou para melhor dizer, rosnou Boxtel fechando os olhos para não ver a terrível imagem que sem dúvida se lhe oferecia à vista.
— Apre! — disse o criado saindo — é preciso que *mynheer* Isaac Boxtel esteja bem doente para não ter saltado pela cama fora ao escutar semelhante notícia.

Com efeito, Isaac Boxtel estava bem doente, doente como um homem que acaba de assassinar outro.

Mas ele tinha assassinado este homem com um fim duplicado; o primeiro estava cumprido; restava cumprir o segundo.

Veio a noite. E como era a noite que Boxtel esperava, levantou-se.

Depois subiu ao seu sicômoro.

Tinha pensado bem; ninguém cuidava em guardar o jardim; casa e criados andava tudo em barafunda.

Ouviu sucessivamente dar dez horas, onze horas, meia-noite.

À meia-noite, com o coração agitado, as mãos a tremer, o rosto lívido, desceu da árvore, pegou em uma escada de mão, encostou-a ao muro, subiu até ao penúltimo degrau e pôs-se à escuta.

Tudo estava tranqüilo. Nenhum rumor alterava o silêncio da noite.

Uma única luz brilhava em toda a casa. Era a da ama.

Este silêncio e esta escuridão deram coragem a Boxtel, que se escarranchou no muro; demorou-se um instante sobre o espigão e depois, bem certo de que nada tinha a temer, passou a escada do seu jardim para o de Cornélio e desceu.

Depois disto, como sabia, com pequena diferença, o lugar em que estavam enterradas os bulbos da futura tulipa negra, correu para aquele sítio, tomando, todavia, pelas ruas, a fim de que as pegadas o não traíssem, e, tendo chegado ao lugar preciso, cravou as mãos na terra fofa com uma alegria de tigre.

Não encontrou porém, nada, e julgou ter-se enganado.

Entretanto, as bagas de suor formavam-se-lhe instintivamente na testa.

Esgaravatou ao lado; nada.

Esgaravatou à direita, esgaravatou à esquerda; nada.

Esgaravatou para diante, e para trás; nada.

Por pouco que não perdeu o juízo, pois conheceu enfim que, naquela mesma manhã, a terra fora revolvida.

Com efeito, enquanto Boxtel esteve na cama, Cornélio descera ao jardim, desenterrara o bulbo, e como vimos, dividira-o em três bulbo.

Boxtel não podia pensar em retirar-se dali; e no entanto já tinha revolvido com as mãos mais de dez pés quadrados.

Por fim, não lhe restou nenhuma dúvida acerca da sua desgraça.

Ébrio de cólera, subiu outra vez pela escada, escarranchou-se em cima do muro, passou-a do jardim de Cornélio para o seu e saltou depois dela.

De repente, ocorreu-lhe a idéia de que as cebolas estavam no gabinete de enxugo.

A coisa reduzia-se portanto a penetrar neste gabinete como penetrara no jardim, pois decerto as encontraria ali.

E afinal isto pouco difícil era; as vidraças levantavam-se como as de uma estufa, Van Baerle tinha-as aberto naquela manhã, e ninguém se lembrara de as fechar.

O essencial era arranjar uma escada bastante comprida, uma escada que tivesse vinte pés de comprido, em vez de doze.

81

Mas Boxtel tinha notado que na rua em que morava se estava reparando uma casa e encostada a ela havia uma escada muito alta.

Esta escada era exatamente o que lhe convinha, se os trabalhadores a não tivessem levado.

Correu à casa, e com efeito encontrou lá a escada.

Agarrou nela, levou-a com grande custo para o seu jardim e encostou-a à parede da casa de Cornélio.

A escada chegava precisamente ao gabinete.

Boxtel muniu-se de uma lanterna de furta-fogo acesa, trepou pela escada e entrou no gabinete.

Tendo chegado ao seu tabernáculo, parou e encostou-se à mesa; as pernas vergavam-lhe, o coração batia-lhe com tanta força que quase o sufocava.

Ali a coisa era muito pior do que no jardim; dir-se-ia que o ar livre tira à propriedade o que ela tem de respeitável; assim é que o mesmo homem que salta por cima de uma sebe, ou de um muro, estaca junto à porta, ou à janela de um quarto.

No jardim, Boxtel não passava de ser um ratoneiro; dentro do quarto, porém, era um ladrão.

Mas, contudo, cobrou ânimo; não viera até ali para voltar para casa com as mãos vazias.

Debalde porém procurou, abriu e fechou todas as gavetas e até a gaveta privilegiada em que estava o depósito que acabava de ser tão fatal a Cornélio; achou, com os seus competentes dísticos, como num jardim botânico, a *Joana,* a *de Witt,* a tulipa cinzento-escura, a tulipa cor de café torrado; mas da tulipa negra, ou antes dos bulbos em que esta ainda estava dormindo, e oculta nos limbos da florescência, não havia fumos nem arestas.

E no entanto, no registro das sementes e dos bulbos, escriturado por partidas dobradas por Van Baerle, com mais cuidado e exatidão do que o registro comercial das primeiras casas de Amsterdã, Boxtel leu as seguintes linhas:

"*Hoje, 20 de agosto de 1672, desenterrei o bulbo da grande tulipa negra, que separei em três bulbinhos perfeitos.*"

— E esses bulbos! esses bulbos! — bramiu Boxtel, devastando tudo quanto estava no gabinete — onde as terá ele escondido?

Depois bateu de repente na testa a ponto de achatar a cabeça.

— Oh! Que miserável que eu sou! exclamou ele — ah! perdido e mais que perdido Boxtel, pois um homem separa-se lá dos seus bulbos? Acaso os deixa ficar em Dordrecht, quando parte para Haia? Acaso pode alguém viver sem os seus bulbos, quando esses bulbos são os da tulipa negra? Terá tido tempo de os guardar aquele infame! Tem-nos consigo, levou-os para Haia!

Isto era um relâmpago que mostrava a Boxtel o abismo de um crime inútil; e por isso caiu fulminado em cima daquela mesma mesa, no mesmo lugar onde poucas horas antes o infeliz Van Baerle admirara por tanto tempo, e tão deliciosamente, os bulbos da tulipa negra.

— Vamos! No fim de contas — disse o invejoso, erguendo o rosto lívido — se as tem consigo, não as pode conservar senão enquanto estiver vivo, e...

O resto do seu horrendo pensamento perdeu-se em um sorriso terrível.

— Os bulbos estão em Haia — disse ele; — não é pois em Dordrecht que eu posso viver. Vamos a Haia por causa dos bulbos! Para Haia!

E Boxtel, sem fazer caso das riquezas imensas que abandonava, tão preocupado estava com outra riqueza inestimável, saiu pela janela, desceu pela escada, tornou a levar o instrumento do roubo para o mesmo lugar de onde o tirara e, semelhante a um animal carnívoro, correu para casa rugindo.

CAPÍTULO 9

O QUARTO DE FAMÍLIA

Era quase meia-noite quando o inditoso Van Baerle entrou na prisão de Buitenhof.

O que Rosa previra tinha acontecido. A cólera do povo, ao achar o quarto de Cornélio vazio, fora grande, e se Gryphus ali se encontrasse debaixo das mãos destes furiosos, decerto teria pago pelo preso.

Porém, esta cólera tivera ocasião de se fartar à larga nos dois irmãos, que tinham sido alcançados pelos assassinos, em conseqüência da precaução tomada por Guilherme, o homem das precauções, de fechar as portas da cidade.

Chegara portanto um momento em que a prisão ficara vazia e em que o silêncio sucedera ao espantoso troar de gritos que rolava pelas escadas.

Rosa tinha-se aproveitado deste momento para sair do seu esconderijo e fazer sair dele também seu pai.

A prisão estava completamente deserta; e para que servia ficar na prisão, quando lá no Tol-Hek estavam assassinando?

Gryphus saiu todo apavorado atrás da corajosa Rosa e foram ambos fechar o portão o melhor que puderam, dizemos o melhor que puderam, porque estava meio quebrado. Bem se notava que a torrente de uma cólera poderosa passara por ali.

Às quatro horas da tarde ouviu-se o ruído que voltava, mas este ruído nada tinha de inquietador para Gryphus e sua filha. Era o dos cadáveres que arrastavam e que vinham enforcar no lugar costumado das execuções.

Rosa esconderijo-se novamente, mas só para não ver o horrível espetáculo.

À meia-noite bateram à porta do Buitenhof, ou antes à trincheira improvisada que a substituía.

Quando Gryphus recebeu este novo hóspede e leu na parte, pela qual devia formar o assento no livro, a qualidade do preso, murmurou, com um sorriso de carcereiro.

— Afilhado de Cornélio de Witt; ah! senhor, temos justamente aqui o quarto de família; pois nele o encerraremos.

E muito contente com o gracejo que acabava de dizer, o feroz orangista pegou na sua lanterna e nas chaves, a fim de conduzir Cornélio para a célula que naquela manhã Cornélio de Witt deixara pelo *desterro,* tal como o entendem, em tempos de revolução, esses grandes moralistas que dizem como um axioma de alta política:

— Só os mortos é que não voltam.

Gryphus dispôs-se portanto para conduzir o afilhado para o quarto do padrinho.

No caminho, que era necessário transitar para chegar a este quarto, o desesperado florista nada mais ouviu senão o ladrar de um cão, nada mais viu senão o rosto de uma jovem.

O cão saiu de um nicho aberto na parede, sacudindo uma grossa corrente, e cheirou Cornélio, para o ficar reconhecendo bem, no momento em que lhe fosse ordenado que o devorasse.

A jovem, essa, quando o preso fez ranger o corrimão da escada ao apoiar-se nele, entreabriu o postigo de um quarto que ocupava no vão desta mesma escada, e com a luz na mão direita, alumiou o seu lindo rosto rosado, encaixilhado em admiráveis cabelos louros caídos em grossos anéis, ao passo que com a esquerda cruzava sobre o peito o seu vestido branco de dormir, porque fora despertada do seu primeiro sono pela chegada inesperada de Cornélio.

Era, na verdade, um lindo quadro para se pintar, e em tudo digno do mestre Rembrandt, esta espiral denegrida da escada iluminada pela lanterna avermelhada de Gryphus, com a sua cara torva e carrancuda de carcereiro; no topo, o rosto melancólico de Cornélio, que se debruçava para ver lá embaixo, no meio do postigo iluminado, o lindo e meigo rosto de Rosa e o seu gesto pudico, talvez um pouco contrariado pela posição elevada de Cornélio, que, lá de cima dos degraus, afagava com o olhar vago e triste as brancas e roliças espáduas da jovem.

Por fim, lá bem embaixo, e totalmente na escuridão, no lugar da escada em que a obscuridade não permitia descriminar

85

todas as particularidades, os olhos de carbúnculo do molosso sacudindo a sua corrente, cujos elos a dupla luz do candeeiro de Rosa e da lanterna de Gryphus fazia luzir.

Mas o que o sublime artista não teria podido reproduzir no seu quadro é a expressão dolorosa que tatuou o rosto de Rosa, quando viu este belo, mas pálido senhor subir lentamente a escada e pôde aplicar-lhe as sinistras palavras pronunciadas por seu pai:

— Terá o quarto de família...

Esta visão durou um instante, muito menos tempo do que o que nós gastamos em a descrever. Depois Gryphus continuou o seu caminho, Cornélio foi obrigado a segui-lo e cinco minutos depois entrava na prisão, que é inútil descrever, visto que o leitor já a conhece.

Gryphus, depois de ter designado com o dedo ao preso o leito em que tantas dores curtira o mártir, que naquele mesmo dia dera a alma a Deus, tornou a pegar na lanterna e saiu.

Quando ficou sozinho, Cornélio deitou-se em cima da cama, mas não dormiu. E como não despregasse os olhos da estreita janela de grades, que deitava para o Buitenhof, viu alvorecer pela banda de lá das árvores esse primeiro raio de luz que o céu deixa cair sobre a terra como um manto branco.

Durante a noite, alguns cavalos tinham galopado, a espaços, pelo Buitenhof, passos pesados de patrulhas haviam ecoado no pequeno círculo calçado da praça e os murrões dos arcabuzes, acendendo-se com o vento do oeste, tinham lançado até às vidraças da prisão intermitentes clarões.

Logo que o dia nascente prateou o espigão dos telhados, Cornélio, impaciente por saber se alguma coisa vivia à sua volta, chegou-se à janela e volveu em torno de si um triste olhar.

Ao fundo da praça erguia-se um vulto denegrido, tirando o azul escuro pelas neblinas da madrugada e recortando o seu perfil irregular sobre as casas ainda mal alumiadas.

Cornélio reconheceu a forca.

Desta forca pendiam dois informes farrapos, que nada mais eram do que esqueletos ainda escorrendo em sangue.

O bom povo de Haia havia retalhado as carnes das suas vítimas; mas conduzira fielmente ao patíbulo o pretexto de uma dupla inscrição traçada em enorme cartaz, no qual, com a sua vista de vinte e oito anos, Cornélio conseguiu ler as seguintes linhas traçadas pela grosseira brocha de algum borrador de tabuletas:

"Aqui estão pendurados o grande malvado chamado João de Witt e o maroto Cornélio de Witt, seu irmão, dois inimigos do povo, mas grandes amigos do rei de França."

Cornélio soltou um grito de horror e, no transporte do seu terror delirante, bateu com os pés e com as mãos tão rijamente na porta, que Gryphus correu todo furioso, com o molho de enormes chaves na mão; e abrindo a porta no meio de horríveis imprecações contra o preso, que o incomodava fora das horas em que costumava incomodar-se, exclamou:

— Ora esta! Não está levado de todos os diabos este outro de Witt! Estes srs. Witt têm o diabo no corpo!

— Senhor, senhor — disse Cornélio, puxando o braço ao carcereiro e arrastando-o até à janela — que li eu ali?

— Ali, onde?

— Naquele cartaz.

E todo trêmulo, pálido e arquejante, mostrava-lhe com o dedo, lá no fim da praça, a forca com a cínica inscrição por cima.

Gryphus pôs-se a rir.

— Ah! ah! — respondeu ele. — Sim, leu... Ora pois! meu caro senhor, ali tem aonde vão parar aqueles que têm relações particulares com os inimigos do senhor príncipe de Orange.

— Os de Witt foram assassinados! — murmurou Cornélio, com a testa banhada em suor e deixando-se cair em cima do leito, com os braços pendentes e os olhos fechados.

— Os srs. de Witt foram justiçados pelo povo — disse Gryphus;
— chama àquilo assassinados! Pois eu digo: executados.

E reparando que o preso estava não só tranqüilo, mas até em estado de aniquilação, saiu do quarto, puxando a porta com violência e correndo os ferrolhos com estrondo.

Ao tornar a si, Cornélio achou-se sozinho e reconheceu o quarto em que estava, isto é, o quarto de família, segundo lhe chamara Gryphus, como a passagem fatal que devia terminar para ele numa triste morte.

Mas como era um filósofo, como era principalmente um cristão, começou por orar pela alma de seu padrinho, depois pela do grande pensionário, e finalmente resignou-se a todos os males que aprouvesse a Deus enviar-lhe.

Terminada a oração, depois de ter baixado do céu à terra, de ter entrado na sua prisão e de se ter certificado bem de que estava sozinho, tirou do seio os três bulbos da tulipa negra e escondeu-as por detrás de uma pedra, em cima da qual se punha a bilha tradicional, no canto mais escuro do quarto.

Inútil trabalho de tantos anos! Destruição de tão encantadoras esperanças! O seu descobrimento ia pois ficar em nada, como ele ia parar à morte! Nesta prisão não havia uma fibrazinha de erva, nem um átomo de terra, nem um raio de sol.

A esta idéia, Cornélio sentiu-se atacado por uma negra desesperação, da qual somente saiu por uma circunstância extraordinária.

Que circunstância podia ser esta?

É o que vamos dizer no capítulo seguinte.

CAPÍTULO 10

A FILHA DO CARCEREIRO

Naquela mesma noite, Gryphus, que ia levar a ração ao preso, escorregou nas lájeas úmidas ao abrir a porta da prisão e querendo equilibrar-se caiu, bateu com a mão em falso e quebrou o braço por cima do pulso.

Cornélio fez um movimento para acudir ao carcereiro, mas este, que não suspeitava da gravidade do acidente, disse-lhe:

— Não se mexa, que não é nada.

Ao dizer isto, quis levantar-se apoiando-se no braço, mas o osso dobrou-se e só então é que ele sentiu a dor e soltou um grito. Compreendendo que tinha o braço partido, este homem, tão insensível e rude para com os outros, caiu sem sentidos nos umbrais da porta, onde ficou inerte e frio como um morto.

Durante este tempo, a porta da prisão ficara aberta e Cornélio quase estava em liberdade.

Apesar disto, nem sequer lhe passou pela mente a idéia de se aproveitar deste acidente; pelo modo como o braço se dobrara, pelo ruído que fizera ao dobrar-se, conhecera que havia fratura e dor; e por isso não pensou em outra coisa senão em socorrer o ferido, embora lhe tivesse parecido este homem muito mal intencionado a seu respeito logo no primeiro colóquio que com ele tivera.

Ao baque dado pelo carcereiro caindo no chão e ao grito que depois soltara, sentiram-se na escada os passos precipitados de alguém que acudia e a cuja aparição, que se seguiu imediatamente ao ruído destes passos, Cornélio deu um grito abafado, ao qual respondeu o grito de uma jovem.

A pessoa que respondera ao grito de Cornélio era a bela frisã, que, vendo o pai estendido no chão e o preso curvado sobre ele, julgara à primeira vista que Gryphus, cuja brutalidade conhecia, caíra em conseqüência de uma luta travada com o preso.

Cornélio compreendeu qual era o pensamento da jovem no próprio momento em que a suspeita lhe calava no coração.

Mas esta, conhecendo logo a verdade e vexada pelo que imaginara, ergueu para o preso os seus lindos olhos arrasados de lágrimas e disse-lhe:

— Peço-lhe perdão e agradeço-lhe, senhor. Perdão do que pensei e agradecimento pelo que está fazendo.

Cornélio corou.

— Não faço mais do que o meu dever de cristão — disse ele — socorrendo o meu semelhante.

— É que socorrendo-o esta noite, esqueceu-se das injúrias que ele lhe disse esta manhã, e isso, senhor, é mais do que humanidade, é mais do que cristianismo.

Cornélio ergueu os olhos para a linda jovem, muito surpreendido de ouvir sair da boca de uma mulher do povo palavras tão nobres e tão ternas.

Não teve porém tempo de lhe testemunhar o seu pasmo, porque Gryphus, tornando a si, abriu os olhos e voltando-lhe com a vida a sua costumada rudeza, disse:

— Ah! Ora aqui têm vocês, vem um homem correndo trazer a ceia ao preso, prega com os costados no meio do chão por vir depressa, quebra um braço e deixam-no aqui estendido deste modo.

— Cale-se, meu pai — disse Rosa — é injusto para com este senhor, a quem vim achar ocupado em socorrê-lo.

— Ele? — disse Gryphus com ar de dúvida.

— É tão verdade — atalhou Cornélio — que ainda estou pronto para o socorrer.

— O senhor? — disse Gryphus; — é por acaso médico?

— Foi essa a minha primeira profissão — respondeu o preso.

— De modo que poderá consertar-me o braço?

— Perfeitamente.

— E que precisa para isso?

— Duas talas de madeira e umas ligaduras de linho.

— Ouves, Rosa — disse Gryphus — o preso vai consertar-me o braço; é uma economia; ajuda-me, pois, a levantar, que estou pesado como chumbo.

Rosa ofereceu o ombro ao pai, que pôs à roda do pescoço da jovem o braço intacto e fazendo um esforço, pôs-se em pé, enquanto Cornélio, para lhe evitar alguns passos, arrastava para junto dele uma cadeira.

Gryphus sentou-se depois e voltando-se para a filha, disse-lhe:

— Então não ouviste? Vai buscar o que te pedem.

Rosa desceu e voltou dali a pouco com duas aduelas de barril e uma grande tira de pano de linho.

Cornélio, entretanto, despira a jaqueta a Gryphus e tinha-lhe arregaçado a manga da camisa.

— É isto o que precisa? — perguntou Rosa.

— Sim, minha menina — respondeu Cornélio, olhando para os objetos que lhe acabavam de trazer; — é isso mesmo. Agora chegue para aqui esta mesa enquanto eu seguro o braço de seu pai.

Rosa empurrou a mesa; Cornélio pôs-lhe o braço quebrado em cima, para se conservar direito, e com uma habilidade perfeita uniu a fratura, adaptou as talas e apertou as ligaduras.

Mas ao pregar-se o último alfinete, o carcereiro perdeu outra vez os sentidos.

— Vá buscar vinagre, minha menina — disse Cornélio — para lhe esfregarmos as fontes, que logo torna a si.

Mas em vez de cumprir a prescrição que se lhe acabava de fazer, Rosa, depois de se ter certificado de que o pai estava deveras sem sentidos, chegou-se a Cornélio e disse-lhe:

— Senhor, um favor paga-se com outro.

— Que é, minha linda menina? — perguntou Cornélio.

— É que o juiz que deve interrogá-lo amanhã veio informar-se hoje do quarto que o senhor ocupava e como eu lhe dissesse que estava no quarto do Sr. Cornélio de Witt, ele, ao ouvir esta resposta, riu de um modo tão sinistro, que me faz crer que nada de bom o espera.

— Mas — perguntou Cornélio — que me podem fazer?

— Olhe para aquela forca.

— Mas eu não sou um criminoso — replicou Cornélio.

— E aqueles que lá estão pendurados, mutilados, despedaçados, foram-no porventura?

— Tem razão — replicou Cornélio.

E o rosto anuviou-se-lhe.

— E para mais — prosseguiu Rosa — a opinião pública quer que o senhor seja culpado. Mas enfim, culpado ou não, o seu processo começará amanhã; depois de amanhã será condenado; as coisas atualmente vão muito depressa.

— Então que conclui de tudo isso, minha menina?

— Concluo que estou sozinha, que sou fraca, que meu pai está sem sentidos, que o cão está preso, que nada por conseguinte o impede de fugir. Salve-se portanto, eis o que eu concluo.

— Que diz?

— Digo que, não tendo podido, infelizmente, salvar o Sr. Cornélio, nem o Sr. João de Witt, muito desejaria salvar o senhor. Mas apresse-se, que meu pai começa a respirar; num minuto pode abrir os olhos, e então já será bastante tarde. Hesita?

Na verdade, Cornélio continuava imóvel, olhando para Rosa, mas como se olhasse para ela sem a ouvir.

— Não me compreende? — replicou a jovem, impaciente.

— Entendo, entendo — respondeu Cornélio; — mas...

— Mas o quê?

— Recuso o oferecimento, porque a haviam de acusar.

— Que importa? — redargüiu Rosa, corando.

— Obrigado, minha filha — replicou Cornélio — mas fico.

— Fica! Meu Deus! meu Deus! Pois não compreendeu que será condenado... condenado à morte, executado num cadafalso, e talvez esquartejado, como esquartejaram os srs. João e Cornélio? Pelo amor de Deus, não se importe comigo e fuja deste quarto, que, tome bem sentido, é de agouro e de desgraça para a família dos Witt.

— Hein! — exclamou o carcereiro, despertando do letargo.

— Quem fala aqui desses malvados, desses miseráveis, desses celerados dos Witt?

— Não se irrite, honrado homem — disse Cornélio com o seu meigo sorriso; — a coisa que há pior para as fraturas é o escandecer o sangue.

Depois disse baixinho à Rosa:

— Minha filha, eu estou inocente e esperarei os meus juízes com a tranqüilidade e a placidez da inocência.

— Silêncio! — disse Rosa.

— Silêncio, por quê?

— É escusado que meu pai suspeite de que falamos um com o outro.

— E que mal haveria nisso?
— Que mal haveria? É que então nunca mais me deixaria vir aqui — disse a jovem.

Cornélio recebeu esta cândida confissão com um sorriso; parecia-lhe que um pouco de felicidade brilhava no meio do seu infortúnio.

— Que diabo estão vocês aí a rosnar? — disse Gryphus, levantando-se e segurando o braço direito com o esquerdo:

— Nada — respondeu Rosa; — é este senhor que me está prescrevendo o regime que o pai deve seguir.

— O regime que devo seguir! o regime que devo seguir! Pois, minha rica, tu também tens que seguir um!

— Eu, meu pai?

— O de não vires aos quartos dos presos, ou, quando aqui vieres, sair o mais depressa possível. Ora vamos, anda adiante de mim e depressa!

Rosa e Cornélio olharam um para o outro.

O olhar de Rosa queria dizer:

— Bem o vê!

O de Cornélio significava:

— Faça-se o que Deus quiser!

CAPÍTULO 11

O TESTAMENTO DE CORNÉLIO VAN BAERLE

Rosa não se tinha enganado. Os juízes vieram no dia seguinte ao Buitenhof e interrogaram Cornélio Van Baerle. O interrogatório não foi longo; verificou-se que Cornélio guardara em sua casa essa fatal correspondência dos Witt com a França.

Cornélio não o negou.

Não tinham a certeza, os juízes, se esta correspondência lhe fora entregue por seu padrinho Cornélio de Witt.

Mas, como, depois da morte dos dois mártires, Cornélio Van Baerle visse que a sua franqueza a ninguém podia ser prejudicial, não só não negou que o depósito lhe fora confiado por Cornélio em pessoa, mas também contou como de que modo, e em que circunstância lhe tinha sido confiado.

Esta confidência implicava o afilhado no crime do padrinho. Havia pois cumplicidade patente entre os dois Cornélios.

Mas Van Baerle não se limitou a esta confissão: disse toda a verdade a respeito das suas simpatias e dos seus hábitos mais particulares. Confessou a sua indiferença em política, o seu amor ao estudo, às artes, às ciências e às flores. Contou que, desde o dia em que seu padrinho Cornélio fora a Dordrecht e lhe confiara aquele depósito, nunca esse depósito fora tocado nem visto pelo depositário.

Responderam-lhe que era impossível que ele dissesse a verdade a este respeito, visto que os papéis estavam justamente fechados num armário que ele todos os dias via, e em que metia a mão.

Cornélio respondeu que isso era verdade; mas que só metia a mão naquela gaveta para se certificar de que os seus bulbos estavam bem secos e que só olhava para dentro dela quando queria ver se esses bulbos começavam a germinar.

Objetaram-lhe ainda que a sua pretendida indiferença acerca deste depósito não podia razoavelmente sustentar-se, pois era impossível que, tendo recebido semelhante depósito da mão do padrinho, não conhecesse a sua importância.

Ao que o preso respondeu: que seu padrinho Cornélio o estimava muito e sobretudo era um homem muito prudente para nada lhe ter dito do conteúdo desses papéis, visto que essa confidência não teria servido senão para atormentar o depositário.

Objetaram-lhe que se o Sr. de Witt assim procedesse, teria juntado, em caso de acidente, um atestado que provasse que o seu afilhado era completamente estranho a esta correspondência, ou então, durante o seu processo, ter-lhe-ia escrito alguma carta que lhe pudesse servir de justificação.

Cornélio respondeu a isto que sem dúvida o padrinho não pensara que aquele depósito corresse o menor risco, escondido como estava em um armário que todos em sua casa olhavam com tanto respeito como a Arca Santa; e que por conseqüência julgara o certificado inútil; que, quanto à carta, tinha uma idéia confusa de que momentos antes de ser preso, e na ocasião em que estava absorto na contemplação de um bulbo dos mais raros, o criado de João de Witt entrara no seu gabinete e lhe entregara um papel; mas que de tudo isto só lhe ficara uma lembrança semelhante à de uma visão; que o criado desaparecera e que, se procurassem bem, talvez encontrassem o papel.

Craeke, esse era impossível encontrá-lo, porque saíra da Holanda.

Mas quanto ao papel, era tão pouco provável achá-lo, que nem sequer se deram ao trabalho de o procurar.

Cornélio não insistiu neste ponto, pois que, supondo mesmo que o tal papel se encontrasse, podia muito bem ser que não tivesse nenhuma relação com a correspondência que formava o corpo de delito.

Os juízes quiseram mostrar que davam todas as oportunidades a Cornélio para se defender melhor do que ele fazia, e usaram para com ele dessa benigna paciência que denota ou um magistrado que se interessa pelo acusado, ou um vencedor que, tendo deitado por terra o adversário e achando-se completamente senhor dele, não precisa de oprimi-lo para o perder.

Cornélio, porém, recusou esta proteção hipócrita e na última resposta que deu, com a nobreza de um mártir e com a placidez de um justo, falou assim:

— Senhores, perguntam-me coisas a que nada mais tenho que responder senão a pura verdade. Ora, a pura verdade é esta: O maço de papéis entrou em minha casa pela forma que eu já disse; e protesto, perante Deus, que ignorava, e ainda ignoro o seu conteúdo; que só no dia da minha prisão soube que este depósito era a correspondência do grande pensionário com o marquês de Louvois. Protesto, enfim, que desconheço como se pôde saber que esse maço de papéis estava em minha casa e principalmente como posso ser culpado por ter recebido o que me levava o meu ilustre e desgraçado padrinho.

Foi esta toda a defesa de Cornélio. Os juízes foram deliberar. Consideraram que todo rebento de dissenção civil é funesto, porque ressuscita a guerra, que a todos interessa extinguir.

Um desses juízes, e era um homem que passava por profundo observador, estabeleceu que este acusado, tão fleumático na aparência, mostrava ser muito perigoso na realidade, visto que devia ocultar com a capa da indiferença, que lhe servia de envoltório, um ardente desejo de vingar os de Witt, seus parentes.

Outro fez notar aos seus colegas que a predileção pelas tulipas se liga perfeitamente com a política e que está provado historicamente que muitos homens perigosíssimos se têm dado à jardinagem, nem mais nem menos como se esta fosse a sua profissão, posto que no fundo se ocupassem de outra coisa bem diferente; para o que apontava como exemplo Tarqüínio Prisco, que cultivava dormideiras em Gabias, e o grande Condé, que regava os seus craveiros na torre de Vincennes, o primeiro no momento em que meditava tornar a entrar em Roma e o segundo quando pensava na sua saída da prisão.

E concluiu por este dilema:

Ou Cornélio Van Baerle gosta muito das tulipas, ou gosta muito da política; num e noutro caso, mentiu-nos; *primo,* porque está provado que se ocupava de política, em vista das cartas que se lhe encontraram em casa; *secundo,* porque está provado que ele se dava ao cultivo de tulipas, e aí estão esses bulbos que fazem prova. Enfim — e neste ponto é que estava a enormidade — uma vez que Cornélio Van Baerle se ocupava ao mesmo tempo de tulipas e de política, estava claro que o acusado era de uma natureza híbrida, de uma organização anfíbia, que trabalhava com igual ardor na política e na tulipa, o que lhe daria todos os caracteres da espécie de homens mais perigosa para a tranqüilidade pública e uma certa ou antes uma completa analogia com os grandes gênios de que Tarqüínio Prisco e Condé tinham há pouco fornecido um exemplo.

A conclusão de todos estes raciocínios foi que o príncipe *stathouder* da Holanda sem dúvida alguma ficaria infinitamente agradecido à magistratura de Haia por lhe simplificar a administração das Sete Províncias, destruindo até ao último os germes de conspiração contra a sua autoridade.

Este argumento levou a primazia a todos os outros, e para aniquilar eficazmente o germe das conspirações, Cornélio Van Baerle, acusado e convencido de ter, sob as aparências inócuas de um amador de tulipas, tomado parte nas horríveis intrigas e abomináveis tramas dos Srs. de Witt contra a nacionalidade holandesa, e nas suas secretas relações com o inimigo francês, foi condenado à morte unanimemente.

A sentença dizia subsidiariamente que o sobredito Cornélio Van Baerle seria tirado da prisão do Buitenhof para ser conduzido ao cadafalso levantado na praça do mesmo nome, onde o executor das sentenças lhe cortaria a cabeça.

Como esta deliberação fora séria, levara uma boa meia hora, e durante esta meia hora o preso fora reconduzido para a prisão, onde o escrivão dos Estados lhe foi ler a sentença.

Gryphus estava de cama por causa da febre que lhe causava a fratura do braço; as chaves tinham portanto passado às mãos de um dos seus moços supranumerários, e por detrás deste moço, que introduzira o escrivão, Rosa, a bela frisã, viera postar-se no canto da porta, com um lenço na boca para abafar os suspiros e os soluços.

Cornélio ouviu a sentença com o rosto mais admirado que triste.

Quando acabou de a ler, o escrivão perguntou-lhe se tinha alguma coisa que contestar.

— Nada — replicou o preso. — Só confesso que entre todas as causas de morte, que um homem cauteloso pode prever para as evitar, nunca tinha eu suspeitado esta.

Ouvida a resposta, o escrivão saudou Cornélio Van Baerle com toda consideração que esta espécie de funcionários mostra aos grandes criminosos de todo gênero; mas quando ele ia a sair, o preso perguntou-lhe:

— A propósito, senhor escrivão, faz favor de me dizer para que dia é a execução?

— Para hoje — respondeu o escrivão, um pouco enleado com o sangue frio do condenado.

A estas palavras ouviu-se um suspiro por detrás da porta.

Cornélio inclinou-se para ver quem é que soltara aquele suspiro; mas Rosa adivinhara este movimento e escondera-se mais para trás.

— E a que horas é a execução? — prosseguiu Cornélio.

— Ao meio-dia, senhor.

— Diabo! — exclamou Van Baerle — parece-me que ouvi dar dez horas há coisa de vinte minutos, pelo menos, e não tenho tempo a perder.

— Para se reconciliar com Deus, sim, senhor — disse o escrivão, fazendo-lhe uma cortesia até ao chão — e pode pedir o sacerdote que quiser.

Dizendo estas palavras, saiu recuando; o carcereiro substituto ia a segui-lo, fechando a porta a Cornélio, quando um braço branco e trêmulo se interpôs entre este homem e a pesada porta.

Cornélio apenas viu o capacete de ouro com enfeites de rendas brancas, toucado das belas frisãs[3]; não ouviu senão um ciciar aos ouvidos do carcereiro; mas este entregou as pesadas chaves à nívea mão que lhe estendiam e, descendo alguns degraus, sentou-se no meio da escada, que ficava assim guardada na parte superior por ele e na inferior pelo cão.

O capacete de ouro voltou-se e Cornélio reconheceu o rosto sulcado de lágrimas e os grandes olhos azuis arrasados de água da bela Rosa.

A jovem caminhou para Cornélio, carregando com as duas mãos no peito arquejante.

— Ah! senhor! senhor! — disse ela.

E não acabou.

— Minha linda menina — replicou Cornélio, comovido — que me quer? Olhe que de ora em diante não sirvo para muito aqui neste mundo.

---

3. O interessante e original atavio das frisãs é uma mantilha curta, que lhes desenha elegantemente a feição do corpo, numa touca ou leve barrete, cujas pontas lhes caem sobre o colo, e duas largas lâminas de ouro que lhes cingem as fontes.

— Venho reclamar um favor — disse Rosa, estendendo as mãos, parte para Cornélio, parte para o céu.

— Não chore assim, Rosa — disse o preso — porque as suas lágrimas enternecem-me muito mais do que a minha morte próxima. E bem sabe que quanto mais inocente está um preso, com tanta maior placidez, e até alegria, deve morrer, porque morre mártir. Ora vamos, não chore mais, minha bela Rosa, e diga-me o que quer.

A jovem deixou-se cair de joelhos e suplicou:

— Perdoe a meu pai.

— A seu pai? — retorquiu Cornélio, admirado.

— Sim, ele foi tão bárbaro para com o senhor! mas é que aquele é o seu gênio para todos, e não é o senhor o único a quem trata com tão mau modo.

— Coitado! Está mais castigado do que eu, minha querida Rosa, pelo desastre que teve; fique pois sossegada, que eu perdôo-lhe.

— Muito obrigada! — disse Rosa. — Ora, agora diga-me, poderei acaso fazer alguma coisa em seu favor?

— Pode enxugar seus lindos olhos, minha querida menina — respondeu Cornélio, com um doce sorriso.

— Mas eu digo em seu favor... em seu favor...

— Aquele a quem só resta uma hora de vida é um grande sibarita se porventura precisa de alguma coisa, querida Rosa.

— Mas esse sacerdote que lhe ofereceram...?

— Eu tenho adorado a Deus toda a minha vida, Rosa. Tenho-o adorado nas suas obras e bendito na sua vontade; e como Deus não pode ter ofensas minhas, não pedirei um sacerdote. O último pensamento que me ocupa é todo dedicado à glorificação de Deus; ajude-me, portanto, minha querida, rogo-lhe encarecidamente, no cumprimento deste último pensamento.

— Ah! Sr. Cornélio, fale, fale! exclamou a jovem, debulhada em lágrimas.

— Dê-me sua linda mão e prometa-me que não se há de rir, minha filha.

— Rir! — exclamou Rosa, no maior desespero — rir neste momento! Mas então não tem olhado para mim com atenção, sr. Cornélio?

— Tenho-a observado, Rosa, com os olhos do corpo e os da alma. Nunca uma mulher mais bela, nunca uma alma mais pura se tinha apresentado a meus olhos; e se desde este momento não continuo a olhar para si, perdoe-me, é porque, próximo a deixar a vida, não quero levar saudades deste mundo.

Rosa estremeceu. Quando o preso proferia estas palavras davam onze horas no campanário do Buitenhof.

Cornélio compreendeu este estremecimento.

— Sim, sim, apressemo-nos — disse ele — tem razão, Rosa.

E tirando então do seio, onde o escondera de novo desde que já não tinha medo de ser apalpado, o papel em que estavam embrulhadas os três bulbos, prosseguiu:

— Minha querida amiguinha, tenho dedicado sempre uma grande predileção às flores; mas isso era no tempo em que não sabia que se podia amar outra coisa. Oh! não se ruborize assim, não volte o rosto, Rosa; ainda quando eu lhe fizesse uma declaração de amor, essa declaração, minha pobre menina, não teria conseqüência alguma, porque ali, no Buitenhof, há um certo instrumento de aço que, dentro de sessenta minutos, castigará a minha temeridade. Mas, como ia dizendo, eu gostava das flores, Rosa, e achara, pelo menos assim o julgo, o segredo da grande tulipa negra, que todos julgam impossível, e que é, ou o saiba ou não, o objeto de um prêmio de cem mil florins, oferecido pela sociedade hortícola de Harlem. Esses cem mil florins — e Deus bem sabe que não é deles que eu tenho pena — esses cem mil florins tenho-os eu aqui neste papel, ganhos com os três bulbos que ele encerra e que pode receber, Rosa, porque lhas dou.

— Sr. Cornélio...

— Pode recebê-los, Rosa, porque não prejudica ninguém, minha filha. Eu sou só no mundo; meu pai e minha mãe já morreram; nunca tive nem irmão nem irmã; nunca amei pessoa alguma, e se alguém se lembrou de me amar, nunca dei por isso. E demais, Rosa, bem vê que estou abandonado, visto que nesta ocasião é a menina a única pessoa que está na minha prisão consolando-me e socorrendo-me.

— Mas, senhor, cem mil florins...
— Ah! Falemos sério, minha querida filha — disse Cornélio.
— Cem mil florins serão um bom dote digno da sua formosura; dote que há de receber, porque tenho toda a certeza da excelência dos meus bulbos. Tê-lo-á portanto, querida Rosa, e só lhe peço, em compensação, que me prometa casar com um rapaz honrado, a quem amará e que a há de amar tanto como eu amava as flores. Não me interrompa, Rosa, que só me restam alguns minutos...

A pobre jovem soluçava a bom soluçar.

Cornélio pegou-lhe na mão e prosseguiu:
— Ouça-me; há de fazer o seguinte: irá buscar terra ao meu jardim de Dordrecht; peça a Butruysheim, meu jardineiro, que lhe dê da terra do meu canteiro nº 6; plantará num caixote fundo estes três bulbos, que hão de florescer em maio próximo, isto é, daqui a sete meses, e quando lhes vir a flor sobre a haste, passe as noites a livrá-la do vento e os dias a tirá-la do sol. E estou certo de que há de florescer negra. Mandará então prevenir o presidente da sociedade de Harlem, que fará verificar pelo congresso a cor da flor, e feito isto, hão de entregar-lhe os cem mil florins.

Rosa soltou um profundo suspiro.

— Agora — prosseguiu Cornélio, limpando uma lágrima que lhe tremia na extremidade das pálpebras e que era mais uma lágrima de saudade dessa tulipa negra, que não devia ver, do que da vida que ia deixar — nada mais desejo senão que a tulipa se chame *Rosa Barloeensis,* isto é, que recorde ao mesmo tempo o seu nome e o meu; mas como se pode esquecer desta palavra, veja se me arranja um lápis e um pedaço de papel para eu lhe escrever.

Rosa soluçou ainda mais profundamente e ofereceu a Cornélio um livro encadernado com esmero e que tinha estampadas as letras iniciais C. W.

— Que é isto? — perguntou o prisioneiro.

— Ah! — respondeu Rosa — é a Bíblia do seu infeliz padrinho Cornélio de Witt, o livro de que ele tirou a necessária força para suplantar a tortura e ouvir com serenidade a sua sentença. Achei-o neste quarto depois da morte do mártir, guardei-o como uma relíquia e hoje trazia-lhe, por me parecer que este livro encerrava uma força divina. Mas o senhor não teve necessidade dessa força, porque Deus dotou-o de suficiente energia. Louvado seja Deus! Escreva pois aí o que tem a escrever, sr. Cornélio, e ainda que eu infelizmente não saiba ler, nem por isso deixarei de cumprir o que aí estiver escrito.

Cornélio pegou na Bíblia e beijou-a respeitosamente.

— E com que hei de escrever? — perguntou ele.

— Nessa Bíblia há um lápis, que também conservei — disse Rosa.

Era o lápis que João de Witt emprestara a seu irmão e que ele se esquecera de guardar.

Cornélio pegou neste lápis e na segunda página — pois o leitor há de recordar-se de que a primeira fora rasgada — escreveu com mão não menos firme e também próximo a morrer como o padrinho, as seguintes linhas:

"A 23 de agosto de 1672, e próximo a dar a minha alma a Deus sobre um cadafalso, embora inocente, deixo a Rosa Gryphus o único de todos os meus bens deste mundo que me resta, por isso que os outros foram confiscados; deixo pois, repito, a Rosa Gryphus, três bulbos que, segundo a minha convicção profunda, devem dar no mês de maio próximo a grande tulipa negra, objeto do prêmio de cem mil florins oferecido pela sociedade de Harlem, desejando que ela receba esses cem mil florins em meu lugar, e como minha única herdeira, apenas com

a obrigação de casar com um rapaz da minha idade, pouco mais ou menos, que a amará e será amado por ela, e de dar à grande tulipa negra, que há de criar uma nova espécie, o nome de Rosa Barlaeensis, isto é, o seu e o meu nome reunidos.

"Deus me encontre em graça e lhe dê a ela muita vida e saúde!

"CORNÉLIO VAN BAERLE."

Em seguida, entregando a Bíblia a Rosa, disse-lhe:
— Leia.
— Oh! — tornou a jovem — já lhe disse que não sei ler.
Cornélio leu-lhe então o testamento que acabava de fazer.
Os soluços e as lágrimas da pobre menina redobraram.
— Aceita as minhas condições? — perguntou o preso, sorrindo com melancolia e beijando a ponta dos trêmulos dedos da bela frisã.
— Oh! não poderei, senhor — balbuciou ela.
— Não poderá, minha filha? Então por quê?
— Porque não me será possível cumprir uma dessas condições.
— Qual? Pois eu julgava ter feito um bom acordo pelo nosso tratado de aliança.
— Dá os cem mil florins a título de dote!
— Sim.
— E para casar com um homem a quem eu amar?
— Sem dúvida.
— Pois bem, senhor, esse dinheiro não me pode pertencer. Eu nunca amarei homem algum e não hei de casar.

E depois de proferidas com esforço estas palavras, os joelhos de Rosa vergaram-lhe e esteve a ponto de desmaiar por efeito da dor e da aflição.

Cornélio, assustado de a ver tão pálida e abatida, ia tomá-la nos braços, quando se ouviram nas escadas uns passos pesados seguidos de outros ruídos sinistros e acompanhados pelos latidos do cão.

— Vêm buscá-lo! — exclamou Rosa, torcendo as mãos.
— Meu Deus! meu Deus! Não tem mais nada a dizer-me?
E caiu de joelhos, com a cabeça metida entre as mãos e toda sufocada pelos soluços e pelas lágrimas.

— Só tenho a dizer-lhe que esconda com todo cuidado as seus três bulbos e que trate delas conforme as indicações que lhe dei, por amor de mim. Adeus, Rosa.

— Oh! Sim — disse esta, sem levantar a cabeça — oh! sim, farei tudo quanto me disse; exceto casar-me — acrescentou em voz baixa — porque isso, oh! isso, juro que é para mim uma coisa impossível.

E escondeu no seio palpitante o querido tesouro de Cornélio.

O ruído que Cornélio e Rosa tinham ouvido era o que fazia o escrivão, que vinha buscar o condenado, seguido do executor, dos soldados destinados a guardarem o cadafalso e dos curiosos familiares da prisão.

Cornélio recebeu-os, sem fraqueza nem fanfarrice, mais como amigos do que como perseguidores, e deixou que lhe impusessem todas as condições que aprouve àqueles homens, para a execução do seu ofício.

A seguir, num relance de olhos que lançou para a praça pela fresta das grades, avistou o cadafalso e a vinte passos a forca, da qual haviam despendurado, por ordem do *stathouder,* as relíquias ultrajadas dos dois Witt.

Quando foi necessário descer para seguir os guardas, Cornélio procurou com os olhos o olhar angélico de Rosa, mas por detrás das espadas e alabardas só viu um corpo estendido junto de um banco de pau e um rosto lívido meio velado por compridos cabelos.

Mas Rosa, ao cair sem sentidos, carregara com a mão sobre o justilho de veludo, e mesmo no esquecimento de toda vida, continuava instintivamente a guardar o depósito precioso que Cornélio lhe confiara.

De modo que ao sair da prisão, o condenado pôde entrever nos dedos fechados de Rosa a folha amarelenta daquela

Bíblia, em que Cornélio de Witt havia, a tanto custo, e tão dolorosamente, escrito as poucas linhas que, se Cornélio as tivesse lido, teriam infalivelmente salvo um homem e uma tulipa.

CAPÍTULO 12

A EXECUÇÃO

Cornélio não tinha de dar trezentos passos para chegar da prisão ao cadafalso.

Ao fundo da escada, o cão olhou e deixou-o passar tranqüilamente; Cornélio pareceu notar nos olhos do molosso uma certa expressão de doçura, que se aproximava da compaixão.

É que o animal talvez conhecesse os condenados e não mordia senão os indivíduos que saíam soltos.

Como a distância da prisão ao cadafalso era muito curta, estava por isso mesmo mais atulhada de curiosos, como é de crer.

Eram estes sem dúvida aqueles mesmos que, ainda não fartos com o sangue que já tinham bebido três dias antes, esperavam por uma nova vítima.

Assim é que, logo que Cornélio apareceu, uma gritaria imensa se prolongou pela rua e se estendeu por toda a superfície da praça, afastando-se na direção das diferentes ruas que vinham dar ao cadafalso e que estavam cheias de uma multidão compacta, de modo que o cadafalso parecia uma ilha em que vinham quebrar-se as águas de quatro ou cinco rios.

No meio destas ameaças, destes brados e destas vociferações, Cornélio tinha-se recolhido em si mesmo, sem dúvida para os não ouvir.

Em que pensava este justo que ia morrer?

Não era nem nos seus inimigos, nem nos seus juízes, nem nos seus verdugos.

Era nas belas tulipas que veria lá do alto do céu, quer em Ceilão, quer em Bengala, ou em outra qualquer parte, quando, sentado com todos os inocentes à direita de Deus, pudesse olhar com compaixão para esta terra onde tinham assassinado João e Cornélio de Witt, por terem pensado demasiado na política, e onde iam agora matar Cornélio Van Baerle, por ter pensado nas tulipas.

— Um golpe de espada — dizia o filósofo — e o meu belo sonho começará.

Restava somente saber se, como ao senhor de Chalais, ao senhor de Thou e a outros indivíduos mal mortos, o carrasco não reservava mais de um golpe, isto é, mais de um martírio, ao pobre tulipista.

Van Baerle nem por isso subiu os degraus do cadafalso com menos resolução.

E subiu-os com orgulho, posto que tivesse a mácula de ser o amigo desse ilustre João e o afilhado desse nobre Cornélio, que os vadios, amontoados para o ver, tinham despedaçado e queimado três dias antes.

Depois ajoelhou, fez a sua oração e notou, não sem sentir uma viva alegria, que, pondo a cabeça em cima do cepo e conservando os olhos abertos, veria até ao último momento a janela de grades do Buitenhof.

Enfim a hora de fazer este movimento terrível chegou; Cornélio descansou a barba no cepo úmido e frio. Neste momento, porém, os olhos fecharam-se-lhe sem querer, para sofrer o temeroso golpe, que lhe ia cair sobre a cabeça e cortar-lhe o fio da vida.

Um reflexo brilhou no estrado do cadafalso; era o carrasco que erguia a espada.

Van Baerle disse adeus à grande tulipa negra, certo de acordar na presença de Deus, num mundo feito de outra luz e de outra cor.

Três vezes sentiu o vento frio da espada passar-lhe por cima do pescoço que estremecia.

Mas, oh surpresa! não sentiu nem dor, nem abalo.

Não viu mudança alguma de cores.

E de repente, sem que soubesse quem era, Van Baerle sentiu que o levantavam com brandura e achou-se em pé, posto que cambaleando um pouco.

Abriu os olhos. Alguém lia algo, ao seu lado, em um pergaminho selado com um grande selo de lacre encarnado.

E o mesmo sol, amarelo e pálido, como convém a um sol holandês, brilhava no céu, via a mesma janela de grades lá do alto Buitenhof, e os mesmos vadios, não soltando bramidos, mas boquiabertos, olhavam para ele da praça.

À força de abrir os olhos, de olhar, de escutar, Van Baerle começou a compreender tudo isto.

É que Guilherme, príncipe de Orange, receando, sem dúvida, que as dezessete libras de sangue que Van Baerle, com mais ou menos onça de diferença, tinha no corpo, fizessem trasbordar a taça da justiça celeste, compadecera-se do seu caráter e das aparências da sua inocência.

Por conseguinte Sua Alteza perdoara-lhe a morte. Fora por isso que a espada, que se erguera com aquele reflexo sinistro, lhe volteara três vezes em torno da cabeça, como a ave fúnebre à roda da de Turno, mas não se lhe precipitara sobre o pescoço e tinha-lhe deixado as vértebras intactas.

Por isso não tivera dor nem abalo. E o sol ainda continuava a rir no azul triste, é verdade, mas muito suportável da abóbada celeste.

Cornélio, que esperava ver Deus e o panorama tulípico do Universo, ficou um tanto ou quanto desapontado; consolou-se, porém, fazendo mover com certo prazer as molas dessa parte do corpo que os gregos chamavam *trachelos* e que nós chamamos modestamente pescoço.

E depois esperava que o perdão fosse completo e que o restituíssem à liberdade e aos seus alegretes de Dordrecht.

Mas enganava-se; porque, como dizia por aquele mesmo tempo madame de Sévigné, na carta havia um *post-scriptum,* e o mais interessante achava-se neste *post-scriptum,* pelo qual Guilherme, *stathouder* da Holanda, condenava Cornélio Van Baerle à prisão perpétua.

Era pouco criminoso para morrer, mas muito para ser posto em liberdade.

Cornélio escutou, portanto, o *post-scriptum,* e passado o primeiro desgosto, suscitado pela decepção que ele lhe causava, pensou:

— Que importa! Não está tudo perdido. A reclusão perpétua também tem coisas boas; estão ali Rosa e os meus três bulbos da tulipa negra.

Mas o condenado esquecia-se de que as Sete Províncias podiam ter sete prisões, uma em cada província, e que o pão do preso não é mais caro em outra parte do que em Haia, que é uma capital.

Ora, Sua Alteza Guilherme, que não tinha, ao que parece, os meios de sustentar Van Baerle em Haia, mandava-lhe cumprir a sua prisão perpétua na fortaleza de Loevestein, bem perto de Dordrecht, mas, no entanto, bem longe; porque Loevestein, dizem os geógrafos, está situada na ponta da ilha que formam, defronte de Gorcum, o Wahal e o Mosa.

Van Baerle sabia bem a história do seu país, para não desconhecer que o célebre Grotius fora encerrado neste castelo depois de Barneveldt e que os Estados, no meio da sua generosidade para com o célebre publicista jurisconsulto, historiador, poeta e teólogo, tinham concedido vinte e quatro soldos de Holanda, por dia, para o seu sustento.

— Ora, a mim, cujo mérito fica muito aquém do de Grotius — disse consigo Van Baerle — dar-me-ão, a muito custo, doze soldos. Viverei, portanto, muito mal; mas enfim, viverei...

Depois, ferido de repente por uma recordação terrível, exclamou:

— Ah! como aquele país é úmido e como o terreno é mau para as tulipas! E depois, Rosa, Rosa que não estará em Loevestein — murmurou ele, deixando descair para o peito a cabeça que, ainda havia pouco, estivera para lhe cair para mais baixo.

CAPÍTULO 13

O QUE SE PASSAVA ENTRETANTO NA ALMA DE UM ESPECTADOR

Enquanto Cornélio pensava deste modo, aproximara-se do cadafalso uma carruagem.

Essa carruagem era para o preso, a quem disseram que subisse para ela. Este obedeceu.

O seu último olhar foi para o Buitenhof. É que esperava ver à janela o rosto consolador de Rosa; mas a carruagem era puxada por cavalos vigorosos, que levaram com rapidez Van Baerle do centro das aclamações que vociferava a turbamulta em honra do muito magnânimo *stathouder,* com uma certa mistura de invectivas contra os de Witt e o seu afilhado salvo da morte, o que obrigava os espectadores a dizerem:

— Foi uma felicidade que nos apressássemos em punir esse grande malvado do João e esse patifezinho do Cornélio, pois a não ser isso, a clemência de Sua Alteza no-los teria decerto tirado das unhas, como acaba de nos tirar este!

Mas entre os muitos espectadores que a execução de Van Baerle tinha chamado ao Buitenhof e que o aspecto que a coisa tomara havia descoroçoado um pouco, o mais desalentado de todos era sem dúvida um certo burguês vestido com asseio e que desde pela manhã tinha trabalhado tanto com os pés e com as mãos, que conseguira ficar separado do cadafalso apenas pela linha dos soldados que cercavam o patíbulo.

Muitos indivíduos tinham, é verdade, mostrado grande interesse em ver correr o sangue pérfido do criminoso Cornélio; mas nenhum mostrara na expressão deste funesto desejo tanta sanha como o tal burguês.

Os mais arrebatados tinham chegado ao despontar do dia ao Buitenhof, para apanharem o melhor lugar; mas ele, precedendo os mais impacientes, passara a noite nos umbrais da prisão e dali tomara a dianteira de todos, como dissemos, *unguibus et rostro,* usando de boas maneiras com uns e espancando outros.

E quando o carrasco conduzira o condenado ao cadafalso, esse burguês, empoleirado num marco da fonte, para melhor ver e ser visto, fizera ao verdugo um gesto que queria dizer:

— O nosso ajuste está feito, não é verdade?

Gesto a que o carrasco respondera com outro, que equivalia a estas palavras:

— Pode estar tranqüilo.

Quem era pois este burguês que parecia estar em tão boas relações com o carrasco, e que queriam dizer estes gestos mútuos?

Nada mais fácil de adivinhar; este burguês era *mynheer* Isaac Boxtel, que desde a prisão de Cornélio viera, como vimos, a Haia, a fim de ver se podia apoderar-se dos três bulbos da tulipa negra.

Primeiro tentara atrair Gryphus ao seu partido, mas este, que tinha sua tal ou qual parecença com um cão de fila na fidelidade, na desconfiança e nas dentadas, tomara em sentido contrário o ódio de Boxtel, que suspeitara ser um zeloso amigo, que se informava de coisas indiferentes para dispor certamente a evasão do preso.

Por conseguinte, às primeiras propostas que Boxtel lhe fizera, de furtar os bulbos que Cornélio Van Baerle devia ter escondidas, ou no peito, ou em algum canto da prisão, Gryphus só respondera pondo-o no meio da rua, expulsão esta que foi acompanhada das carícias do cão da escada.

Boxtel não desistira, apesar de lhe terem ficado os fundilhos dos calções nos dentes do molosso. Renovara pois as suas instâncias; mas desta vez Gryphus, que estava de cama, com febre e o braço quebrado, não quisera ver o importuno, que se voltara para Rosa, oferecendo à jovem, em troca dos três bulbos, uns enfeites de cabeça, de ouro fino. Ao que a jovem, posto que ignorasse o valor do furto que lhe propunham e pelo qual lhe ofereciam tão boa paga, enviara o tentador ao carrasco, que era não só o último juiz, mas também o último herdeiro do condenado.

Este conselho despertara uma idéia no espírito de Boxtel.

Neste meio tempo a sentença fora pronunciada; sentença expeditiva, como se acaba de ver.

E Isaac, que não tinha, por conseguinte, tempo para corromper quem quer que fosse, resolveu-se a aproveitar a idéia que Rosa lhe sugerira e foi ter com o carrasco.

Estava convencido de que Cornélio morreria com as tulipas sobre o coração; pois decerto não podia adivinhar duas coisas:

Rosa, isto é, o amor.

Guilherme, isto é, a clemência.

Menos Rosa e menos Guilherme, os cálculos do invejoso eram exatos.

A não ser Guilherme, Cornélio morria.

A não ser Rosa, Cornélio morria com os bulbos metidos no peito.

Mynheer Boxtel foi, portanto, procurar o carrasco, ao qual se deu por grande amigo do condenado, e, menos os objetos de ouro e prata, que deixava ao executor, comprou toda a fatiota do futuro morto pela soma um pouco exorbitante de cem florins.

Mas que podiam ser cem florins para um homem quase seguro de comprar por esta quantia o prêmio da sociedade de Harlem?

Era o mesmo que emprestar dinheiro a mil por um, o que, ninguém deixará de convir, vinha a ser um negociozinho de mão cheia.

O carrasco, pela sua parte, não tinha nada ou quase nada a fazer para ganhar estes cem florins. Devia tão simplesmente, acabada a execução, deixar *mynheer* Boxtel subir ao cadafalso com os seus criados para arrecadar os restos inanimados do seu amigo.

No fim de contas, a coisa estava em uso entre os fiéis quando um dos seus amos morria publicamente no Buitenhof.

Ora um fanático como Cornélio podia muito bem ter outro fanático que desse cem florins pelos seus restos mortais.

Assim é que o carrasco aquiesceu à proposta; e só pusera a condição de ser pago adiantado.

Boxtel, como as pessoas que entram nas barracas de feira, podia não ficar contente e por conseguinte não querer pagar depois.

Pagou portanto adiantado e esperou.

Deduza-se agora, depois do que acabamos de dizer, se ele estaria agitado, se vigiaria os guardas, o escrivão e o carrasco, se os movimentos de Van Baerle o inquietariam ou não! Como se colocaria este sobre o cepo? Como cairia ele? E ao cair, não esmagaria os inestimáveis bulbos? Teria ao menos tido cuidado de as fechar numa caixa de ouro, por exemplo, por isso que o ouro era o mais rijo de todos os metais?

Não tentaremos descrever o efeito produzido neste digno mortal pelo obstáculo posto à execução da sentença. Por que perdia tempo o carrasco em fazer cintilar a espada por cima da cabeça de Cornélio, em lugar de cortar aquela cabeça? Mas quando viu o escrivão pegar na mão do condenado e levantá-lo, ao passo que tirava da algibeira um pergaminho, quando ouviu a leitura do perdão concedido pelo *stathouder,* Boxtel perdeu, por assim dizer, o ser humano. A raiva do tigre, da hiena e da serpente lampejou-lhe nos olhos, no grito que soltou, no gesto que fez; e se estivesse próximo de Van Baerle, ter-se-ia lançado sobre ele, tê-lo-ia assassinado.

Mas Cornélio viveria, Cornélio iria para Loevestein; levaria para a prisão os bulbos e talvez achasse lá um jardim onde conseguisse fazer florescer a tulipa negra.

Dão-se certas catástrofes, que a pena de um pobre escritor não pode descrever e que é obrigado a confiar à imaginação dos seus leitores em toda a simplicidade do fato.

Boxtel, estupefato, caiu do marco em cima de alguns orangistas descontentes como ele do jeito que o negócio acabava de tomar e que, tomando os gritos de *mynheer* Isaac por gritos de alegria, lhe desandaram uma chuva de socos, que decerto não teriam sido mais bem aplicados do outro lado do estreito.

Mas que podiam acrescentar alguns socos à dor que Boxtel sentia?

Quis então correr atrás da carruagem que conduzia Cornélio com os seus bulbos. Mas com a atrapalhação, não viu uma pedra, tropeçou, perdeu o seu centro de gravidade, foi rolar a dez passos de distância e só se levantou pisado, atropelado, e depois que toda a enlameada gentalha de Haia lhe passou por cima das costas.

Foi assim que o invejoso, que andara de mal para pior, ficou com a roupa rasgada, as costas pisadas e as mãos esfoladas.

À vista disto, poder-se-ia julgar que Boxtel passara por tudo quanto podia passar; mas quem tal pensasse ter-se-ia enganado.

Tendo-se posto em pé, Boxtel arrancou a maior porção de cabelos que pôde e lançou-os em holocausto a essa divindade feroz e insensível, que se chama Inveja. Oferta sem dúvida agradável a esta deusa, que, diz a mitologia, só tem serpentes em lugar de cabelos.

CAPÍTULO 14

OS POMBOS DE DORDRECHT

Era sem dúvida uma grande honra para Cornélio Van Baerle ser encerrado justamente na mesma prisão que recebera o sábio Grotius.

Mas uma honra muito maior o esperava ao chegar à prisão, pois sucedeu que o quarto habitado pelo ilustre amigo de Barneveldt estava devoluto em Loevestein quando a clemência do príncipe de Orange para ali mandou o tulipista Van Baerle.

Este quarto tinha muito má reputação no castelo desde que, graças à imaginação de sua mulher, Grotius dali se evadira no famoso caixote de livros que se tinham esquecido de examinar.

Por outro lado, darem-lhe este quarto para habitação pareceu de bom agouro a Van Baerle; porque enfim, segundo as suas idéias, nunca um carcereiro deveria meter outro pombo na gaiola de onde o primeiro tão facilmente havia fugido.

O quarto era histórico; e por isso não perderemos o tempo em consignar aqui as particularidades que lhe dizem respeito.

Exceto uma alcova, que fora ali arranjada para a sra. Grotius, era um quarto de prisão como qualquer outro, talvez um pouco alto; mas por isso mesmo da janela de grades se gozava uma vista encantadora.

E o interesse da nossa história não consiste em certo número de descrições particulares. Para Van Baerle, a vida era outra coisa que não um aparelho respiratório. O pobre preso amava, além da sua máquina pneumática, duas coisas, de que só o pensamento, esse viajante livre, podia de ora em diante dar-lhe posse fictícia.

Estas duas coisas eram uma flor e uma mulher, uma e outra perdidas para ele, e para sempre.

Por felicidade o bom Van Baerle enganava-se. Deus, que no momento em que ele caminhava para o cadafalso, o olhara com o sorriso de um pai, reservava-lhe, no meio mesmo da sua prisão, no quarto de Grotius, a existência mais aventurosa que jamais coubera por sorte a tulipista algum.

Uma manhã, em que estava à janela aspirando o ar fresco que subia do Wahal, e admirando lá ao longe, por detrás de uma selva de chaminés, os moinhos de Dordrecht, sua pátria, viu um bando de pombos voar deste ponto do horizonte e pousar, ao sol, nos telhados agudos de Loevestein.

— Estes pombos — disse para si Van Baerle — vêm de Dordrecht e por conseguinte podem voltar para lá; e quem atasse um bilhete à asa de um deles, poderia talvez fazer chegar notícias suas a Dordrecht, onde é chorado.

Depois, passado um momento de fundo cogitar, acrescentou:
— Esse alguém hei de ser eu.

O homem que conta vinte e oito anos de idade e está condenado a uma prisão perpétua, isto é, a coisa de vinte e dois ou vinte e três mil dias de prisão, é paciente.

Van Baerle, pensando sempre nos seus três bulbos — porque este pensamento batia-lhe de contínuo na memória como bate o coração dentro do peito — Van Baerle, dizemos nós, pensando sempre nos seus bulbos, armou um laço aos pombos e tentou estas aves por todos os meios que lhe fornecia a sua cozinha, uma cozinha de quem tinha oito soldos de Holanda por dia, e, ao cabo de um mês de tentativas infrutuosas, apanhou uma pomba.

Gastou outros dois meses em apanhar um pombo; depois fechou-os ambos juntos, e pelo princípio do ano de 1673, tendo conseguido casá-los, e vendo-os com ovos, largou a fêmea, que, confiando no macho que ficava no choco em seu lugar, foi muito alegre a Dordrecht com um bilhete debaixo da asa.

À noite chegou, porém, ainda com o bilhete, e assim o conservou por espaço de quinze dias, a princípio com grande desconsolação, depois com grande desespero de Van Baerle.

Por fim, no décimo sexto dia voltou sem nada.

Ora Van Baerle dirigia este bilhete à sua ama, a velha frisã, e suplicava nele às almas caritativas que o achassem, o favor de o mandarem entregar com a maior prontidão e segurança possível.

Nesta carta, dirigida à sua ama, havia um bilhetinho para Rosa.

E Deus, que com o seu sopro leva as sementes das florinhas às muralhas dos velhos castelos e as faz florescer com um pouco de chuva, permitiu que a ama de Van Baerle recebesse esta carta.

Eis como:

Deixando Dordrecht por Haia, e Haia por Gorcum, *mynheer* Isaac Boxtel não só abandonara o seu criado, o seu observatório, os seus telescópios, mas também os seus pombos.

Ora o criado, abandonado e sem soldadas, começou por gastar as poucas economias que tinha e depois passou a comer os pombos, que vendo isto emigraram do telhado de Isaac Boxtel para o telhado de Cornélio Van Baerle.

A velha ama era uma boa alma, que tinha necessidade de amar alguma coisa: gostou pois dos pombos que tinham ido pedir-lhe hospitalidade e quando o criado de Isaac exigiu, para os comer, os doze ou quinze últimos, como comera os doze ou quinze primeiros, ela ofereceu-lhe seis soldos de Holanda por cada um.

Como era o dobro do que valiam os pombos, o criado aceitou com grande satisfação.

A ama ficou, portanto, legítima proprietária dos pombos do invejoso; e eram estes pombos, misturados com outros que, na sua peregrinação visitavam Haia, Loevestein, Róterdão, em procura, sem dúvida, de trigo de outra natureza e semente de cânhamo de outro gosto.

O acaso ou antes Deus, Deus, que nós vemos no fundo de todas as coisas, fizera com que Cornélio Van Baerle apanhasse justamente um desses pombos.

Por conseqüência, se o invejoso não tivesse saído de Dordrecht para seguir o seu rival a Haia primeiro, depois a Gorcum, ou a Loevestein, como quiserem, visto que estas duas localidades só eram separadas pela reunião do Wahal e do Mosa, o bilhete enviado por Van Baerle teria caído nas mãos dele e não nas mãos da ama; e assim o pobre preso, como o corvo do sapateiro romano, teria perdido o seu tempo e o seu trabalho, e nós, em lugar de termos de narrar os acontecimentos variados que, como um tapete de mil variegadas cores, vão desenrolar-se debaixo do bico da nossa pena, não poderíamos descrever senão uma longa série de dias, pálidos, tristes e sombrios como o manto da noite.

O bilhete caiu, portanto, nas mãos da ama de Van Baerle.

O caso é que, pelo princípio de fevereiro, quando as primeiras horas da noite baixavam no céu, deixando atrás de si as estrelas nascentes, Cornélio ouviu na escada da torrinha uma voz que o fez estremecer.

Levou a mão ao coração e pôs-se a escutar.

Era a voz meiga e harmoniosa de Rosa.

Confessemo-lo, Cornélio não ficou tão sobressaltado e tão louco de alegria como o teria ficado sem a história da pomba, porque a pomba, em troca da sua carta, tinha-lhe trazido a esperança debaixo da asa que voltava sem nada, e ele esperava todos os dias, porque conhecia Rosa, ter, se acaso o bilhete lhe tivesse sido entregue, notícias do seu amor e dos seus bulbos.

Levantou-se, escutando sempre com atenção e inclinando o corpo para o lado da porta.

Sim, eram as mesmas inflexões que o tinham comovido com tanta doçura em Haia.

Mas nesta ocasião Rosa, que fizera a viagem de Haia a Loevestein, Rosa, que conseguira, sem que Cornélio soubesse como, penetrar na prisão, conseguiria porventura com a mesma felicidade aproximar-se do preso?

Enquanto, a este respeito, Van Baerle desdobrava pensamentos e pensamentos, desejos e inquietações, o postigo da porta da sua célula abriu-se e Rosa, radiante pela alegria e pelo seu alinho, formosa sobretudo com a mágoa que lhe descorara as faces havia cinco meses, Rosa encostou o rosto às grades, dizendo a Cornélio:

— Ah! senhor! aqui estou.

Cornélio estendeu os braços, olhou para o céu e soltou um grito de alegria, exclamando em seguida:

— Ah! Rosa! Rosa!

— Silêncio! falemos baixinho, porque meu pai vem aí atrás de mim — disse a jovem.

— Seu pai?

— Sim, está lá no pátio no fim da escada, recebendo as instruções do governador, e não tarda por aí.

— As instruções do governador?...

— Ora escute, que eu vou ver se lhe conto tudo em duas palavras. O *stathouder* tem uma casa de campo a uma légua de Leyde, que não é mais do que uma grande queijeira, e minha tia, que foi sua ama de leite, é quem tem a direção de todos os animais ali encerrados. Ora, eu, apenas recebi a sua carta, ah! que não pude ler, mas que a sua ama me leu, corri a casa de minha tia e deixei-me ficar lá até que o príncipe fosse à queijeira, e quando ele ali foi, pedi-lhe para que meu pai fosse mudado de primeiro chaveiro da prisão de Haia para carcereiro da fortaleza de Loevestein. E como ele não desconfiava do meu intuito, porque se o soubesse, talvez tivesse negado o que lhe pedia, concedeu esta graça.

— De modo que está aqui?

— Como vê.
— Então hei de vê-la todos os dias?
— As mais vezes que puder.
— Ó Rosa! minha bela santinha! — disse Cornélio — então tem-me algum amor?
— Algum... — disse ela — oh! não é muito exigente, sr. Cornélio.

Cornélio estendeu para ela, apaixonadamente, as mãos, mas só os dedos puderam tocar-se através das grades.

— Aí vem meu pai! — disse a jovem.

E deixando muito depressa a porta, correu para o velho Gryphus, que aparecia no alto da escada.

CAPÍTULO 15

O POSTIGO

Gryphus vinha acompanhado do molosso, que trazia consigo para que em qualquer ocasião reconhecesse os presos.

— Meu pai — disse-lhe Rosa — este é que é o famoso quarto de onde se evadiu o sr. Grotius; o sr. Grotius, bem sabe?

— Sim, sim, esse malvado do Grotius; um amigo do celerado de Barneveldt, que vi executar quando era criança. Grotius! ah! ah! foi deste quarto que se safou, é verdade. Pois deixa estar que ninguém mais daqui fugirá depois dele, isso te garanto eu.

E, abrindo a porta, começou no meio da escuridão a falar ao preso, enquanto o cão, rosnando, lhe cheirava a barriga das pernas, como que para lhe perguntar com que direito não estava morto, ele a quem vira sair no meio do escrivão e do carrasco.

Mas Rosa chamou-o e o molosso veio para junto dela.

— Senhor — disse Gryphus, levantando a lanterna, a fim de projetar um pouco de luz em torno de si — veja em mim o seu novo carcereiro. Sou o chefe dos chaveiros e tenho por isso todos os quartos debaixo da minha vigilância. Não sou mau, mas sou inflexível para com tudo o que toca à disciplina.

— Conheço-o perfeitamente, meu caro Gryphus — respondeu o preso, entrando no círculo de luz que a lanterna projetava.

— Ah! É o senhor Van Baerle! O senhor! Ora vejam lá como a gente se encontra sem o esperar.

— Sim, e é com grande prazer, meu caro senhor Gryphus, que vejo que está perfeitamente bom do braço, visto que tem a lanterna nessa mão.

Gryphus franziu as sobrancelhas.

— Ora veja como as coisas são — replicou ele — em política sempre se fazem asneiras. Sua Alteza concedeu-lhe a vida; pois eu não teria feito outro tanto.

— Então por quê? — perguntou Cornélio.

— Porque é um homem capaz de conspirar outra vez; os sábios têm pacto com o demônio.

— Ora essa! mestre Gryphus, está acaso descontente pelo modo com que lhe encanei o braço, ou pelo dinheiro que por isso lhe pedi? — disse Cornélio, rindo.

— Pelo contrário, com mil demônios! pelo contrário! — replicou com mau modo o carcereiro — consertou-mo tão bem, que decerto há nisso alguma bruxaria; ao fim de seis semanas servia-me dele como se nada me tivesse sucedido. Por tal sinal que o cirurgião do Buitenhof, que sabe do seu ofício às direitas, queria quebrar-mo de novo, para encanar segundo as regras, prometendo que, dessa vez, estaria três meses sem me poder servir dele.

— E o senhor não aceitou?

— Eu disse redondamente que não. Enquanto puder fazer o sinal-da-cruz com este braço (Gryphus era católico), zombo do diabo.

— Mas se zomba do diabo, mestre Gryphus, com muito mais razão deve zombar dos sábios.

— Oh! Lá os sábios! os sábios! — exclamou Gryphus, sem responder à interpelação; — os sábios! antes preferiria guardar dez militares do que um sábio. Os militares, esses fumam, bebem, emborracham-se; são mansos como cordeiros, quando se lhes dá aguardente, ou vinho do Mosa. Mas um sábio, beber, fumar, emborrachar-se! não tenham medo disso! São sóbrios, não gastam uma mealha e conservam a cabeça fresca como uma alface para conspirar. Mas eu começo por lhe dizer que não lhe será fácil fazer isso. Em primeiro lugar, livros, de grilo; papel, ouviu, nada de astúcias. Foi com a tal livralhada que o sr. Grotius se pôs nas asas.

— Afirmo-lhe, mestre Gryphus — replicou Van Baerle que talvez tivesse por instantes a idéia de fugir, mas que decerto já não a tenho.

— Está bom! está bom! — disse Gryphus — tome cuidado com o senhor, que eu cá por mim não o perderei de vista. No fim de contas, sempre é o mesmo, Sua Alteza fez uma asneira chapada.

— Em não mandar cortar-me a cabeça?... Muito obrigado, muito obrigado, mestre Gryphus.

— Sem dúvida. Veja lá se os srs. de Witt não se conservam agora muito quietinhos.

— Isso que diz é bem cruel, sr. Gryphus — retorquiu Van Baerle voltando-se para ocultar a sua dor. — Esquece-se de que um desses infelizes era meu amigo, e o outro... o outro, meu segundo pai.

— Sim, mas lembro-me também de que tanto um como o outro eram uns conspiradores. E depois é por filantropia que falo assim.

— Ah! sim! Ora, então, explique-me lá isso, meu caro Gryphus, porque não percebo bem.

— Sim. Se o senhor tivesse ficado morto em cima do cepo do mestre Harbruck...

— Que aconteceria?

— Que aconteceria?! Não sofreria mais; enquanto que aqui, declaro-lhe, porque eu não sou de arcas encouradas, que lhe hei de fazer passar uma vida bem aperreada.

— Obrigado pela promessa, mestre Gryphus.

E enquanto o preso sorria ironicamente para o velho carcereiro, Rosa, por detrás da porta, respondia-lhe com um sorriso cheio de angélica consolação.

Gryphus foi direito à janela.

A claridade do dia ainda era suficiente para se avistar, sem contudo o discriminar, um horizonte imenso que se perdia numa névoa cinzenta.

— Que bela vista tem esta janela, hein? — disse o carcereiro.

— Lindíssima — respondeu Cornélio, olhando para Rosa.

— Sim, sim, vista demais, vista demais.

Neste momento os dois pombos, espantados com a figura e principalmente com a voz deste desconhecido, saíram do ninho e sumiram-se sobressaltados no meio da névoa.

— Oh! oh! Que história é esta? — perguntou o carcereiro.

— São os meus pombos — respondeu Cornélio.

— Os meus pombos! — exclamou o carcereiro — os meus pombos! Pois um preso possui alguma coisa?

— Então são os pombos que Deus me deu — respondeu Cornélio.

— Aqui temos já uma infração — replicou Gryphus; — pombos! Ah! meu rapazola, meu rapazola, previno-o de uma coisa, é que não passará de amanhã que esses pássaros não fervam na minha panela.

— Seria preciso primeiro que os agarrasse, mestre Gryphus — disse Van Baerle. — Não quer que esses pombos sejam meus; pois afirmo-lhe que são menos seus do que meus.

— O que não se faz em dia de Santa Maria faz-se em outro dia — resmungou o carcereiro — e amanhã mesmo lhes hei de torcer o pescoço.

Fazendo esta bárbara promessa a Cornélio, Gryphus debruçou-se para a banda de fora, a fim de examinar a estrutura do ninho; o que deu tempo a Van Baerle para correr à porta e apertar a mão de Rosa, que lhe disse:

— Às nove horas da noite.

Gryphus, dedicado por completo ao desejo de apanhar no dia seguinte os pombos, como prometera fazer, nada viu nem ouviu; e tendo fechado a janela, pegou no braço da filha, saiu, deu duas voltas à chave, correu os ferrolhos e foi fazer as mesmas promessas a outro preso.

Apenas ele desapareceu, Cornélio chegou-se à porta para escutar o ruído decrescente dos passos; e mal este se esvaeceu por completo, correu à janela e desmanchou o ninho dos pombos.

Preferia antes expulsá-los para sempre da sua presença, do que expor à morte os mensageiros a quem devia a felicidade de ter tornado a ver Rosa.

Esta visita do carcereiro, as suas selvagens ameaças, a triste perspectiva da sua vigilância, de que ele já conhecia os desmedidos abusos, nada disto pôde distrair Cornélio dos doces pensamentos e sobretudo da doce esperança que a presença de Rosa acabava de lhe ressuscitar no coração.

Esperou, pois, com impaciência que dessem nove horas na torre de Loevestein.

Rosa dissera: "Espere-me às nove horas."

E ainda a última badalada do sino ressoava no ar, quando Cornélio sentiu na escada o andar ligeiro, o roçar do vestido da bela frisã e em seguida alumiar-se a grade da porta em que tinha cravados ardentemente os olhos.

O postigo acabava de abrir-se.

— Aqui estou — disse Rosa, ainda toda arquejante por ter subido a escada — aqui estou!

— Oh! minha boa Rosa!

— Está contente por me ver?

— Ainda o pergunta? Mas como arranjou para vir até aqui? Diga.

— Escute; meu pai adormece todas as noites quase apenas acaba de cear e eu então deito-o um pouco estonteado pela genebra; mas não diga nada a ninguém, porque, em conseqüência deste sono, poderei vir todas as noites conversar uma hora.

— Oh! agradeço-lhe muito, Rosa, minha querida Rosa.

E dizendo estas palavras, Cornélio chegou tanto o rosto ao postigo, que Rosa afastou o seu.

— Trouxe-lhe os seus bulbos de tulipa — disse ela.

O coração de Cornélio deu um pulo. Ainda se não atrevera a perguntar a Rosa o que fizera do precioso tesouro que lhe confiara.

— Ah! então conservou-os?

— Pois não me tinha dado como uma coisa a que dedicava muito apreço?

— Sim, mas por isso mesmo que lhe tinha dado, me parece que eram suas.

— Eram minhas depois da sua morte, e felizmente está vivo. Ah! como eu abençoei Sua Alteza! Se Deus conceder ao príncipe Guilherme todas as felicidades que eu lhe desejei, decerto será o homem mais feliz, não só do reino, mas também de toda a terra. Ora, como o senhor não morreu, apesar de guardar para mim a Bíblia do seu padrinho Cornélio, estava resolvida a entregar-lhe os seus bulbos; mas somente não sabia como o poderia fazer. Tinha-me, enfim, resolvido a ir pedir ao *stathouder* o lugar de carcereiro de Loevestein para meu pai, quando a ama me levou o seu bilhete. Ah! afirmo que choramos muitíssimo ambas. Mas a sua carta ainda corroborou mais a minha resolução. Parti então para Leyde; o resto já o sabe.

— Como, querida Rosa — replicou Cornélio — pois antes de ter recebido a minha carta já pensava em vir ter comigo?

— Se pensava nisso! — respondeu Rosa, em quem o amor vencia o seu natural pudor — eu não podia pensar em outra coisa!

E dizendo estas palavras, tornou-se tão bela que, pela segunda vez, Cornélio chegou precipitadamente a testa e os lábios à grade, sem dúvida para agradecer à linda jovem.

Rosa recuou como da primeira vez.

— Realmente — disse ela com essa garridice que se agita no coração de todas as moças — tenho muitas vezes lamentado não saber ler; mas nunca tanto, e do mesmo modo como quando a ama me levou a sua carta, que eu tive na mão, que falava para outros, e que, pobre estúpida que eu era, para mim era muda.

— Tem lamentado muitas vezes não saber ler — disse Cornélio; — em que ocasiões?

— Ora essa! — replicou a jovem, rindo — quando tinha de ler todas as cartas que me escreviam.

— Ah! recebia cartas, Rosa?

—Aos centos.
—Mas quem é que lhe escrevia?...
—Quem me escrevia? Em primeiro lugar todos os estudantes que passavam pelo Buitenhof, todos os oficiais que iam à praça de armas, todos os caixeiros, e até os mercadores que me viam à minha janelinha.
—E que fazia de todas essas cartas?
—Em outro tempo — respondeu Rosa — pedia a alguma amiga que as lesse, o que muito me divertia; mas desde certa época disse comigo: De que serve perder o tempo em ouvir todas estas tolices? E desde então queimo-as.
—Desde certa época, diz? — exclamou Cornélio, com um olhar turvado pelo amor e pela alegria.

Rosa baixou os olhos, muito corada; de modo que não viu aproximarem-se os lábios de Cornélio, que infelizmente não encontraram senão a grade; mas que, apesar disto, enviaram até aos lábios da jovem o hálito ardente do mais terno beijo.

Ao contato desta chama que lhe queimou os lábios, Rosa fez-se tão pálida, mais pálida talvez do que ficara no Buitenhof no dia da execução. Soltou um gemido queixoso, fechou os lindos olhos e fugiu, com o coração a bater-lhe e tentando, debalde, comprimir-lhe com a mão as palpitações.

Cornélio, tendo ficado sozinho, viu-se reduzido apenas a aspirar o perfume dos cabelos de Rosa, que entrara pelas grades.

Mas Rosa fugira tão precipitadamente, que se esquecera de entregar a Cornélio os três bulbos da tulipa negra.

CAPÍTULO 16

MESTRE E DISCÍPULA

O velho Gryphus, como o leitor terá podido inferir, estava bem longe de partilhar a simpatia da filha pelo afilhado de Cornélio de Witt.

Não tinha ele em Loevestein senão cinco presos; e por conseguinte o encargo de carcereiro não era difícil de desempenhar, antes era uma espécie de benefício simples dado à sua idade. No meio porém do seu zelo, o digno carcereiro aumentara de ponto com toda a força da sua imaginação a importância da tarefa que lhe fora cometida. Para ele, Cornélio tomara as proporções gigantescas de um criminoso de primeira ordem, e por conseguinte o mais perigoso dos seus presos. Vigiava-lhe portanto todos os passos, só lhe falava com rosto carrancudo, fazendo-lhe sofrer o castigo do que ele chamava a sua espantosa rebelião contra o clemente *stathouder*.

Penetrava três vezes por dia no quarto de Van Baerle, julgando surpreendê-lo em flagrante; mas Cornélio renunciara às correspondências desde que tinha a sua correspondente tão perto. Era até provável, quando mesmo Cornélio houvesse alcançado a liberdade e a permissão completa de se retirar para onde quisesse, que o domicílio da prisão com Rosa e os seus bulbos lhe parecesse preferível a todo e qualquer outro domicílio sem estas duas coisas.

É que efetivamente Rosa prometera vir todas as noites às nove horas conversar com o seu querido preso, e, como vimos, logo na primeira noite cumprira a sua palavra.

Na noite seguinte, subiu, como fizera na véspera, com o mesmo mistério e precauções. Somente resolvera, de si para si, não chegar muito o rosto à grade. E demais, para entrar logo numa conversação que pudesse ocupar seriamente Van Baerle, começou por lhe dar, pelas grades, os três bulbos ainda embrulhadas no mesmo papel.

Mas, com grande pasmo de Rosa, Van Baerle empurrou-lhe a nívea mão com a ponta dos dedos.

O tulipista tinha refletido.

— Escute-me — disse ele — creio que arriscaríamos demasiado em meter toda a nossa fortuna no mesmo saco. Lembre-se de que se trata, minha querida Rosa, de levar a cabo uma empresa que até hoje se considera impossível. Trata-se de fazer florescer a grande tulipa negra. Tomemos portanto todas as precauções, a fim de que, se não obtivermos bom resultado, não tenhamos nada de que acusar-nos. Eis como eu tenho calculado que conseguiremos o nosso fim.

Rosa prestou toda atenção ao que o prisioneiro ia dizer-lhe, e isto mais pela importância que lhe ligava o infeliz tulipista, do que pela que ela própria lhe dava.

— Aqui está — prosseguiu Cornélio — como eu calculei a nossa comum cooperação neste grande negócio.

— Fale, que o estou ouvindo — disse Rosa.

— Tem nesta fortaleza um jardinzinho, na falta de jardim algum pátio, na falta de pátio um eirado?

— Temos um belo jardim — disse Rosa — ao longo do Wahal, e cheio de velhas e frondosas árvores.

— Pode trazer-me, minha querida Rosa, um pouco de terra desse jardim, para que eu possa ver que tal ela é?

— Amanhã.

— Tire uma porção da que fica à sombra e outra da que está ao sol, para eu poder apreciar as suas qualidades nas duas condições da secura e da umidade.

— Fique tranqüilo.

— Depois de escolhida a terra — por mim, e modificada, se for necessário dividiremos em três partes os nossos três bulbos; a menina ficará com um que plantará no dia em que eu lhe designar, e na terra previamente escolhida, e que florescerá se tratar dela conforme as minhas indicações.

— Segui-las-ei à risca.

— Dar-me-á outra, que tentarei cultivar aqui no meu quarto, o que me ajudará a passar os longos dias, durante os quais não a vejo. Quanto a esta, confesso-lhe que pouca esperança tenho, e já de antemão reputo a desgraçada como sacrificada ao meu egoísmo. Mas o sol visita-me algumas vezes: tirarei proveito de tudo, mesmo até do calor da cinza do meu cachimbo. Finalmente conservaremos, ou para melhor dizer, conservará em reserva o terceiro bulbo, nosso último recurso, para nos servir no caso de falharem as duas primeiras experiências. Deste modo, minha querida Rosa, é impossível que não consigamos ganhar os cem mil florins do seu dote e alcançarmos a suprema felicidade de vermos o bom resultado da nossa obra.

— Compreendo — disse Rosa. — Amanhã trarei a terra, para o senhor escolher a minha e a sua. Quanto à sua, hão de ser-me necessárias algumas viagens, porque lhe não poderei trazer senão um pouco de cada vez.

— Oh! não é necessário ter tanta pressa, querida Rosa, porque as nossas tulipas não devem ser metidas na terra antes de passar um bom mês. Já vê que temos bastante tempo. Mas para plantar o seu bulbo há de seguir todas as minhas instruções, não é assim?

— Assim lhe prometo.

— E depois de plantado, dar-me-á parte de todas as circunstâncias que puderem interessar o nosso pupilo, tais como as mudanças atmosféricas, os rastos nas ruas, os rastos nos alegretes. Escutará enfim de noite se o nosso jardim é freqüentado por gatos; porque dois destes malditos animais destruíram-me em Dordrecht dois alegretes.

— Pois escutarei.

— Nas noites de luar... Tem janela para o jardim?

— A janela da minha alcova dá para lá.

— Bom! Nas noites de luar espreitará se dos buracos do muro saem ratos, que são uns roedores muito para temer. Muitos tulipistas ouvi eu censurarem Noé por ter metido na Arca um casal de ratos.

— Espreitarei se há ratos ou gatos...

— Bem! Será necessário ter cuidado nisso. — Depois continuou Van Baerle que, desde que estava preso, se tornara desconfiado — depois, ainda há um animal mais para temer do que os gatos e os ratos!

— Que animal é?

— O homem! Compreende, querida Rosa, que se rouba um florim e que se arrisca um homem a ir para as galés por

semelhante miséria; ora com muito mais razão se pode roubar um bulbo de tulipa que vale cem mil florins.
— Ninguém senão eu entrará no jardim.
— Promete-me?
— Juro-lhe!
— Está bem, Rosa! Muito obrigado, querida Rosa! Oh! Toda a minha alegria vai portanto proceder da sua mão!

E como os lábios de Van Baerle se aproximassem da grade com o mesmo ardor que na véspera, e que, de mais a mais era chegada a hora de se retirar, Rosa desviou a cabeça e estendeu a mão.

Nesta linda mão, em que a presumidinha da jovem tinha um cuidado particular, estava o bulbo.

Cornélio beijou apaixonadamente as pontas dos dedos desta mão. Seria porque nela estava um dos bulbos da grande tulipa negra? Seria porque esta mão era de Rosa?

É o que deixamos adivinhar a outros mais atilados do que nós.

Rosa retirou-se portanto com os outros dois bulbos, muito guardados no seio.

Guardá-los-ia ali por serem da grande tulipa negra, ou por virem de Cornélio Van Baerle?

Cremos que este ponto seria mais fácil de determinar do que o outro.

Seja porém como for, desde este momento a vida tornou-se agradável e divertida para o preso.

Rosa, como vimos, entregara-lhe um dos bulbos, e todas as noites lhe trazia mancheias de terra daquele sítio do jardim que ele achara melhor, e que, com efeito, era excelente.

Uma ampla bilha que Cornélio habilmente tinha quebrado, proporcionou-lhe um bom receptáculo; encheu-a até ao meio e misturou a terra que Rosa lhe trouxera com um pouco de lodo do rio, que fez secar e que lhe forneceu um excelente terreno.

Depois, lá pelo princípio de abril, enterrou o primeiro bulbo.

Referir quantos cuidados, quanta habilidade e astúcia Cornélio empregou para ocultar à vigilância de Gryphus a alegria dos seus trabalhos, não nos seria possível. Meia hora é um século de sensações e de pensamentos para um preso filósofo.

Não se passava um só dia sem que Rosa viesse conversar com Cornélio.

O cultivo das tulipas, de que Rosa fazia um curso completo, fornecia-lhes assunto constante de conversação; mas por mais interessante que seja este objeto, não se pode falar sempre de tulipas.

Por conseguinte falava-se de outras coisas, e não era pequena a surpresa do tulipista ao aperceber-se da extensão imensa que podia tomar o círculo da conversação.

Contudo Rosa conservava, por costume, o seu lindo rosto invariavelmente a seis polegadas do postigo, sem dúvida porque a bela frisã desconfiava de si própria, desde que sentira, através das grades, quanto o hálito de um preso pode queimar o coração de uma mulher.

Uma coisa havia, principalmente, que inquietava o tulipista quase tanto como os seus bulbos, e em que constantemente pensava: era a dependência em que Rosa estava do pai.

Assim é que a vida de Van Baerle, o sábio doutor, o pintor que tão bem imitava a natureza, o homem superior, a vida de Van Baerle, que segundo todas as probabilidades seria o primeiro que descobriria essa obra-prima da criação, que se chamaria, como de antemão se decidira, *Rosa Barlaensis,* como íamos dizendo, a vida, ou mais do que a vida, a felicidade deste homem, dependia do menor capricho de outro homem, e este era um ser de espírito inferior, de casta ínfima; era um carcereiro, muito menos inteligente do que a fechadura que todos os dias fechava, e mais duro do que o ferrolho que corria. Era um meio termo entre o homem e o animal.

Na verdade a felicidade de Cornélio dependia deste homem, que podia qualquer manhã começar a aborrecer-se em Loevestein, achar que o ar ali era insalubre, a genebra má, e sair da fortaleza levando a filha consigo; se acontecesse isto, tornariam ainda outra vez Cornélio e Rosa a ficar separados, e Deus talvez então lhes não permitisse tornarem a reunir-se.

— E se assim for, de que servirão os pombos viajantes — dizia Cornélio à jovem — visto que, minha querida Rosa, nem a menina saberá ler o que eu lhe escrever, nem escrever-me o que tiver pensado?

— Nesse caso — respondia Rosa, que no fundo do coração temia a separação tanto como Cornélio — visto termos uma hora todas as noites, empreguemo-la bem.

— Mas parece-me — replicou Cornélio — que não a empregamos nada mal.

— Empreguemo-la melhor — disse Rosa, sorrindo. Ensine-me a ler e a escrever, e pode crer que me hei de aproveitar das suas lições; deste modo nunca mais seremos separados senão pela nossa vontade.

— Oh! nesse caso — exclamou Cornélio — temos a eternidade diante de nós.

Rosa sorriu e encolheu graciosamente os ombros.

— Mas o senhor há de ficar sempre preso? — retorquiu ela. — Pois Sua Alteza, depois de lhe ter concedido a vida, não lhe dará a liberdade? E então não tornará a entrar na posse dos seus bens? Não será rico? E uma vez rico e livre, dignar-se-á olhar, quando passar a cavalo ou em berlinda, para a Rosinha, a filha do carcereiro, quase a filha de um carrasco?

Cornélio tentou fazer-lhe mil protestos, e decerto os teria feito de todo o coração e com a sinceridade de uma alma cheia de agradecimento e de amor; mas a jovem interrompeu-o, perguntando-lhe a sorrir:

— Como vai a sua tulipa?

Falar a Cornélio da sua tulipa era uma forma que a jovem tinha de lhe fazer esquecer tudo, até mesmo a própria Rosa.

— Vai muito bem — disse ele; — a película enegreceu, o trabalho da fermentação já começou e as veias da cebola aquecem-se e engrossam; daqui a oito dias hão de poder-se distinguir as primeiras protuberâncias da germinação... E a sua como vai, Rosa?

— Oh! eu fiz as coisas em ponto grande e conforme as suas indicações.

— Ora vejamos o que tem feito — disse Cornélio, com os olhos quase tão ardentes, a respiração quase tão arquejante como na noite em que os seus olhos tinham abrasado o rosto, e a sua respiração o coração de Rosa.

— Fiz as coisas em ponto grande — disse sorrindo a jovem, porque no fundo do coração não podia deixar de estudar este duplo amor do preso a ela e à tulipa negra — arranjei um quadrado livre e desafrontado, longe das árvores e das paredes, numa terra um quase nada areenta, mais úmida do que seca, e sem uma pedrinha, um alegrete como me descreveu.

— Muito bem, muito bem, Rosa.

— Preparado assim o terreno, só espero o seu aviso. No primeiro dia bonito há de dizer-me que plante o bulbo e eu planto-o, pois bem sabe que o devo fazer depois de si, porque tenho a meu favor o bom ar, o sol e a abundância dos sucos terrestres.

— É verdade, é verdade! — exclamou Cornélio, batendo palmas com alegria — é uma boa discípula, Rosa, e ganhará, por certo, os seus cem mil florins.

— Mas não se esqueça — disse Rosa a rir — de que a sua discípula, visto me chamar assim, tem outra coisa a aprender além da cultura das tulipas.

— Sim, sim, e eu tenho tanto interesse em que saiba ler como a menina mesmo.

— Quando havemos de começar?

— Imediatamente.

— Não, amanhã.

— Amanhã, por quê?

— Porque hoje a nossa hora já passou e tenho de o deixar.

— Já?! Mas, diga-me, em que livro havemos de ler?

— Oh! — replicou Rosa — tenho comigo um livro, um livro que, assim o espero, nos há de trazer a felicidade.

— Então até amanhã.

— Até amanhã.

No dia seguinte Rosa voltou com a Bíblia de Cornélio de Witt.

CAPÍTULO 17

O PRIMEIRO BULBO

No dia seguinte, como dissemos, Rosa voltou com a Bíblia de Cornélio de Witt.

E principiou então entre o mestre e a discípula uma dessas cenas encantadoras, que são um prazer para o romancista, quando tem a felicidade de as achar debaixo do bico da pena.

O postigo, única abertura que servia de comunicação aos dois amantes, ficava muito alto para que duas pessoas, que até ali se haviam contentado com ler no rosto uma da outra tudo quanto tinham que dizer-se, pudessem ler comodamente no livro que Rosa trouxera.

Por esta razão a jovem teve de se encostar ao postigo, com a cabeça erguida e o livro na altura da luz, que segurava com a mão direita, e que, para a aliviar um pouco, Cornélio se lembrou de atar com um lenço aos varões de ferro. Deste modo Rosa pôde seguir com um dos dedos as letras e sílabas que Cornélio lhe fazia soletrar, o qual, munido de uma fibra de palha à guisa de ponteiro, indicava estas letras, pelo intervalo das grades, à sua discípula dedicada.

A luz dessa lâmpada alumiava assim as belas cores de Rosa, os seus olhos azuis e penetrantes, as suas tranças louras, que lhe saíam por baixo do capacete de ouro luzidio, que, como dissemos, serve de enfeite de cabeça às frisãs; os seus dedos levantados para o ar, e de que o sangue fugia, tomavam essa cor pálida tirando a cor-de-rosa, que resplandece aos raios da luz e que indica a vida misteriosa que se vê circular por baixo da carne.

A inteligência de Rosa desenvolvia-se com rapidez ao contato vivificante do espírito de Cornélio, e quando a dificuldade parecia muito árdua, aqueles olhos que se mergulhavam uns nos do outro, aquelas pestanas que se tocavam, aqueles cabelos que se confundiam, lançavam faíscas elétricas capazes de iluminar as próprias trevas do idiotismo.

E Rosa, ao descer para o seu quarto, repetia sozinha na mente as lições de leitura e ao mesmo tempo na sua alma as lições, não patentes, do amor.

Uma noite chegou ela meia hora mais tarde do que o costume. Ora, meia hora de tardança era um acontecimento de alta importância para que Cornélio não se informasse, primeiro que tudo, da causa.

— Oh! Não ralhe comigo — disse a jovem — porque não tive a culpa. Meu pai reatou conhecimento em Loevestein com um pobre homem, que fora muitas vezes pedir-lhe em Haia que o deixasse ver a prisão; um homem de boa feição, amigo de beber, que contava histórias que faziam rir as pedras, e além disso tão bom pagador, que não olhava a despesas.

— Não tem nenhum outro conhecimento dele? — perguntou Cornélio, surpreendido.

— Não — respondeu Rosa; — o caso é que, há perto de quinze dias, meu pai tomou grande afeição a esse recém-vindo, tão assíduo em visitá-lo.

— Ah! sim — disse Cornélio abanando a cabeça com inquietação, porque todo e qualquer acontecimento novo era para ele o presságio de uma catástrofe; — algum espião do gênero desses que se mandam para as fortalezas, a fim de vigiarem presos e guardas ao mesmo tempo.

— Eu por mim não creio em tal — retorquiu Rosa sorrindo; — se aquele honrado homem espia alguém, não é por certo a meu pai.

— Então a quem é?

— A mim, por exemplo.

— A si?

— E por que não? — disse Rosa, a rir-se.

— Ah! é verdade — redargüiu Cornélio suspirando — nem sempre terá pretendentes debalde, Rosa; e esse homem pode vir a ser seu marido.

— Eu não digo que não.

— E em que funda essa alegria?

— Diga antes esse receio, sr. Cornélio.

— Muito obrigado, Rosa, tem razão; esse receio...
— Fundo-o nisto...
— Diga; estou ouvindo.
— Este homem já tinha ido muitas vezes ao Buitenhof, em Haia, exatamente no momento em que o senhor ali foi encerrado. Quando eu saí de lá, ele também saiu; vim para aqui, veio ele. Em Haia tomava por pretexto que queria vê-lo.
—A mim?
— Oh! Aquilo era, decerto, um pretexto, porque hoje que poderia dar o mesmo motivo, visto que o senhor tornou a ser um preso de meu pai, ou antes meu pai tornou a ser seu carcereiro, não se lembra do senhor, bem pelo contrário, ainda ontem lhe ouvi dizer a meu pai que o não conhecia.
— Continue, Rosa, para ver se posso adivinhar que homem é esse e o que quer.
— Está seguro, sr. Cornélio, de que nenhum dos seus amigos se pode interessar por si?
— Não tenho amigos, Rosa; só tinha a minha ama, a quem bem conhece e que também a conhece a si. Ah! essa pobre Zug viria pessoalmente, não se serviria de artimanha, e diria, lavada em lágrimas, a seu pai, ou a si: "Meu caro senhor, ou minha querida menina, meu filho está aqui, veja como estou desesperada, deixe-me vê-lo só por uma hora e eu rogarei a Deus toda a minha vida por si". Ah! não, prosseguiu Cornélio, a não ser a minha boa Zug, não tenho amigos.
— Por conseguinte, volto à minha primeira idéia, tanto mais porque ontem ao pôr-do-sol, quando eu estava arranjando o alegrete em que devo plantar o seu bulbo, vi uma sombra que, saindo pela porta cerrada, se metia por detrás dos sabugueiros e das faias. Fingi que não olhava; mas vi muito bem que era o nosso homem. Escondeu-se, a ver-me remexer a terra, e decerto era a mim que seguira e que espreitava, pois eu não dava uma sacholada, não mexia num grão de terra, que lhe escapasse.
— Oh! sim, sim, é um namorado — disse Cornélio. — É rapaz? É bonito?

E cravou em Rosa um olhar ávido, esperando impaciente a resposta.
— Rapaz! Bonito! — exclamou Rosa, rindo às gargalhadas. — É feio como um mono, tem o corpo corcovado, rasteja pelos cinqüenta, e não se atreve a olhar para mim direito nem a falar alto.
— E como se chama?
— Jacó Gisels.
— Não o conheço.
— Então já vê que não é por amor de si que aqui vem!
— Em todo caso, Rosa, se a ama, o que é bem provável, porque vê-la é amá-la, a menina não o ama, não?
— Oh! Isso não!
— Quer então que eu me tranqüilize?
— Peço-lhe encarecidamente.
— Pois bem! Como começa agora a ler, Rosa, há de ler tudo quanto eu lhe escrever, sim? acerca dos tormentos do ciúme e dos da ausência.
— Lerei, se escrever letras bem grandes.
Mas como o rumo que tomava a conversação começasse a inquietá-la, Rosa perguntou-lhe imediatamente:
— A propósito, como vai a sua tulipa?
— Imagine como não hei de estar contente; esta manhã estava eu a vê-la ao sol, e depois de ter desviado com toda cautela a camada de terra que cobre o bulbo, vi o biquinho do primeiro rebento. Ah! Rosa, o coração fundiu-se-me de alegria; aquele olhinho esbranquiçado, que uma asa de mosca esfolaria, se por ele roçasse, aquela suspeita de existência que se revela por um impalpável testemunho, comoveu-me mais do que a leitura da ordem de Sua Alteza que me restituía a vida, suspendendo o cutelo do algoz no cadafalso do Buitenhof.
— Então espera? — perguntou Rosa, sorrindo.
— Oh se espero!
— E eu, quando hei de plantar o meu bulbo?
— No primeiro dia favorável; deixe estar que eu lhe direi; mas, sobretudo, não queira que seja quem for a ajude, sobretu-

do não confie o seu segredo a pessoa alguma neste mundo; porque um amador de tulipas seria capaz, só pela simples inspeção desse bulbo, de lhe reconhecer o valor; sobretudo, sobretudo, minha querida Rosa, guarde preciosamente o terceiro bulbo que lhe resta.

— Continua no mesmo papel em que a embrulhou, tal qual como me deu, sr. Cornélio, escondida no fundo do armário entre as minhas rendas que a conservam seca sem a esmagar. Mas adeus, pobre prisioneiro.

— Como, já?
— Assim é preciso.
— Vir tão tarde, e retirar-se tão cedo!
— É que meu pai poderia impacientar-se não me vendo voltar; e o namorado poderia desconfiar de que tem um rival.

E, dizendo isto, pôs-se a escutar com inquietação.
— Que tem? — perguntou Van Baerle.
— Pareceu-me ouvir...
— O quê?
— O que quer que fosse, assim como passos na escada.
— Gryphus decerto não é — disse o preso — porque esse sente-se ao longe.
— Não é meu pai, não, mas...
— Mas...
— Mas poderia ser o Sr. Jacó.

Rosa correu para a escada, e antes de ter descido os dez primeiros degraus, ouviu-se fechar uma porta com rapidez.

Cornélio ficou muito inquieto, mas para ele isto era apenas um prelúdio.

Quando a fatalidade começa a completar uma obra má, é raro que não previna caridosamente a sua vítima, como um brigão o seu adversário, a fim de lhe dar tempo para se pôr em defesa.

Quase sempre estes avisos que emanam do instinto do homem, ou da cumplicidade dos objetos inanimados, muitas vezes menos inanimados do que geralmente se pensa; quase sempre, dizemos nós, estes avisos são desprezados. O golpe sibilou no ar e cai sobre uma cabeça que este sibilar deveria ter advertido, e que, sendo advertida, devia ter-se premunido contra ele.

O dia seguinte passou-se sem que acontecesse coisa notável. Gryphus fez as suas três visitas. Van Baerle, quando sentiu vir o seu carcereiro (e com a esperança de apanhar os segredos do preso, Gryphus nunca vinha às mesmas horas), quando pois sentiu vir o seu carcereiro, Van Baerle, com o auxílio de uma mecânica de sua invenção, parecida com aquelas por meio das quais se içam e arreiam os sacos de trigo nas herdades, imaginara arrear a sua bilha primeiro para debaixo da fileira de telhas e depois para debaixo das pedras que lhe ficavam inferiores à janela. Quanto aos cordéis, por meio dos quais o movimento se operava, o nosso mecânico achara um meio de os esconder com as ervas que vegetam em cima dos telhados e nas fisgas das pedras.

Gryphus não podia dar por isso; e este manejo teve bom êxito por oito dias.

Contudo uma manhã em que Cornélio, absorto na contemplação do seu bulbo, de onde rebentava já um ponto de vegetação, não sentira subir o velho Gryphus (nesse dia fazia um vento rijo e tudo rangia na torrinha), a porta abriu-se de repente e Cornélio foi apanhado com a bilha entre os joelhos.

Gryphus, vendo um objeto desconhecido, e por conseguinte proibido, nas mãos do preso, lançou-se sobre esse objeto com mais rapidez do que o falcão sobre a presa.

O acaso, ou essa destreza fatal, que o demônio concede às vezes aos seres malfazejos, fez com que aquela mão grosseira e calosa, aquela mão quebrada por cima do pulso, e que Cornélio lhe havia curado tão bem, se pusesse mesmo no meio da bilha em cima da porção de terra depositária do precioso bulbo.

— Que tem aí? — gritou ele. — Ah! Agora apanhei-o com a boca na botija!

E afundou a mão na terra.

— Eu? Nada! Nada! — exclamou Cornélio, todo a tremer.

— Ah! Apanhei-o! Uma bilha com terra! Aqui há algum segredo criminoso escondido!
— Meu caro Sr. Gryphus! — suplicou Van Baerle, inquieto como a perdiz a quem o ceifador acaba de apanhar o ninho com os ovos.
Com efeito, Gryphus começava a escavar a terra com os dedos aduncos.
— Senhor! senhor! Tome cuidado! — disse Cornélio, empalidecendo.
— Em quê, com mil demônios, em quê? — gritou o carcereiro.
— Tome cuidado, repito, por que a esmaga!
E com um movimento rápido e quase desesperado, arrancou das mãos do carcereiro a bilha, que escondeu como um tesouro, resguardando-a com os dois braços.
Mas Gryphus, cabeçudo como um velho, e de mais a mais convencido de que acabava de descobrir uma conspiração contra o príncipe de Orange, correu para o preso com o pau levantado; vendo, porém, a impassível resolução com que o preso protegia o seu vaso de flores, reconheceu que Cornélio tremia menos pela sua cabeça do que pela sua bilha.
Procurou, pois, arrancar-lha à força.
— Ah! — dizia o carcereiro furioso — bem se vê que se revolta.
— Deixe-me a minha tulipa! — gritava Van Baerle.
— Sim, sim, tulipa — replicava o velho. — Já se sabem todas as astúcias dos senhores presos.
— Mas juro-lhe...
— Largue — repetia Gryphus batendo com o pé; — largue, ou chamo pelo guarda.
— Chame quem quiser, mas não possuirá esta pobre flor senão tirando-me a vida.
Gryphus, desesperado, cravou pela segunda vez os dedos na terra e tirou de dentro o bulbo todo negro, ao passo que Van Baerle, muito satisfeito por ter salvado a bilha, não imaginava que o seu adversário possuía o conteúdo dela; Gryphus atirou então violentamente ao chão com o bulbo mole, que se

esborrachou nas lájeas, e desapareceu quase logo esmigalhada, feita em papas debaixo do seu amplo sapato.

Van Baerle viu o assassino, lobrigou os restos úmidos do bulbo, compreendeu a alegria feroz de Gryphus e soltou um grito de dor, que teria enternecido aquele carcereiro assassino que, alguns anos antes, matara a aranha de Pellisson.

A idéia de matar este mau homem passou como um raio pela mente do tulipista. O fogo e o sangue subiram-lhe juntos à testa e cegaram-no; levantou com ambas as mãos a bilha pesada com toda a terra inútil que lhe ficara dentro; mais um instante, e ia atirá-la à cabeça do velho Gryphus.

Um grito, porém, o suspendeu, um grito cheio de lágrimas e de angústia; era o grito que soltou, por detrás das grades do postigo, a pobre Rosa, pálida, trêmula, com os braços erguidos para o céu, e que veio meter-se entre seu pai e o preso.

Cornélio largou a bilha, que se fez em mil pedaços com grande estrondo.

E Gryphus, que conheceu então o perigo que correra, espraiou-se em terríveis ameaças.

— Oh! deve ser — disse-lhe Cornélio — um homem bem covarde e bem mau, para arrancar a um pobre preso a sua única consolação, um bulbo de tulipa!

— Meu pai — acrescentou Rosa — acaba de cometer um crime.

— Ah! és tu, minha sirigaita! — bradou o velho, ardendo em cólera, voltando-se para a filha, — ora mete-te lá com o que é da tua conta e sobretudo safa-te daqui quanto antes.

— Desgraçado! Desgraçado! — continuava Cornélio, na maior desesperação.

— No fim de contas, não é mais que uma tulipa — acrescentou Gryphus, um pouco envergonhado. Pois dão-se-lhe tantas quantas tulipas quiser; tenho umas trezentas no meu desvão.

— O diabo leve as suas tulipas! — exclamou Cornélio; tanto valem elas como você. Cem milhares de milhões delas que eu tivesse, dava-as por essa que aí esmagou.

—Ah! — exclamou Gryphus, triunfante. — Bem se vê que todo esse espalhafato não é por amor da tulipa. Bem se vê que nesse fingido bulbo havia alguma bruxaria, talvez um meio de correspondência com os inimigos de Sua Alteza, que lhe perdoou. Bem dizia eu que fizeram uma asneira chapada em lhe não cortarem a cabeça.
 — Meu pai! Meu pai! — exclamou Rosa.
 — Ainda bem! Ainda bem! — repetia Gryphus, irritando-se progressivamente — destruí tudo, destruí tudo, e hei de fazer o mesmo todas as vezes que recomeçar. Eu bem o tinha prevenido de que o faria passar uma vidazinha bem desagradável.
 — Maldito! Maldito! — resmungou Cornélio, todo entregue ao seu desespero, virando de todos os lados com os dedos trêmulos os últimos vestígios da cebola, cadáver de tantas alegrias e de tantas esperanças.
 — Nós plantaremos a outra amanhã, meu querido Cornélio — disse-lhe em voz baixa Rosa, que compreendia a imensa dor do tulipista e que, coração santo e virtuoso, lançou esta meiga palavra como uma gota de bálsamo na ferida sangrenta de Cornélio.

CAPÍTULO 18

O NAMORADO DE ROSA

Apenas Rosa terminara de dizer estas palavras de consolação a Cornélio, ouviu-se na escada uma voz que perguntava a Gryphus o que se passava.
 — Ouve, meu pai? — disse Rosa.
 — O quê?
 — O Sr. Jacó chama-o. Está inquieto.
 — Pois tem-se feito tanto barulho! — disse Gryphus. Não parecia que este homem me assassinava? Ah! como um homem sofre sempre com estes sábios!

Depois, indicando com o dedo a escada a Rosa, disse-lhe:
— Anda lá adiante, menina!
E fechando a porta, acabou por dizer:
— Já vou ter com o senhor, amigo Jacó.

Gryphus saiu levando Rosa e deixando na sua solidão e na sua dor amarga o pobre Cornélio, que murmurava:
— Oh! tu é que me assassinaste, velho carrasco! A isto não sobreviverei!

E, de fato, o pobre preso teria caído doente sem essa compensação que a Providência pusera na sua vida e que se chamava Rosa.

Quando chegou a noite a jovem voltou.

As suas primeiras palavras foram para anunciar a Cornélio que o pai não se opunha, de ora em diante, a que ele cultivasse flores.
— E como sabe isso? — perguntou, com ar doloroso, o preso.
— Sei-o, porque ele o disse.
— Para me enganar, talvez?
— Não, está arrependido.
— Oh! sim, mas muito tarde.
— E este arrependimento não foi espontâneo.
— Então como é que o teve?
— Se soubesse como o seu amigo ralha com ele!
— Ah! o Sr. Jacó; com que então o Sr. Jacó não os larga?
— Deixa-nos o menos que pode — disse Rosa.

E sorriu de tal maneira, que a pequena nuvem de ciúme que escurecera o rosto de Cornélio se dissipou.
— Então como foi isso? — perguntou o preso.
— Eu lhe digo; interrogado pelo amigo, meu pai contou-lhe à ceia a história da tulipa, ou antes do bulbo, e a façanha que fizera esmagando-a.

Cornélio soltou um suspiro, que podia passar por um gemido.
— Ai! Se visse naquele momento o tal Sr. Jacó! — prosseguiu Rosa. — Na verdade, julguei que ia deitar fogo à fortaleza; os seus olhos eram duas tochas ardentes, tinha os cabelos arrepiados, os dedos recurvos; houve um momento em que julguei que queria estrangular meu pai.

"— Fez isso! — exclamou ele — esmagou o bulbo?
"— Pois então! — respondeu meu pai.
"— Isso é uma infâmia! — prosseguiu Jacó — é abominável! Cometeu um crime!
Meu pai ficou estupefato.
"— Ah! Também está doido?" — perguntou ele ao amigo.
— Oh! Que digno homem que é esse Jacó — murmurou Cornélio; — é um coração honrado, uma alma escolhida.
— O fato é que é impossível tratar um homem com mais aspereza do que ele tratou meu pai — acrescentou Rosa; conhecia-se que sentia um verdadeiro desespero e repetia sem cessar:
"— Esmagada! O bulbo o esmagado! Oh meu Deus! Meu Deus! Esmagado!"
Depois, voltando-se para mim, perguntou-me:
"— Mas não era a única que ele tinha?"
— Perguntou isso? — disse Cornélio, prestando a maior atenção.
"— Julga que não era a única? — retorquiu meu pai — Pois bem, hão de procurar-se as outras.
"— Há de procurar as outras! — exclamou Jacó, deitando as mãos às goelas de meu pai.
Largando-o, porém, logo, e voltando-se para mim, perguntou:
— "E que disse o pobre senhor?"
Eu não sabia o que podia responder, porque o senhor tinha-me recomendado muito que não deixasse suspeitar a ninguém o interesse que tinha por aquele bulbo. Felizmente, meu pai veio tirar-me do apuro.
"— O que disse? Espumava de raiva.
"— Como não havia ele de estar furioso — atalhei eu — se meu pai tinha sido tão injusto e tão cruel!
"— Ah! Vocês estão ambos doidos? — exclamou meu pai; — não querem lá ver a grande desgraça de esborrachar um bulbo de tulipa! No mercado de Gorcum compram-se centos delas por um florim.
"— Mas talvez menos preciosas que aquela" — tive eu a desgraça de responder.

— E a essas palavras, que fez Jacó? — perguntou Cornélio.

— A estas palavras, devo dizê-lo, pareceu-me que seus olhos cintilavam.

— Sim — replicou Cornélio — mas não foi só isso; disse por força alguma coisa.

"— Com que então, bela Rosa — foi o que ele disse com voz adocicada — julga aquele bulbo precioso?"

Eu conheci que tinha feito mal e por isso respondi, assim negligentemente:

"— Eu sei lá? Não entendo de tulipas. Sei só, visto que infelizmente estamos condenados a viver com os presos, sei que para um preso qualquer passatempo tem o seu valor. Esse pobre Sr. Van Baerle divertia-se com aquele bulbo; digo, pois, que é uma crueldade roubar-lhe este passatempo.

"— Mas em primeiro lugar — redargüiu meu pai — aonde diabo foi ele buscar aquilo? Parece-me que seria bom saber isso."

Eu desviei os olhos para evitar o olhar de meu pai; mas encontrei o de Jacó, que parecia querer seguir-me o pensamento até ao fundo do coração.

Um movimento de mau humor dispensa muitas vezes uma resposta. Encolhi os ombros, voltei as costas e encaminhei-me para a porta.

Mas umas palavras que ouvi, apesar de serem proferidas muito baixinho, fizeram-me parar. Jacó dizia a meu pai:

"— Não é difícil saber-se!

"— Como?

"— Apalpando-o; e se tiver as outras cebolas, havemos de as encontrar, porque ordinariamente há três."

— Há três! — exclamou Cornélio. — Pois ele disse que eu tinha três bulbos?

— Estas palavras impressionaram-me tanto como ao senhor e voltei-me. Mas eles estavam tão entretidos um com o outro que não viram o meu movimento.

"— Talvez não tenha consigo essas cebolas.

"— Nesse caso mande-o descer, com qualquer pretexto, e durante esse tempo eu lhe revistarei o quarto."

— Oh! Oh! — disse Cornélio; — mas o tal senhor Jacó é um malvado.
— Receio isso.
— Diga-me, Rosa — continuou Cornélio, muito pensativo.
— O quê?
— Não me contou que no dia em que preparou o seu alegrete, esse homem a seguiu?
— Sim.
— Que se meteu, — como uma sombra, por detrás dos sabugueiros?
— Sem dúvida.
— Que não perdeu de vista um só dos seus movimentos quando sachava o alegrete?
— Nem um só.
— Rosa — disse Cornélio, empalidecendo.
— Que é?
— Não era a si que ele seguia.
— Pois a quem era?
— Não é de si que está enamorado.
— Então de quem?
— Era o meu bulbo de tulipa que ele seguia, era da minha tulipa que estava enamorado.
— Ah! Ora essa! E poderia muito bem ser — exclamou Rosa.
— Quer certificar-se disso?
— De que modo?
— Oh! muito facilmente.
— Diga.
— Vá amanhã ao jardim; disponha as coisas de modo que, como da primeira vez, o Jacó saiba que vai lá; e também, como da primeira vez, a siga; finja que enterra o bulbo; saia depois do jardim, mas espreite pela porta, e verá o que ele faz.
— Muito bem! E depois?
— Depois? Procederemos conforme o que ele fizer.
— Ah! — disse Rosa, soltando um suspiro — sempre tem muito amor aos seus bulbos, sr. Cornélio!...

— O caso é — retorquiu o preso, suspirando também — que depois que seu pai esmagou aquele infeliz bulbo, parece-me que uma parte da minha vida se paralisou.

— Vamos lá! — disse Rosa — quer experimentar outra coisa ainda?

— O que é?

— Quer aceitar a proposta de meu pai?

— Que proposta?

— Não lhe ofereceu ele centenas de tulipas?

— É verdade.

— Aceite duas ou três, e, no meio dessas duas ou três, pode criar o terceiro bulbo.

— Isso seria bom — disse Cornélio, com os sobrolhos carregados — se seu pai estivesse sozinho; mas esse outro, esse Jacó, que nos espia!

— Ah! É verdade; no entanto reflita bem, pois vejo que se priva de uma grande distração.

E pronunciou estas palavras com um sorriso que não era inteiramente isento de ironia.

Na verdade, Cornélio refletiu um instante; e fácil era de ver que lutava contra um grande desejo.

— Não — exclamou ele com estoicismo verdadeiramente antigo — não, isso seria uma fraqueza, uma loucura, uma cobardia! Se eu entregasse assim a todos os caprichos da cólera e da inveja o último recurso que nos resta, seria um homem indigno de perdão! Não! Rosa, não! Amanhã tomaremos uma resolução acerca da sua tulipa; há de cultivá-la segundo as minhas instruções; e quanto ao terceiro bulbo, — Cornélio soltou um profundo suspiro, — quanto ao terceiro, guarde-o no seu armário! guarde-o como o avarento guarda a sua primeira, ou a sua última peça de ouro; como a mãe guarda o filho; como o ferido guarda a última gota de sangue das suas veias; guarde-a, Rosa! Alguma coisa me diz que a nossa salvação, que a nossa riqueza estão ali! Guarde-a! E se o fogo do céu cair sobre Loevestein, jure-me, Rosa, que em vez dos seus anéis, em vez

145

das suas jóias, em vez do seu capacete de ouro, que tão bem lhe adorna a fronte, jure-me, Rosa, que salvará esse último bulbo, que encerra a minha tulipa negra.

— Fique tranqüilo, sr. Cornélio — disse Rosa, com terna mistura de tristeza e solenidade; — fique descansado, que os seus desejos são ordens para mim.

— E até — prosseguiu o tulipista, animando-se cada vez mais — se perceber que é seguida, que os seus passos são espiados, que as suas conversas despertam as suspeitas de seu pai, ou desse terrível Jacó, a quem detesto; ah! Rosa, sacrifique-me imediatamente a mim, que só vivo para si, que não tenho senão a si neste mundo, sacrifique-me, não torne mais a vir ver-me.

Rosa sentiu comprimir-se-lhe o coração no peito e os olhos arrasaram-lhe de lágrimas.

— Ah! — exclamou ela.
— O quê? — perguntou Cornélio.
— Vejo uma coisa.
— Que é?
— Vejo — disse a jovem desatando em choro e soluços — vejo que ama tanto as tulipas, que não há lugar no seu coração para outro afeto.

E fugiu.

Esta noite, depois da partida da jovem, foi para Cornélio uma das piores da sua vida.

Rosa estava enfadada com ele e tinha razão. Talvez não tornasse a ir ver o preso, que não teria assim mais notícias nem dela, nem das suas tulipas.

Como explicaremos, agora, este caráter singular aos tulipistas perfeitos, tais, como ainda existem neste mundo?

Confessamo-lo, em desabono do nosso herói e da horticultura; dos seus dois amores, aquele de que Cornélio se sentiu mais inclinado a ter saudades foi o amor de Rosa, e quando, aí pelas três horas da madrugada, adormeceu, prostrado de fadiga, perseguido de receios, devorado de remorsos, a grande tulipa negra cedeu o primeiro lugar, nos seus sonhos, aos olhos azuis tão meigos da loura frisã.

CAPÍTULO 19

MULHER E FLOR

Contudo, a pobre Rosa, encerrada no seu quarto, não podia saber em que ou em quem pensava Cornélio. E por isso, depois do que ele lhe tinha dito, estava mais disposta a crer que Cornélio pensava antes na sua tulipa do que nela, e, no entanto, Rosa enganava-se.

Mas como não estava ali pessoa alguma para lhe dizer que se enganava, como as palavras imprudentes de Cornélio lhe tinham caído sobre o coração como gotas de veneno, Rosa não pensava, chorava.

Na verdade, como Rosa era uma criatura de alma elevada, de um juízo reto e profundo, a pobre fazia justiça a si mesma, não quanto às suas qualidades morais e físicas, mas quanto à sua posição social.

Cornélio era sábio, era rico, ou pelo menos tinha-o sido antes da confiscação dos seus bens; Cornélio pertencia a essa burguesia de comércio, mais orgulhosa com as suas tabuletas, traçadas em brasão, do que nunca o foi a nobreza de raça com as suas armas hereditárias. Cornélio podia, portanto, achar Rosa boa para uma distração, mas decerto, quando se tratasse de entregar o seu coração, antes o entregaria a uma tulipa, isto é, à mais nobre e à mais altiva das flores, do que a Rosa, a humilde filha de um carcereiro.

Rosa compreendia, portanto, esta preferência que Cornélio dava à tulipa negra, mas por isso mesmo que a conhecia, estava mais desesperada.

Fora assim que a pobre jovem tomara uma resolução durante esta noite terrível, durante esta noite de insônia que passara.

Esta resolução era de nunca mais tornar a ir ao postigo. Mas, como sabia o ardente desejo que Cornélio tinha de receber notícias da sua tulipa, e não queria expor-se a tornar a ver um homem por quem sentia aumentar a sua compaixão a ponto tal que, depois de ter começado por uma simples simpatia, degenerava com toda rapidez em amor, resolveu-se, para não desesperar este homem, a continuar sozinha as suas lições de leitura e de escrita que começara; felizmente, achava-se já num estado tal de adiantamento que lhe não seria necessário mestre, se esse se não chamasse Cornélio.

Rosa pôs-se, portanto, a ler com afinco na Bíblia do infeliz Cornélio de Witt, na segunda folha da qual, que era agora a primeira, depois que a outra foi rasgada, estava escrito o testamento de Cornélio Van Baerle.

— Ah! — murmurava ela, relendo este testamento, cuja leitura nunca acabava sem que uma lágrima, uma pérola de amor, lhe rebentasse dos límpidos olhos e lhe caísse pelas faces pálidas — ah! no tempo em que ele escreveu isto, acreditei um instante que me tinha amor.

A pobre Rosa, coitada, enganava-se. Nunca o amor do preso fora mais sincero do que no momento a que somos chegados, visto que, a custo o dissemos, na luta entre a grande tulipa negra e Rosa, fora aquela que sucumbira.

Rosa, porém, tornamos a dizê-lo, ignorava esta particularidade. E, por isso, concluída a leitura, operação em que fizera grandes progressos, pegava na pena e começava, com um aferro não menos louvável, a tarefa muito mais difícil da escrita.

Mas, enfim, como escrevia já quase legivelmente no dia em que Cornélio deixara tão imprudentemente falar o seu coração, não desesperou de fazer progressos muito rápidos para dar, dentro de oito dias, o mais tardar, notícias da tulipa ao preso.

Nem uma só palavra das recomendações feitas por Cornélio lhe saíra da lembrança e demais Rosa nunca se esquecia das palavras de Cornélio, mesmo quando estas palavras não tinham o caráter de recomendação.

Cornélio, pela sua parte, acordou mais enamorado do que nunca. A tulipa estava ainda luminosa e viva no seu pensamento; não a via porém já como um tesouro a que devesse sacrificar tudo, até mesmo Rosa, mas como uma preciosa flor, uma combinação maravilhosa da natureza e da arte, que Deus lhe concedia para enfeitar o justilho da sua namorada.

Porém, uma vaga inquietação o perseguiu durante todo o dia. Van Baerle parecia-se com esses homens, cujo espírito é bastante forte para se esquecerem momentaneamente de que um grande perigo os ameaça à noite ou no dia seguinte, e que, vencida a preocupação, levam a vida como de costume. Somente, de quando em quando este perigo esquecido lhes morde o coração com os dentes agudos; estremecem então, perguntam a si próprios por que estremeceram, e depois, recordando-se do que lhes tinha já esquecido, dizem suspirando:

—Ah! Sim, é isto mesmo!

Isto de que Cornélio se recordava, era o receio de que Rosa não viesse naquela noite, como costumava. E à proporção que a noite se ia adiantando, a preocupação tornava-se cada vez mais viva, mais presente, até que, enfim, se apoderou de todo o corpo de Cornélio, a ponto de exclusiva e inteiramente o dominar.

Foi, pois, com um profundo palpitar de coração que saudou o fim do dia, e à medida que a escuridão crescia, as palavras que na véspera dissera a Rosa, e que tanto tinham afligido a pobre menina, assaltavam-lhe o espírito com mais veemência, e perguntava a si mesmo como é que lhe pudera dizer que o sacrificasse à sua tulipa, isto é, que renunciasse a vê-lo, se tanto fosse preciso, quando, para ele, ver Rosa se tornara uma necessidade da vida.

Do quarto de Cornélio ouviam-se dar as horas no relógio da fortaleza. Deram as sete, as oito, e depois as nove horas. Nunca o som do bronze vibrou mais profundamente no fundo de um coração, do que o fez o martelo batendo a pancada que marcava as nove horas.

Depois, tudo foi envolvido pelo silêncio. Cornélio pôs a mão no coração, para lhe comprimir as palpitações, e escutou.

O ruído dos passos de Rosa, o roçar do seu vestido nos degraus da escada, eram para ele tão familiares, que apenas ela subia o primeiro degrau, Cornélio dizia:

— Ah! Aí vem Rosa.

Naquela noite, porém, nenhum ruído perturbou o silêncio do corredor; o relógio bateu nove horas e um quarto; depois, com dois sons diferentes, as nove e meia; depois ainda, nove horas e três quartos; e, por fim, anunciou com o seu som grave e sonoro, não só aos hóspedes da fortaleza, mas também aos habitantes de Loevestein, que eram dez horas.

Era esta a hora em que Rosa costumava separar-se de Cornélio; a hora soara e Rosa ainda não aparecera.

Por conseguinte, os seus pressentimentos não o tinham enganado; Rosa, irritada, deixava-se ficar no seu quarto e abandonava-o.

— Oh! Sou bem merecedor do que me sucede — dizia Cornélio. — Não virá decerto, fará bem em não vir; eu, no seu lugar, fazia o mesmo.

E, apesar disto, Cornélio escutava e esperava sempre.

Assim esteve escutando e esperando até meia-noite; mas, depois, deixou de esperar e foi deitar-se vestido em cima da cama.

A noite foi longa e triste; depois veio o dia; mas o dia não trazia nenhuma esperança ao preso.

Às oito horas da manhã a porta abriu-se; Cornélio, porém, nem sequer voltou a cabeça. É que ouvira o andar pesado de Gryphus no corredor, mas ouvira perfeitamente que estes passos se aproximavam sozinhos.

Nem olhou para o lado do carcereiro.

E, todavia, bem teria desejado interrogá-lo e perguntar-lhe notícias de Rosa. Esteve quase até, por mais estranha que devesse parecer esta pergunta, a fazer-lha. É que o egoísta esperava que Gryphus lhe respondesse que a filha estava doente.

A não ocorrer algum acontecimento extraordinário, Rosa nunca vinha de dia; e, por isso, enquanto este durou, Cornélio não esperou, realmente. Contudo, pelos seus estremecimentos, pelos seus ouvidos atentos para o lado da porta, pelo seu olhar rápido interrogando o postigo, bem se via que o preso conservava a secreta esperança de que Rosa faria uma infração nos seus hábitos.

À segunda visita de Gryphus, Cornélio, apesar de todos os precedentes que havia, perguntara ao velho carcereiro, e isto com a sua voz mais branda, notícias da sua saúde; mas Gryphus, lacônico como um espartano, limitara-se a responder-lhe:

— Vai bem.

À terceira visita, Cornélio variou a forma da pergunta.

— Em Loevestein ninguém está doente? — perguntou ele.

— Ninguém, — respondeu Gryphus, ainda mais laconicamente do que a primeira vez, batendo com a porta na cara do preso.

É que o carcereiro, pouco habituado a tais amabilidades da parte de Cornélio, suspeitou de que o preso começava uma tentativa de corrupção.

Cornélio continuou a ficar sozinho; eram sete horas da noite; e então renovaram-se, em grau ainda mais intenso do que na véspera, as angústias que tentamos descrever.

Mas, como na véspera, as horas decorreram sem trazerem consigo a agradável visão que iluminava, através do postigo, a masmorra de Cornélio e que, ao retirar-se, ali deixava luz para todo o tempo da sua ausência.

Van Baerle passou a noite em verdadeiro desespero. No dia seguinte Gryphus pareceu-lhe mais feio, mais brutal, mais sinistro ainda do que de costume; passara-lhe pelo espírito, ou antes pelo coração, a esperança de que era ele quem impedia Rosa de lhe vir falar.

Assaltou-o por vezes o desejo feroz de estrangular o carcereiro; mas se Gryphus fosse estrangulado por Cornélio, todas as leis divinas e humanas proibiam que Rosa o tornasse a ver.

O carcereiro escapou, portanto, sem de tal desconfiar, a um dos maiores perigos que jamais correra na sua vida.

Veio a noite e o desespero mudou-se em melancolia; melancolia tanto mais profunda, por isso que, sem Van Baerle querer, as lembranças da sua pobre tulipa confundiam-se com a dor que sentia.

Aproximava-se exatamente essa época do mês de abril que os jardineiros mais experientes indicam como o momento preciso para a plantação das tulipas: e Cornélio dissera a Rosa:
— Eu lhe indicarei o dia e a ocasião em que deve meter o bulbo na terra.

Esta ocasião devia ele, no dia imediato, fixá-la para a noite seguinte. O tempo estava bom, a atmosfera, posto que ainda um pouco úmida, começava a ser temperada por esses pálidos raios do sol de abril, que, como são os primeiros, parecem tão suaves, apesar da sua palidez. Se Rosa deixasse passar o tempo da plantação?! Se à dor de não ver a jovem se juntasse a de ver abortar o bulbo, por ter sido plantado demasiado tarde, ou até por não ter sido plantado?!

Estas duas dores reunidas eram, por si sós, capazes de fazerem perder a vontade de comer e de beber.

Foi exatamente isto que lhe sucedeu no quarto dia.

Causava pena ver Cornélio, mudo de dor e pálido de inanição, debruçar-se da janela de grades, com o risco de não poder tirar a cabeça de entre os varões, a fim de ver se lobrigava à esquerda o jardinzinho de que Rosa lhe falara cujo parapeito confinava, segundo esta lhe dissera, com o rio, e isto com a esperança de descobrir, a estes primeiros raios do sol de abril, a jovem, ou a tulipa, os seus dois amores despedaçados.

À noite Gryphus levou o almoço e o jantar a Cornélio, que mal lhe tocara.

No dia seguinte nem sequer lhe tocou e o carcereiro levou os comestíveis destinados a estas duas refeições perfeitamente intactos.

Cornélio não se tinha levantado durante todo o dia.

— Bom — disse Gryphus ao descer, depois da última visita — bom, parece-me que vamos ficar livres do sábio.

Rosa estremeceu.

— Ora essa! — exclamou Jacó, muito admirado — então por quê?

— Porque não bebe, não come, nem se levanta — disse Gryphus. — Sairá daqui, como Grotius, numa caixa; com a diferença de que essa caixa será um caixão.

Rosa fez-se pálida como a morte.

— Ah! — murmurou ela — compreendo; está inquieto pela sua tulipa.

E, levantando-se muito depressa, entrou no seu quarto, pegou numa pena e papel e levou toda a noite a exercitar-se em traçar letras.

No dia seguinte Cornélio, levantando-se para se arrastar até à janela, viu um papel que lhe tinham metido por debaixo da porta.

Lançou-se sobre este papel, abriu-o e leu, escritas com uma letra que lhe custou a crer que fosse de Rosa, tanto se tinha ela aperfeiçoado durante esta ausência de sete dias, as seguintes palavras:

"Sossegue que a sua tulipa vai bem."

Apesar de que estas poucas palavras de Rosa acalmavam parte das dores de Cornélio, nem por isso foi ele menos sensível à ironia. Efetivamente, Rosa não estava doente, estava escandalizada; não era por estar a isso constrangida que não vinha, mas sim de moto próprio que permanecia longe de Cornélio.

Por conseguinte, Rosa, que podia fazer o que quisesse, achava na sua vontade a força de não ir ver aquele que morria com saudades dela.

Cornélio tinha papel e lápis, que Rosa lhe trouxera.

Entendeu que a jovem esperava uma resposta, mas que não viria buscá-la senão à noite; portanto, escreveu num papel, semelhante àquele que recebera, as seguintes palavras:

"Não é a inquietação que me causa a minha tulipa que me torna doente; é o pesar que sinto de não a ver."

Depois Gryphus saiu, veio a noite, Cornélio meteu o papel por debaixo da porta e pôs-se à escuta.

Mas, apesar de escutar com o maior cuidado, não sentiu nem os passos de Rosa, nem o roçar do seu vestido. Só ouviu uma voz tão fraca como um suspiro abafado, tão suave como uma carícia, que lhe dizia pelo postigo estas duas palavras:
— Até amanhã.
Amanhã era o oitavo dia.
Durante oito dias Cornélio e Rosa não se tinham visto.

CAPÍTULO 20

O QUE SE TINHA PASSADO DURANTE ESTES OITO DIAS

Com efeito, no dia seguinte, à hora do costume, Van Baerle sentiu tocar de leve no postigo, como Rosa costumava fazer nos bons dias da sua amizade.

Cornélio, como é de imaginar, não estava longe desta porta, através de cuja grade ia, enfim, tornar a ver o rosto encantador que há tanto tempo não via.

Rosa, que o aguardava com a luz na mão, não pôde reprimir um movimento de sobressalto quando viu o preso tão triste e tão pálido.

— Está doente, sr. Cornélio? — perguntou ela.

— Sim, minha menina — respondeu Cornélio — estou doente de espírito e de corpo.

— Vi que não comia — disse Rosa — e meu pai disse-me que não se levantava da cama; escrevi-lhe então para o sossegar a respeito da sorte do objeto precioso das suas inquietações.

— Pois eu respondi-lhe — disse Cornélio; — e quando a senti chegar, querida Rosa, julgava que tinha recebido a minha carta.

— Recebi, sim.

— Desta vez não dará como desculpa que não sabe ler; pois não só lê correntemente, mas até se tem adiantado muito na escrita.

— Não resta dúvida que recebi e li o seu bilhete; e foi por isso mesmo que aqui vim, para ver se não haveria meio de lhe restituir a saúde.
— Restituir-me a saúde! — exclamou Cornélio; — tem então alguma boa notícia a dar-me?
E, proferindo estas palavras, o preso cravava em Rosa os olhos radiantes de esperança.
Mas a jovem, ou porque não compreendeste este olhar, ou porque não quisesse compreendê-lo, respondeu com gravidade:
— Só tenho a falar-lhe da sua tulipa, que é, como muito bem o sei, a mais séria das suas preocupações.
Rosa deixou cair estas poucas palavras com tanta frieza, que fez estremecer Cornélio.
O zeloso tulipista não compreendia tudo quanto ocultava debaixo do véu da indiferença a pobre jovem, lutando sempre com a sua rival, a tulipa negra.
— Ah! — murmurou Cornélio — e ainda está nessa persuasão! Pois não lhe disse já, meu Deus! que não pensava senão em si, que era só de si que tinha saudades, só a menina quem me fazia falta, quem com a sua ausência me privava do ar, do dia, do calor, da luz, da vida?
Rosa sorriu melancolicamente.
— Ah! — disse ela — é que a sua tulipa correu um perigo tão grande!
Cornélio estremeceu, sem querer, e caiu no laço, se com efeito isto era um laço.
— Um grande perigo! — exclamou ele, todo trêmulo; — meu Deus! que perigo?
Rosa olhou para ele com doce e meiga compaixão, pois conhecia que o que desejava era superior às forças deste homem e que era preciso aceitá-lo com a sua fraqueza.
— Sim — prosseguiu ela — o senhor tinha adivinhado; o pretendente, o enamorado, o Jacó, não tinha vindo aqui por amor de mim.
— Então por amor de quem? — perguntou Cornélio com ansiedade.

— Por amor da tulipa.

— Ah! — exclamou Cornélio, empalidecendo ao ouvir estas palavras, mais do que quando Rosa, enganando-se, lhe anunciara quinze dias antes que o Jacó vinha ali por causa dela.

Rosa viu este terror e Van Baerle conheceu, na expressão do seu rosto, que a jovem pensava o que acabamos de dizer.

— Ah! perdoe-me, Rosa — disse ele — conheço-a, sei qual é a bondade e a honestidade do seu coração. Deus deu-lhe o pensamento, o juízo, a força e o movimento para se defender; mas nada disso deu à minha pobre tulipa ameaçada.

Rosa nada respondeu a esta desculpa do preso e continuou:

— Desde o momento em que conheci que aquele homem, que me seguira ao jardim, e que eu reconhecera ser Jacó, lhe causava inquietação, ainda me inquietou muito mais a mim. Fiz, portanto, o que me tinha dito no dia imediato àquele em que o vi pela última vez e em que me disse...

Cornélio interrompeu-a exclamando:

— Perdoe-me, Rosa! Fiz mal em lhe dizer aquilo. Já lhe pedi perdão dessas fatais palavras; será, porventura, sempre em vão?

— No dia seguinte àquele — prosseguiu Rosa — recordando-me do que me tinha dito... da astúcia que eu devia empregar para me certificar se era a mim, ou à tulipa que aquele homem odioso seguia...

— Sim, odioso... Não é verdade — disse Cornélio — que odeia muito aquele homem?

— Aborreço-o — redargüiu Rosa — porque é a causa de eu ter sofrido muito, há oito dias!

— Ah! Também tem sofrido? Agradeço-lhe essas boas palavras, Rosas.

— No dia imediato a esse desgraçado dia — continuou Rosa — desci ao jardim e encaminhei-me para o alegrete onde devia plantar a tulipa, olhando sempre para trás, a fim de ver se desta vez também era seguida.

— E então? — perguntou Cornélio.

— Então! a mesma sombra se meteu por entre a porta e a parede e desapareceu por detrás dos sabugueiros.

— E fingiu que nada tinha visto, não é assim? — perguntou Cornélio, recordando-se, ao ouvir todos estes pormenores, do conselho que dera a Rosa.

— Sim, e debrucei-me sobre o alegrete, que cavei com um sacho como se estivesse plantando o bulbo.

— E ele... ele... o que fazia entretanto?

— Via-lhe brilhar os olhos ardentes como os de um tigre por entre os ramos das árvores.

— Vê? Vê? — disse Cornélio.

— Acabada esta fingida operação, retirei-me.

— Mas só para detrás da porta do jardim, não é verdade? De modo que pelo buraco da fechadura pôde ver o que ele fez, apenas a menina se retirou?

— Esperou um instante, sem dúvida para se certificar de que eu não voltava; depois, saiu pé ante pé, aproximou-se do alegrete, fazendo um grande rodeio, e tendo chegado, enfim, ao alvo que desejava atingir, isto é, defronte do sítio onde a terra estava remexida de fresco, parou com ar indiferente, olhou para todos os lados, examinou todos os cantos do jardim, observou cada janela das casas vizinhas, interrogou a terra, o céu, o ar, e julgando que estava bem a sós, bem longe da vista de toda a gente, precipitou-se sobre o alegrete, cravou as duas mãos na terra fofa, tirou uma porção que desfez a pouco e pouco entre os dedos para ver se o bulbo estava ali, fez três vezes o mesmo manejo, e cada vez com mais ardor, até que, afinal, começando a desconfiar de que podia ter sido enganado por algum embuste, acalmou a agitação que o devorava, pegou no sacho, endireitou o terreno para o deixar no mesmo estado em que o achara, e todo corrido, todo enleado, retomou o caminho da porta, afetando o ar inocente de um passeante ordinário.

— Oh! Que miserável! — murmurou Cornélio, limpando as bagas de suor que lhe corriam pela testa abaixo. — Oh! Aquele miserável, tinha-o eu adivinhado. Mas que fez do bulbo, Rosa? Ah! Já é um pouco tarde para a plantar.

— O bulbo está há seis dias na terra.

— O quê? O quê? — exclamou Cornélio. — Oh! meu Deus, que imprudência! Onde está ela? Em que terra? Está bem ou mal exposta? Não corre risco de nos ser roubada por esse maldito Jacó?

— Não corre risco de nos ser roubada, a não ser que Jacó arrombe a porta do meu quarto.

— Ah! Está no seu quarto, Rosa — disse Cornélio, um pouco tranqüilizado. — Mas em que terra? Em que recipiente? Decerto não a fez germinar na água como as mulheres de Harlem e de Dordrecht, que se obstinam em crer que a água pode substituir a terra, como se a água, que é composta de trinta e duas partes de oxigênio e de sessenta e seis partes de hidrogênio, pudesse substituir... Mas que lhe estou a dizer?

— Realmente isso é um pouco científico para mim — respondeu a jovem, sorrindo. — Contentar-me-ei portanto em lhe responder, para o tranqüilizar, que a sua cebola não está metida em água.

— Ah! Ainda bem.

— Está em um bom vaso de barro, da mesma largura da bilha em que tinha enterrado a sua. Está metida em terra composta de três quartas partes de terra ordinária, tirada do melhor sítio do jardim, e de um quarto de terra da rua. Oh! Tenho-lhe ouvido dizer tantas vezes, e a esse infame Jacó, como o senhor lhe chama, em que qualidade de terra deve ser plantada a tulipa, que sei isso como o mais competente jardineiro de Harlem!

— Ah! Agora resta saber qual é a exposição em que está.

— Por enquanto, tem sol todo o dia, nos dias em que o há. Mas em rebentando, quando o sol estiver mais quente, farei como o meu caro sr. Cornélio aqui fazia. Exponho-a na minha janela ao nascente, desde as oito horas da manhã até às onze, e na janela do lado do poente, desde as três até às cinco da tarde.

— Oh! É isso! É isso! — exclamou Cornélio; — é um jardineiro perfeito, Rosa. Mas também me convenço que a cultura da minha tulipa lhe vai ocupar todo o tempo.

— É verdade — disse Rosa; — mas que importa? A sua tulipa é minha filha. Dedico-lhe o tempo que dedicaria a um

filho, se eu fosse mãe. Pois é só tornando-me sua mãe — acrescentou Rosa sorrindo — que posso deixar de ser sua rival.
— Boa e querida Rosa! — murmurou Cornélio, cravando na jovem um olhar mais de amante que de horticultor e que a consolou um pouco.

Depois, passado um instante de silêncio, durante o qual Cornélio procurava pelo intervalo das grades a mão fugitiva de Rosa, prosseguiu:
— Com que então, há já seis dias que o bulbo está na terra?
— Sim, seis dias, sr. Cornélio — redargüiu a jovem.
— E ainda não aparece?
— Não, mas creio que amanhã aparecerá!
— Pois então, amanhã há de dar-me notícias dela, dando-me também as suas, não é assim, Rosa?... A filha, como ainda agora dizia, causa-me bastante inquietação; mas interesso-me muito mais pela mãe.
— Amanhã — disse Rosa, olhando para Cornélio às furtadelas — amanhã não sei se poderei.
— Ah! Meu Deus! — disse Cornélio — então por que não poderá amanhã?
— Porque tenho mil coisas que fazer.
— Ao passo que eu só tenho uma — murmurou Cornélio.
— Sim — respondeu Rosa — amar a sua tulipa.
— Amá-la, a si, Rosa.
Rosa abanou a cabeça.
Houve outra vez um momento de silêncio.
— Enfim — continuou Van Baerle, interrompendo este silêncio — tudo muda na natureza; às flores da primavera sucedem-se outras flores e vêem-se as abelhas, que acariciavam ternamente as violetas e os goivos, pousarem com o mesmo amor nas madressilvas, nas rosas, nos jasmins, nos bem-me-queres e nos gerânios.
— Que quer dizer isso? — perguntou Rosa.
— Quer dizer que a menina a princípio gostou de ouvir a narrativa das minhas alegrias e pesares; acariciou a flor da nos-

sa mútua juventude; mas a minha definhou-se à sombra. O jardim das esperanças e dos prazeres de um preso apenas tem uma estação. Não é como esses lindos jardins que estão ao ar livre e ao sol. Depois de feita a colheita de maio, depois de recolhidos os últimos despojos, as abelhas como a menina, as abelhas de corpo delicado, de antenas de ouro, de asas diáfanas, passam por entre as grades, fogem do frio, da solidão, da tristeza, para irem procurar em outra parte os perfumes e as exalações tépidas... a felicidade, enfim!

Rosa olhava para Cornélio com um sorriso que este não via, porque tinha os olhos fitos no céu.

O tulipista continuou com um suspiro:

— A menina Rosa abandonou-me, para gozar as suas quatro estações de prazeres. Fez bem; nem eu me queixo; que direito tinha para exigir a sua fidelidade?

— A minha fidelidade! — exclamou Rosa, banhada em lágrimas, e sem procurar esconder por mais tempo a Cornélio esse orvalho de pérolas que lhe deslizava pelas faces; — a minha fidelidade! Pois não lhe tenho sido fiel?

— Ah! Então é ser fiel — exclamou Cornélio — abandonar-me, deixar-me morrer aqui?

— Mas, sr. Cornélio — disse Rosa — não faço por seu respeito tudo quanto lhe pode causar prazer? Não me tenho ocupado da sua tulipa?

— Ainda para mais é severa, Rosa! Leva-me a mal a única alegria pura que tenho tido neste mundo.

— Não lhe levo a mal nada, sr. Cornélio, senão a única mágoa profunda que tenho sentido desde o dia em que me foram dizer ao Buitenhof que o senhor ia morrer.

— Desagrada-lhe, Rosa, minha querida Rosa, desagrada-lhe que eu goste das flores?

— Não me desagrada que goste delas, sr. Cornélio, mas causa-me pena que goste mais delas que de mim.

— Ah! Minha querida, — exclamou Cornélio — veja como as minhas mãos tremem, veja como o meu rosto está pálido, escute, escute como bate o meu coração! E não é porque a minha tulipa negra me sorri e me chama, não; é porque a menina me sorri; é porque inclina a sua fronte para mim; é porque, — não sei se isto é verdade, — é porque me parece que evitando-as, as suas mãos tentam apertar as minhas; é porque sinto o calor das suas lindas faces por detrás destas grades frias. Rosa, meu amor, despedace o bulbo da tulipa, destrua a esperança dessa flor, apague a suave luz desse sonho casto e encantador que me habituara a ter todos os dias; seja embora assim! Nada mais de flores de ricos trajes, de elegantes graças, de caprichos divinos; prive-me de tudo isso, flor zelosa das outras flores; prive-me de tudo isso, mas não me prive da sua voz, do seu gesto, do ruído dos seus passos na escada, não me prive do fogo dos seus olhos nesse escuro corredor, da certeza do seu amor, que acariciava perpetuamente o meu coração; ame-me, Rosa, porque sinto que não amo a ninguém mais senão a você.

— Depois da tulipa — suspirou a jovem, cujas mãos tépidas e fagueiras se entregavam, enfim, voluntariamente, através das grades de ferro, aos lábios de Cornélio.

— Primeiro que tudo, Rosa...

— E devo crê-lo?

— Como crê em Deus.

— Pois seja assim; e o amar-me não o mete num grande empenho?

— Bem pequeno, desgraçadamente, querida Rosa; mas a você é que este amor impõe certas obrigações.

— A mim? — perguntou Rosa; — então a que me obriga?

— Primeiro, a não se casar.

Rosa sorriu.

— Ah! Aí está como os senhores são — respondeu ela — uns perfeitos tiranos. Adora uma bela, não pensa senão nela, não sonha senão com ela; é condenado à morte, e ao caminhar para o cadafalso, consagra-lhe o último suspiro, e agora exige de mim, uma pobre moça, o sacrifício dos meus sonhos, da minha ambição.

— Mas de que bela me fala, Rosa? — disse Cornélio, procurando inutilmente nas suas recordações uma mulher à qual Rosa pudesse fazer alusão.

— Ora, da bela negra, senhor, da bela negra de talhe flexível, de pés delgados, de cabeça cheia de nobreza. Falo da sua flor, enfim.

Cornélio sorriu.

— Uma bela imaginária, minha boa Rosa, ao passo que a menina, sem contar com o seu enamorado, ou antes o meu enamorado Jacó, está cercada de apaixonados que a requestam. Lembra-se do que me disse dos estudantes, dos oficiais, dos caixeiros de Haia? Pois bem! Em Loevestein não há porventura caixeiros, não há oficiais, não há estudantes?

— Oh! Se há — disse Rosa — e muitos.

— Que escrevem?

— Que escrevem.

— E agora que sabe ler...

Cornélio suspirou ao lembrar-se de que era a ele, pobre preso, que Rosa devia o privilégio de ler os bilhetes amorosos que recebia.

— Ora essa! Mas parece-me, sr. Cornélio — disse Rosa — que lendo os bilhetes que me escrevem, que examinando os enamorados que se apresentam, não faço mais do que seguir as suas instruções.

— Como! As minhas instruções?

— Sim, as suas instruções; esqueceu-se — prosseguiu Rosa, suspirando agora também — esqueceu-se do testamento escrito por você na Bíblia do sr. Cornélio de Witt? Pois eu não me esqueço dele, porque, agora que sei ler, leio-o e releio-o todos os dias, e nesse testamento ordena-me que ame e case com um guapo rapaz de vinte e seis a vinte e oito anos. Eu por mim procuro-o, e como todo o dia é consagrado à tulipa, é necessário que me deixe a noite livre para o achar.

— Ah! Rosa, o testamento está feito na suposição da minha morte, e, graças ao céu, ainda estou vivo.

— Pois então, não procurarei o tal guapo rapaz de vinte e seis a vinte e oito anos, e virei vê-lo a si.
— Ah! sim, Rosa, venha, venha!
— Mas há ainda uma condição.
— Aceito-a sem saber ainda o que é.
— É que durante três dias não se há de falar na tulipa negra.
— Nunca mais, se assim o exigir, Rosa.
— Oh! — disse a jovem — impossíveis não se devem exigir.

E, como por descuido, aproximou tanto a rosada face da grade, que Cornélio pôde tocá-la com os lábios.

Rosa soltou um gritinho cheio de amor e desapareceu.

CAPÍTULO 21

O SEGUNDO BULBO

A noite foi boa e o dia seguinte ainda melhor.

Nos dias anteriores a prisão tinha-se tornado mais pesada, mais lôbrega, mais baixa, e oprimia com todo o seu peso o pobre preso. As suas paredes eram negras, o ar frio, e os varões de ferro tão unidos que mal deixavam passar a claridade do dia.

Mas quando Cornélio acordou, um raio do sol matinal brincava nas grades; os pombos cortavam o ar com as asas abertas, enquanto outros arrulhavam amorosamente no telhado contíguo à janela ainda fechada.

Cornélio correu a essa janela, abriu-a, e pareceu-lhe que a vida, a alegria, quase a liberdade, entravam com este raio do sol no triste e escuro quarto.

É que o amor florescia e fazia florescer todas as coisas em torno dele, o amor, essa flor do céu, muito mais radiosa, muito mais perfumada do que todas as flores da terra.

Quando Gryphus entrou no quarto do prisioneiro, em vez de o achar triste e deitado como nos outros dias, achou-o em pé e cantando uma ária de teatro.

— Olé! — exclamou Gryphus.
— Como vai isso hoje? — disse Cornélio.
Gryphus olhou para ele de revés.
— O cão, o Sr. Jacó, e a nossa bela Rosa, como passam todos?
Gryphus rangeu os dentes.
— Aqui está o almoço — foi a sua resposta.
— Muito obrigado, amigo Cérbero — disse o preso; — chega a tempo, porque tenho uma fome muito grande.
— Ah! Tem fome? — disse Gryphus.
— E por que não? — perguntou Van Baerle.
— Parece que a conspiração vai por diante — replicou Gryphus.
— Que conspiração? — perguntou Cornélio.
— Bom! Um homem sabe o que diz, mas há de haver vigilância, senhor sábio; esteja tranqüilo que há de haver vigilância.
— Vigie, amigo Gryphus, vigie! — redargüiu Van Baerle.
— Tanto a minha conspiração, como a minha pessoa, tudo está ao seu dispor.
— Veremos isso ao meio-dia — disse Gryphus.
E saiu.
— Ao meio-dia — repetiu Cornélio — que quererá ele dizer? Pois esperemos até ao meio-dia, e veremos.
Era coisa fácil a Cornélio esperar pelo meio-dia, quando esperava até às nove horas da noite.
Deu meio-dia e ouviu-se na escada, não só o andar de Gryphus, mas os passos de três ou quatro soldados que subiam com ele.
Abriu-se a porta, Gryphus entrou, introduziu os homens e fechou-a logo.
— Toca a dar busca por aí tudo — disse-lhes este.
E todos começaram a procurar nas algibeiras de Cornélio, entre o gibão e o colete, entre o colete e a camisa, entre a camisa e a carne; mas nada encontraram.
Foi então que Van Baerle se felicitou de não ter aceitado o terceiro bulbo; porque nesta busca Gryphus tê-la-ia decerto

achado por mais escondida que estivesse e ter-lhe-ia feito o mesmo que à primeira.

De resto, nunca um preso assistiu com rosto mais sereno a uma busca feita no seu domicílio.

Gryphus retirou-se levando o lápis e as três ou quatro folhas de papel branco que Rosa dera a Cornélio; foi este o único troféu da expedição.

Às seis horas Gryphus voltou, mas sozinho; Cornélio quis abrandá-lo; mas Gryphus resmungou, arreganhou os dentes e saiu recuando, como um homem que tem medo de ser vítima de alguma violência.

Cornélio desatou a rir, o que fez com que Gryphus, que era versado na leitura dos autores, lhe bradasse através das grades:

— Ri-te bem! anda lá; que com mais gosto se há de rir quem rir no fim.

O último que devia rir, pelo menos naquela noite, era Cornélio, porque estava à espera de Rosa.

Esta veio com efeito às nove horas; mas veio sem lanterna. Já não precisava de luz, porque sabia ler.

Depois a luz podia denunciá-la, espiada como andava mais que nunca por Jacó.

Depois, enfim, à luz via-se-lhe muito a vermelhidão quando corava.

De que falaram os dois jovens esta noite? Das coisas de que falam os namorados no limiar de uma porta, em França; de uma janela abaixo, em Espanha; de cima de um eirado para a rua, no Oriente.

Falaram dessas coisas que fazem voar as horas, que acrescentam simplesmente penas às asas do Tempo.

Falaram de tudo, exceto da tulipa negra.

Depois, às dez horas, como de costume, separaram-se.

Cornélio era feliz, tão completamente feliz como pode sê-lo um tulipista a quem se não falou da sua tulipa.

Achava Rosa tão linda como todos os amores da terra; achava-a boa, graciosa, encantadora.

Mas por que motivo Rosa proibia que se falasse da tulipa? Era este um grande defeito que tinha.

Cornélio disse consigo, suspirando, que a mulher não é perfeita. Passou uma parte da noite a meditar nesta imperfeição. O que quer dizer que enquanto esteve acordado pensou em Rosa; e que apenas adormeceu, sonhou com ela.

Mas a Rosa dos seus sonhos era muito mais perfeita do que a Rosa da realidade; pois aquela não só falava da tulipa, mas de mais a mais trazia-lhe uma magnífica tulipa negra desabrochada num vaso da China.

Cornélio acordou estremecendo todo de alegria e murmurando:
— Rosa, Rosa, amo-te.

E como já fosse dia, não julgou a propósito tornar a adormecer.

Revolveu portanto na mente todo o dia a idéia que tivera ao despertar.

Ah! Se Rosa lhe tivesse falado na tulipa, Cornélio tê-la-ia preferido à rainha Semíramis, à rainha Cleópatra, à rainha Isabel, à rainha Ana de Áustria, isto é, às maiores e mais formosas rainhas do mundo.

Mas Rosa proibira, sob pena de não voltar mais, que se falasse em tulipas antes de três dias.

Eram setenta e duas horas dadas ao namorado, não há dúvida; mas eram também setenta e duas horas roubadas ao horticultor.

Verdade é que destas setenta e duas horas, trinta e seis já tinham decorrido, e as outras trinta e seis passariam bem depressa, dezoito a esperar, dezoito em recordações.

Rosa voltou à mesma hora e Cornélio suportou heroicamente a penitência. Realmente, Van Baerle teria sido um pitagórico muito distinto, pois contanto que lhe permitissem perguntar uma vez por dia pela sua tulipa, permaneceria decerto cinco anos, segundo os estatutos da ordem, sem falar de outra coisa.

De resto, a formosa visitante compreendia bem que quando se ordena de um lado, cumpre ceder do outro. E por isso Rosa consentia que Cornélio lhe pegasse nos dedos, por entre os varões de ferro, e lhe beijasse os cabelos através das grades. Pobre moça! Todas estas meiguices do amor eram muito mais perigosas para ela do que falar em tulipas.

Rosa compreendeu isto ao voltar para o seu quarto com o coração palpitante, as faces ardentes, os lábios secos e os olhos úmidos.

Assim é que, no dia seguinte, depois das primeiras palavras e das primeiras carícias, olhou para Cornélio, no meio das trevas, com esse olhar que se sente quando se não vê, e disse-lhe:
— Quer saber? Já nasceu!
— Nasceu! como? Que diz? — perguntou Cornélio não ousando crer que Rosa abreviasse a duração da sua prova.
— A tulipa — disse Rosa.
— Como! — exclamou Cornélio — permite portanto?...
— Decerto — disse Rosa com o tom de uma terna mãe que permite um prazer ao filho.
— Ah! Rosa! — tornou Cornélio, estendendo os lábios através das grades, com a esperança de encontrar a face, a mão, a testa, alguma coisa enfim.

Encontrou porém uma coisa melhor do que tudo isto, encontrou dois lábios meio abertos.

Rosa soltou um gritinho.

Van Baerle conheceu que era preciso continuar imediatamente a conversação, porque este contato inesperado tinha assustado Rosa.
— Nasceu bem direita? — perguntou ele.
— Direita como um fuso — disse Rosa.
— E está muito alta?
— Tem já duas polegadas pelo menos.
— Ah! Rosa, tenha muito cuidado com ela e verá como cresce depressa.
— Posso porventura ter mais cuidado do que tenho? — disse Rosa. — Não penso em outra coisa.
— Pensa só nela, Rosa? Tome cuidado, porque então vou ter ciúmes.

— Ora essa! Bem sabe que pensar nela é pensar em você. Nunca a perco de vista. Vejo-a da minha cama, ao despertar é o primeiro objeto para que olho; ao adormecer, o último que deixo de ver. Enfim, de dia sento-me e trabalho perto dela, porque desde que está no meu quarto, nunca dali saio.

— Tem razão, Rosa, pois bem sabe que é o seu dote.

— Sim, e por amor dela poderei casar com um rapaz de vinte e seis a vinte e oito anos, a quem amarei.

— Cale-se, minha má.

E Cornélio conseguiu pegar nos dedos da jovem, o que fez, se não mudar o rumo da conversação, pelo menos suceder o silêncio ao diálogo.

Nesta noite Van Baerle foi o mais feliz dos homens. Rosa abandonou-lhe a mãozinha enquanto ele quis conservá-la entre as suas, e Cornélio falou quanto quis acerca da tulipa.

Desde esta ocasião, cada dia trouxe um progresso à tulipa e ao amor dos dois jovens. Uma vez eram as folhas que tinham aberto, outras era a flor que deitara botões.

A esta notícia, a alegria de Cornélio foi grande e as perguntas sucederam-se com uma rapidez tal, que bem mostravam a sua importância.

— Ah! — exclamou Cornélio — já tem botão?

— Tem botão — repetiu Rosa.

Cornélio cambaleou de alegria e viu-se obrigado a agarrar-se às grades, exclamando:

— Ah! meu Deus!

Depois, dirigindo-se a Rosa, perguntou:

— O oval é regular? O cilindro está cheio? As pontas são bem verdes?

— O oval tem perto de uma polegada e acaba numa ponta tão fina como uma agulha, o cilindro infla-lhe os lados, as pontas estão quase a entreabrir-se.

Nesta noite Cornélio dormiu pouco; era um momento supremo aquele em que as pontas da tulipa se entreabrissem.

Dois dias depois, Rosa anunciou-lhe que estavam descerradas.

— Descerradas, Rosa! — exclamou Cornélio — o invólucro está entreaberto! Mas então já se vê, já se pode distinguir?...
E o preso parou, arquejando.
— Sim — respondeu Rosa — sim, pode-se distinguir uma fibra de cor diferente, delgada como um cabelo.
— E a cor? — perguntou Cornélio, a tremer.
— Oh! respondeu Rosa, é bem escura.
— Parda?
— Ainda mais escura.
— Mais escura, boa Rosa, mais escura! Muito obrigado. Escura como o ébano, escura como...
— Escura como a tinta com que lhe escrevo.
Cornélio soltou um grito de alegria louca.
Depois, parando de repente, prosseguiu, pondo as mãos:
— Oh! Não há anjo que possa ser-lhe comparado.
— Realmente! — redargüiu Rosa, sorrindo ao ver esta exaltação.
— Tem trabalhado tanto, tem feito tanto por minha causa, Rosa! A minha tulipa vai florescer e florescer negra! Rosa, Rosa, a menina é o que Deus criou de mais perfeito no mundo.
— Sim, mas depois da tulipa?
— Ah! Cale-se, má; cale-se! Por compaixão, não transtorne a minha alegria! Mas, diga-me, Rosa, se a tulipa está nesse ponto, dentro de dois ou três dias, o mais tardar, vai florescer?
— Amanhã, ou depois.
— Oh! E eu não poderei vê-la — exclamou Cornélio deitando-se para trás — não poderei beijá-la como uma maravilha de Deus, que se deve adorar, como beijo as suas mãos, Rosa, como beijo os seus cabelos, como beijo as suas faces, quando por acaso estão próximas do postigo.

Rosa aproximou a face, não por acaso, mas voluntariamente; e os lábios do tulipista colaram-se a ela com sofreguidão.
— Se quiser colho-a já — disse a jovem.
— Ah! Não! Não! Apenas ela abra, ponha-a bem à sombra e mande logo a Harlem prevenir o presidente da sociedade

horticultora de que a grande tulipa negra floresceu. Bem sei que Harlem fica longe, mas com dinheiro achará um mensageiro. Tem dinheiro, Rosa?

Rosa sorriu e replicou:

— Oh, se tenho!

— Muito? — perguntou Cornélio.

— Trezentos florins.

— Ah! Se tem trezentos florins, não deve mandar um mensageiro, deve ir a Harlem.

— Mas durante esse tempo, a flor?...

— Ah! A flor, leve-a consigo. Bem compreende que não deve separar-se dela um instante.

— Mas não me separando dela, separo-me de você, sr. Cornélio — disse Rosa, contristada.

— Ah! É verdade, minha terna, minha querida Rosa. Meu Deus! Como os homens são maus! Que lhes fiz eu, e por que me privaram da liberdade? Tem razão; Rosa, eu não poderei viver sem a ver. Pois bem, mandará alguém a Harlem; o caso é de tal ordem que merece a pena que o presidente se incomode; e então virá em pessoa a Loevestein procurar a tulipa.

Depois, parando de repente, murmurou, com voz trêmula:

— Rosa! Rosa! Se ela não fosse negra?

— Ora essa! Há de sabê-lo amanhã ou depois, à tardinha.

— Esperar até à noite para saber isso, Rosa!... Morrerei de impaciência. Não poderíamos acaso combinar um sinal?

— Farei outra coisa melhor.

— Então que fará?

— Se abrir de noite, virei eu mesma dizer-lhe. Se abrir de dia, passarei por diante da porta e introduzirei um bilhete, ou por baixo dela, ou pelo postigo, no intervalo da primeira à segunda inspeção do meu pai.

— Isso mesmo, Rosa! Uma palavra sua anunciando-me essa notícia é uma duplicada felicidade.

— Estão a dar dez horas — disse a jovem — é preciso que me retire.

— Sim! Sim! Vá, Rosa, vá!
Rosa retirou-se triste.
Cornélio quase que a tinha mandado embora. Verdade é que era para ir vigiar a tulipa negra.

CAPÍTULO 22

O DESABROCHAR DA FLOR

Toda a noite decorreu para Cornélio bem agradável, mas ao mesmo tempo muito agitada. A cada instante parecia-lhe que a doce voz de Rosa o chamava; acordava em sobressalto, ia à porta, chegava o rosto ao postigo; mas o postigo estava solitário e o corredor sem ninguém.

Sem dúvida Rosa velava também pela sua parte; mais feliz porém do que ele, velava pela tulipa; tinha debaixo dos olhos a nobre flor, essa maravilha das maravilhas, não só desconhecida ainda, mas julgada impossível.

Que diria o mundo quando soubesse que a tulipa negra fora achada, que existia, e que o preso Van Baerle é que a tinha encontrado?

Com quanto desprezo Cornélio teria mandado retirar para longe de si um homem que lhe fosse oferecer a liberdade, em troca da sua tulipa!

Amanheceu porém, sem que tivesse ocorrido novidade alguma. A tulipa ainda não abrira.

O dia passou como a noite.

Chegou enfim a noite, e Rosa veio, ligeira e jubilosa como um pássaro.

— Então? — perguntou Cornélio.

— Tudo corre às mil maravilhas. Esta noite sem falta a nossa tulipa abrirá.

— E florescerá negra?

— Negra como azeviche.

— Sem mancha de qualquer outra cor?
— Sem mancha de espécie alguma.
— Deus de bondade! Passei a noite a pensar em você primeiro...
Rosa fez um gestozinho de dúvida.
— Depois no que devíamos fazer.
— E então?
— Eis o que decidi: Apenas a tulipa desabroche e tenhamos a certeza de que é negra, perfeitamente negra, deve procurar um mensageiro.
— Se não é mais do que isso, já tenho um arranjado.
— E seguro?
— Um mensageiro por quem respondo, um dos meus namorados.
— Mas não o Jacó?
— Não, esteja descansado. É o barqueiro de Loevestein, um rapaz esperto, de vinte e cinco a vinte e seis anos.
— Diabo!
— Tranqüilize-se — replicou Rosa a rir — ainda não tem a idade, visto que o senhor mesmo fixou a dos vinte e seis aos vinte e oito.
— E parece-lhe que se pode fiar nesse rapaz?
— Como em mim; deitava-se do seu barco ao Wahal, ou ao Mosa, segundo a minha escolha, se eu lhe ordenasse.
— Então, Rosa, em dez horas esse rapaz pode chegar a Harlem; há de dar-me um lápis e papel, e melhor ainda, uma pena e tinta, e escreverei, ou antes escreverá a menina, porque talvez que se eu o fizesse, pobre preso, vissem nisso, como seu pai vê sempre, uma conspiração. Escreverá, pois, ao presidente da sociedade de horticultura, e estou certo de que ele mesmo aqui virá.
— Mas se tardar?
— Suponha que tarda um dia, dois dias até; isso porém é impossível, porque um amador de tulipas como ele não tardará uma hora, um minuto, um segundo, em se pôr a caminho para

ver a oitava maravilha do mundo. Mas, como lhe ia dizendo, ainda que demorasse um dia, ou dois, a tulipa estaria ainda em todo o seu esplendor. Vista a tulipa pelo presidente, lavrado o auto por ele, tudo está dito; a menina guarda uma cópia do auto e confia-lhe a tulipa. Ah! Se nós tivéssemos podido levá-la, não teria ela saído dos meus braços senão para passar aos seus, mas isso é um sonho em que se não deve pensar — prosseguiu Cornélio suspirando; — outros olhos a verão florescer. Oh! Principalmente, Rosa, antes do presidente a ver não consinta que ninguém a veja, Porque se alguém visse a tulipa negra, meu Deus! Roubava-a!

—Ah! Que diz?

— Não me declarou já o que receava da parte do seu namorado Jacó? Se se rouba um florim, porque não se roubarão cem mil?

— Descanse, descanse, que eu andarei vigilante.

— Se ela desabrochasse enquanto a menina está aqui?

— Bem capaz disso é aquela caprichosa! — replicou a jovem.

— Se a achasse aberta quando entrasse no seu quarto?

— E se assim fosse?

—Ah! Rosa, apenas ela abra, lembre-se de que não há um momento a perder para prevenir o presidente.

— E prevenir também a você. Sim, compreendo.

Rosa suspirou, mas sem desgosto, como uma mulher que começa a conhecer uma fraqueza no homem a quem ama, se não é que principia a habituar-se a ela.

— Volto para perto da tulipa, sr. Van Baerle — disse a jovem; — apenas esteja aberta, virei preveni-lo; e depois disso o mensageiro partirá logo.

— Rosa, Rosa, realmente não sei a que maravilha do céu ou da terra possa compará-la.

— Compare-me à tulipa negra, e afirmo-lhe que ficarei bem lisonjeada com isso. Agora adeus, até outra vez, sr. Cornélio.

— Oh! Diga: Até outra vez, meu querido.

— Pois sim, até outra vez, meu querido — disse Rosa, um pouco consolada.

— Diga: Meu amigo muito amado.
— Oh! Meu amigo...
— Muito amado, Rosa, suplico-lhe que diga muito amado, muito amado, não é assim?
— Sim, muito amado, muito amado — disse Rosa, palpitando, ébria, louca de alegria.
— Então, Rosa, uma vez que disse muito amado, diga também muito feliz, como nunca homem algum foi tão feliz e abençoado no mundo. Só me falta uma coisa, Rosa.
— O que é?
— A sua face, a sua face fresca, rosada e aveludada, Rosa! Mas voluntariamente, não assim às furtadelas, nem por acaso, Rosa. Ah!

O preso acabou a sua súplica com um suspiro, pois acabava de encontrar os lábios da jovem, não por acaso, não a furto, como cem anos mais tarde Sain-Preux devia encontrar os lábios de Júlia.

Rosa fugiu.

Cornélio ficou com a alma suspensa nos lábios e o rosto colado à grade do postigo.

E como a alegria e a felicidade o sufocassem, abriu a janela e contemplou por largo tempo, com o coração nadando de júbilo, o azul escuro do céu, a lua que prateava o duplo rio, que corria pelo lado de lá das colinas. Encheu os pulmões de ar puro e salubre, o espírito de idéias agradáveis, a alma de reconhecimento e de admiração religiosa.

— Oh! Estais com efeito lá no alto, meu Deus! — exclamou ele, meio prostrado, com os olhos ardentemente cravados nas estrelas; — perdoai-me pois o ter quase duvidado de vós, estes últimos dias; como vos ocultáveis por detrás das vossas nuvens, deixei por um instante de vos ver, Deus Bom, Deus Eterno, Deus Misericordioso! Mas hoje! Mas esta tarde, mas esta noite, oh! vejo-vos todo inteiro no espelho dos vossos céus, e sobretudo no espelho do meu coração.

Estava curado o pobre enfermo, estava livre o inditoso preso!

Durante uma parte da noite Cornélio ficou suspenso das grades da janela, com o ouvido à escuta, concentrando os seus cinco sentidos num só, ou antes em dois: na vista e no ouvido. Olhava para o céu e escutava a terra.

Depois, com os olhos voltados de tempos a tempos para o corredor, dizia:

— Acolá está Rosa, Rosa que vela como eu e como eu espera de minuto a minuto. Acolá, sob os olhos de Rosa, está a flor misteriosa, que vive, desabrocha, e se abre de todo; talvez neste momento Rosa tenha entre os dedos delicados e tépidos a haste da tulipa. Pega-lhe devagarinho, Rosa. Talvez toque com os lábios no seu cálice meio aberto. Toca-lhe com cautela, Rosa. Rosa, os teus lábios queimam. Talvez que neste instante, os meus dois amores se afaguem sob o olhar de Deus.

Neste momento brilhou uma estrela do lado do Meio-Dia, atravessou todo o espaço que separava o horizonte da fortaleza e veio descer sobre Loevestein.

Cornélio estremeceu.

—Ah! — disse ele — é Deus que envia uma alma à minha flor.

E como se tivesse adivinhado, quase no mesmo instante sentiu no corredor uns passos ligeiros, como os de uma sílfide, o roçar de um vestido, que semelhava um bater de asas, e uma voz bem conhecida que lhe dizia:

— Cornélio, meu amigo, meu querido e feliz amigo, venha, venha cá depressa!

Cornélio deu um salto da janela ao postigo. Ainda desta vez os seus lábios encontraram os lábios sussurrantes de Rosa, que lhe disse com um beijo:

— Está aberta e é negra, aqui está ela!

— Como, está aí! — exclamou Cornélio, separando os seus lábios dos da jovem.

— Sim, sim, é necessário correr um pequeno risco, para dar uma grande alegria; aqui está já!

E, enquanto que com uma das mãos levantava à altura do postigo uma lanternazinha de furta-fogo, que destapara, erguia com a outra à mesma altura a milagrosa tulipa.

Cornélio soltou um grito e julgou que ia perder os sentidos.
— Oh! — murmurou ele — meu Deus! Meu Deus! Já vejo que recompensais a minha inocência e o meu cativeiro, visto terdes consentido que estas duas flores desabrochassem junto ao postigo da minha prisão.
— Beije-a — disse Rosa — como eu ainda agora a beijei.

Cornélio, retendo a respiração, tocou com a ponta dos lábios na extremidade da flor, e nunca um beijo dado em lábios de uma mulher, ainda mesmo nos de Rosa, lhe penetrou tão fundamente no coração.

A tulipa era bela, esplêndida, magnífica; a sua haste tinha mais de dezoito polegadas de altura; saía do seio de quatro folhas verdes, lisas e direitas como o ferro de uma lança; a flor era toda negra e lustrosa como azeviche.

— Rosa — perguntou Cornélio, todo arquejante — Rosa, não há um instante a perder, é preciso escrever a carta!
— Já está escrita, meu querido Cornélio — respondeu Rosa.
— Sim?
— Enquanto a tulipa abria escrevia eu, por não querer perder um só instante. Veja a carta, e diga-me se a acha boa.

Cornélio pegou na carta e leu as seguintes palavras escritas com uma letra que fizera grandes progressos desde o pequeno bilhete que ele recebera de Rosa:

"Senhor presidente:

"A tulipa negra vai abrir em dez minutos talvez. Apenas esteja aberta, mandar-lhe-ei um mensageiro pedir-lhe que tenha o incômodo de vir pessoalmente buscá-la à fortaleza de Loevestein. Sou a filha do carcereiro Gryphus, quase tão presa como os presos de meu pai. Não poderei, portanto, levar-lhe esta maravilha. É por isso que me atrevo a pedir-lhe que venha o senhor mesmo buscá-la.

"O meu desejo é que ela se chame Rosa Barlaeensis.

"*Acaba agora mesmo de abrir; é perfeitamente negra. Venha, senhor presidente, venha.*
"*Tenho a honra de ser sua humilde criada*

"ROSA GRYPHUS."

— É isto, é isto mesmo, querida Rosa. Está ótima; eu próprio não a teria escrito com esta simplicidade. No congresso dará todos os esclarecimentos que lhe forem pedidos. Saber-se-á então como a tulipa foi criada, quantos desvelos, vigílias e receios deu lugar; mas agora, Rosa, não perca um momento... O mensageiro... O mensageiro!
— Como se chama o presidente?
— Dê-me a carta, que eu ponho-lhe o sobrescrito. Oh! É bem conhecido. É *mynheer* Van Herysen, o burgomestre de Harlem... Dê cá, Rosa, dê cá.

E com a mão trêmula, Cornélio escreveu na carta:

"*A mynheer Peters Van Herysen, burgomestre, e presidente da sociedade hortícola de Harlem.*"

— Agora vá, Rosa, vá — disse Cornélio; — e ponhamo-nos sob a proteção de Deus, que até aqui nos tem guardado tão bem.

CAPÍTULO 23

O INVEJOSO

Na verdade, os pobres jovens bem careciam de ser guardados pela proteção direta do Senhor, pois nunca tinham estado tão próximos do desespero como neste momento, em que pensavam estar seguros da sua felicidade.

Não duvidaremos da inteligência do leitor, a ponto de supormos que não tenha reconhecido em Jacó o nosso antigo amigo, ou antes o nosso antigo inimigo Isaac Boxtel.

O leitor tem por conseguinte adivinhado que Boxtel seguiu de Buitenhof a Loevestein o objeto do seu amor e o do seu ódio: —A tulipa negra e Cornélio Van Baerle.

O que qualquer outro, que não fosse um tulipista e um tulipista invejoso, nunca teria podido adivinhar, isto é, a existência dos bulbos e as ambições do preso, fizera-o a inveja, se não descobrir, pelo menos adivinhar a Boxtel.

Vimo-lo, mais feliz com o nome de Jacó que com o de Isaac, travar amizade com Gryphus, cujo reconhecimento e hospitalidade regou durante alguns meses com a melhor genebra que se tem fabricado desde Texel até Antuérpia.

Entibiou-lhe as desconfianças; porque, como vimos, o velho Gryphus era desconfiado; entibiou-lhe as desconfianças, dizemos nós, lisonjeando-o com o casamento com Rosa.

E depois de lhe ter lisonjeado o orgulho de pai, afagou-lhe os instintos de carcereiro, pintando-lhe com as mais negras cores o sábio preso, que Gryphus tinha aferrolhado, e que, segundo as palavras do falso Jacó, fizera um pacto com Satanás, a fim de prejudicar Sua Alteza, o príncipe de Orange.

A princípio conseguira também causar interesse a Rosa, não inspirando-lhe sentimentos simpáticos (Rosa estimara sempre muito pouco *mynheer* Jacó), mas falando-lhe em casamento e paixão louca, extinguira-lhe todas as suspeitas que ela poderia ter tido.

Já vimos como a sua imprudência em seguir Rosa pelo jardim o tinha denunciado aos olhos da jovem e como os receios instintivos de Cornélio acautelaram contra ele os dois jovens.

O que sobretudo inspirara inquietações ao preso (o nosso leitor deve recordar-se disto) fora a grande cólera em que Jacó entrara contra Gryphus por causa do bulbo esmagado.

Neste momento a sua raiva era tanto maior, porque Boxtel suspeitava que Cornélio possuía outra bulbo, mas não estava bem certo disso.

Foi então que começou a espionar Rosa e a seguiu não só ao jardim, mas também pelos corredores.

Somente, como desta vez a seguia de noite e descalço, não foi visto nem pressentido, exceto naquela ocasião em que Rosa julgou ter visto qualquer coisa como uma sombra na escada.

Mas já era muito tarde, Boxtel tinha sabido da própria boca do preso a existência de um segundo bulbo.

Ludibriado pela astúcia de Rosa, que fingira enterrá-la no alegrete, e não duvidando de que este fingimento fosse feito para o obrigar a trair-se, redobrou de precauções e pôs em prática todas as artimanhas que lhe vieram à lembrança para continuar a espiar os outros sem ser visto.

Viu Rosa levar uma grande panela de louça, da cozinha do pai para o seu quarto. Viu-a lavar as lindas mãos cheias de terra que amassara a fim de preparar o melhor leito possível à tulipa.

Finalmente alugou, numas águas-furtadas, um quartinho mesmo defronte da janela de Rosa, muito afastado para não poder ser reconhecido sem óculo, mas bem próximo para, com o auxílio do seu telescópio, poder examinar tudo quanto se passava em Loevestein no quarto de Rosa, como examinara em Dordrecht tudo o que se passava no gabinete de Cornélio.

Não havia ainda três dias que ele estava de posse do seu novo domicílio, quando já lhe não restava dúvida alguma do fato.

Logo pela manhã ao despontar do sol, a panela estava na janela, e semelhante a essas encantadoras mulheres, pintadas por Mieres e Metzu, Rosa aparecia a esta janela emoldurada pelos primeiros ramos verdejantes das parreiras e das madressilvas.

Rosa olhava para a panela com uns olhos que denunciavam a Boxtel o valor real do objeto que esta encerrava.

O que continha a panela era portanto o segundo bulbo, isto é, a suprema esperança do preso.

Quando as noites ameaçavam ser mais frias, Rosa recolhia a panela de barro.

Não restava dúvida; seguia à risca as instruções de Cornélio, que receava que o bulbo ficasse gelado.

Quando o sol aqueceu mais, Rosa tirava da janela a panela desde as onze horas da manhã até às duas da tarde.

Era isto mesmo; Cornélio temia que a terra secasse de todo. Mas quando a lança da flor saiu da terra, Boxtel ficou inteiramente convencido do que aquilo era; e ainda ela não atingira a altura de uma polegada quando, com o auxílio do telescópio, já o invejoso dissipara todas as suas dúvidas.

Cornélio possuía dois bulbos, e o segundo estava confiado aos cuidados e ao amor de Rosa. Porque, fácil é de crer, o amor dos dois jovens não passara despercebido a Boxtel.

Era, por conseguinte, este segundo bulbo que necessário se tornava achar meio de roubar aos cuidados de Rosa e ao amor de Cornélio; coisa aliás bem difícil.

Rosa velava pela sua tulipa como uma terna mãe velaria pelo filho; mais ainda, como uma pomba choca os seus ovos.

Não saía do quarto durante o dia; mas ainda, coisa singular! nem de noite dali saía.

Por espaço de sete dias Boxtel espiou Rosa inutilmente, porque a jovem não saiu do quarto.

Foi durante aqueles sete dias de amuo, que tornaram Cornélio tão desgraçado, privando-o ao mesmo tempo das notícias de Rosa e da sua tulipa.

Ficaria, porventura, ela zangada com Cornélio eternamente? Se assim acontecesse, o roubo tornar-se-ia muito mais difícil do que *mynheer* Isaac a princípio pensara.

Dizemos o roubo, porque Isaac fixara simplesmente o seu pensamento no projeto de roubar a tulipa; e como esta nascia no mais profundo mistério, como os dois jovens ocultavam a sua existência a toda a gente, como antes o acreditariam a ele, tulipista conhecido por tal, que a uma jovem estranha a todos os pormenores da horticultura, ou do que a um preso condenado por crime de alta traição, guardado, vigiado, espiado, e que reclamaria mal do fundo da sua prisão: de mais a mais, quando possuísse a tulipa, e como pelo que diz respeito a móveis e a outros objetos que se podem transportar, a posse faz fé da propriedade, alcançaria decerto o prêmio, seria coroado em lugar de Cornélio, e a tulipa, em vez de se chamar *Tulipa Nigra*

Barlaeensis, chamar-se-ia *Tulipa Nigra Boxtellensis* ou *Boxtellea.*

Mynheer Isaac ainda não se tinha decidido qual destes dois nomes daria à tulipa negra; mas como ambos significavam a mesma coisa, não era *este* o ponto importante.

O ponto mais importante era roubá-la.

Mas para que Boxtel pudesse roubar a tulipa, era necessário que Rosa saísse do seu quarto.

E por isso foi com verdadeira alegria que Jacó ou Isaac, como quiserem, viu recomeçarem os colóquios noturnos do costume.

Começou, pois, por se aproveitar da ausência de Rosa para examinar bem a porta e viu que esta se fechava com duas voltas, por meio de uma fechadura simples, mas de que só Rosa tinha a chave.

A primeira idéia que ocorreu ao invejoso foi a de roubar a chave de Rosa, mas além de não ser coisa fácil revolver as algibeiras da jovem, Rosa, em percebendo que perdera a chave, faria mudar a fechadura, não sairia do quarto enquanto não estivesse mudada e Boxtel teria assim cometido um crime inútil.

Mais valia, portanto, empregar outro meio.

Reuniu todas as chaves que pôde achar e enquanto Rosa e Cornélio passavam juntos ao postigo uma das suas horas afortunadas, foi experimentando todas.

Duas entraram na fechadura; uma delas deu até a primeira volta e parou só na segunda. Pouco havia, portanto, que fazer nesta chave.

Boxtel cobriu-a com uma leve camada de cera, renovou a experiência, e o obstáculo que a chave tinha encontrado na segunda volta ficou assinalado na cera.

E assim, não teve mais que fazer do que desbastá-la neste lugar com uma lima de folha tão delgada como a de uma faca.

Pode compreender-se por isto que a inveja fazia com que Boxtel desse largos passos na carreira do crime.

Finalmente, Isaac viu-se a sós com a tulipa.

Um ladrão vulgar metia a panela debaixo do braço e levava-a.

Mas Boxtel, que não era um ladrão vulgar, refletiu.

Refletiu, examinando a tulipa à luz da sua lanterna de furta-fogo, e viu que ainda não estava bem adiantada para lhe dar a certeza de que seria negra, apesar de que as aparências ofereciam todas as probabilidades de o ser.

Refletiu que se não florescesse negra, ou que, se florescesse com qualquer mancha, teria feito um roubo inútil.

Refletiu que a notícia deste roubo se espalharia, que logo suspeitariam quem era o ladrão, depois do que se passara no jardim, que se fariam pesquisas, e que, por melhor que ele ocultasse a tulipa, era possível acharem-na.

Refletiu que, mesmo escondendo-a de modo que não a achassem, poderia acontecer que, tendo de ser transportada para diversos lugares, lhe sucedesse algum mal.

Refletiu, enfim, que mais valia, visto possuir uma chave do quarto de Rosa e poder ali entrar quando quisesse; refletiu, dizemos, que melhor era aguardar a florescência, roubá-la uma hora antes de abrir, ou uma hora depois de aberta, e partir sem demora para Harlem, onde, ainda antes de ser reclamada, a tulipa se acharia na presença dos juízes.

Conseguido isto, Boxtel acusaria então de roubo aquele ou aquela que a reclamasse.

Era este um plano bem concebido e digno em tudo de quem o concebia.

Deste modo, é que todas as noites, durante essa agradável hora que os dois jovens passavam ao postigo da prisão, Boxtel entrava no quarto de Rosa, não para violar o santuário da virgindade, mas para seguir os progressos que fazia a tulipa na sua florescência.

Na noite a que estamos chegados, ia ele para entrar no quarto, como nas outras noites; mas, como vimos, os dois jovens só tinham dito um ao outro algumas palavras e Cornélio mandara embora Rosa a fim de velar pela tulipa.

Vendo voltar Rosa para o seu quarto, dez minutos depois de ter saído, Boxtel compreendeu que a tulipa desabrochara, ou estava próxima a desabrochar.

Era, portanto, nesta noite que se ia decidir o importante negócio; e por isso Boxtel se apresentou em casa de Gryphus com uma dose de genebra dobrada do costume, isto é, com uma garrafa em cada algibeira.

Estando Gryphus embriagado, Boxtel ficava, com pequena diferença, senhor da casa.

Às onze horas, Gryphus estava, com efeito, completamente bêbedo. Às duas, Boxtel viu sair Rosa do seu quarto, levando nos braços um objeto que conduzia com a maior cautela.

Este objeto era sem dúvida a tulipa negra que acabava de abrir.

Mas que ia ela fazer? Iria acaso partir imediatamente para Harlem com a flor?

Não era possível que uma moça empreendesse de noite semelhante viagem.

Iria só mostrar a tulipa a Cornélio? Era provável.

Seguiu, pois, Rosa, descalço e nas pontas dos pés.

Viu-a aproximar-se do postigo.

Ouviu-a chamar por Cornélio.

E, à luz da lanterna de furta-fogo, viu a tulipa aberta, negra como a noite em que estava envolta.

Ouviu todo o projeto, combinado entre Cornélio e Rosa, de mandar um mensageiro a Harlem.

Viu tocarem-se os lábios dos dois jovens e depois ouviu Cornélio mandar Rosa embora.

Viu Rosa apagar a lanterna de furta-fogo e encaminhar-se para o seu quarto, no qual entrou.

Dez minutos depois viu-a sair dali e fechar com cuidado a porta com duas voltas de chave.

Por que fechava ela esta porta com tanto cuidado?

Era porque por detrás desta porta ficava a tulipa negra.

Boxtel, que via tudo isto escondido no patamar do andar superior ao quarto de Rosa, foi descendo os degraus da escada à proporção que Rosa ia também descendo; de modo que, quando a jovem punha os leves pezinhos no último degrau, Boxtel, com a mão ainda mais leve, tocava na fechadura do quarto dela.

E nesta mão, já se subentende, estava a chave falsa que abria a porta do quarto com a mesma facilidade que a verdadeira.

Foi por isto que dissemos, no começo deste capítulo, que os pobres jovens bem careciam de ser guardados pela proteção direta do Senhor.

CAPÍTULO 24

COMO A TULIPA NEGRA MUDA DE DONO

Cornélio ficara no lugar em que Rosa o deixara, procurando quase inutilmente em si a força de suportar o duplo peso da sua felicidade.

Assim decorreu meia hora.

E já os primeiros raios do dia entravam, azulados e frescos, por entre os varões da janela, na prisão de Cornélio, quando este estremeceu de repente ao ouvir uns passos que subiam a escada e uns gritos que se aproximavam.

Quase no mesmo instante, o seu rosto encontrou-se defronte do rosto pálido e descomposto de Rosa.

O preso recuou, abalado de susto.

— Cornélio! Cornélio! — exclamou esta, arquejante.

— O que é? meu Deus! — perguntou Cornélio.

— Cornélio, a tulipa...

— Diga!

— Como lhe direi?

— Diga, diga, Rosa.

— Tiraram-na, roubaram-na!

— Tiraram-na, roubaram-na! — exclamou Cornélio.

— Sim — disse Rosa, encostando-se à porta para não cair.

— Sim, tiraram-na, roubaram-na!

E a seu pesar, as pernas foram-lhe vergando até ficar de joelhos.

— Mas como foi isso? — perguntou Cornélio. — Diga-me, explique-me...

— Oh! Não tenho a culpa, meu amigo.
A pobre Rosa não ousava dizer meu querido.
— Deixou-a sozinha! — redargüiu Cornélio em tom lamentoso.
— Um só instante, para ir avisar o nosso mensageiro, que mora apenas a cinqüenta passos daqui, à beira do Wahal.
— E durante esse tempo, apesar das minhas recomendações, deixou a chave na porta, desgraçada!
— Não, não, e é isso o que me faz dar volta ao juízo; não larguei a chave; conservei-a constantemente na mão, apertando-a como se tivesse medo de que me fugisse.
— Mas então como foi isso?
— Sei-o eu porventura? Tinha dado a carta ao mensageiro; o mensageiro partira à minha vista; voltei para o meu quarto, achei a porta fechada, e todas as coisas no seu lugar, exceto a tulipa que desaparecera. Forçosamente alguém arranjou outra chave do meu quarto, ou mandou fazer uma falsa.
E as lágrimas que a sufocavam cortavam-lhe as palavras.
Cornélio, imóvel, com as feições alteradas, escutava quase sem compreender o que ouvia, murmurando apenas:
— Roubada! roubada! roubada! Estou perdido!
— Oh! sr. Cornélio, perdão! perdão! — exclamava Rosa — perdoe-me, senão morro.
A esta ameaça de Rosa, Cornélio agarrou nos varões do postigo e apertando-os com furor exclamou:
— É verdade que nos roubaram, Rosa; mas devemos acaso deixar-nos abater por causa disso? Não; a desgraça é grande, mas talvez remediável, porque conhecemos o ladrão.
— Ah! Como quer que eu lho diga positivamente?
— Digo-lhe eu, é esse infame Jacó. E havemos de o deixar levar a Harlem o fruto dos nossos trabalhos, das nossas vigílias, a filha do nosso amor? É necessário persegui-lo, apanhá-lo, Rosa!
— Mas como se há de fazer isso, meu amigo, sem descobrir a meu pai que estávamos combinados um com o outro? Como poderei eu, uma mulher tão pouco livre, tão pouco hábil, conseguir esse fim, que o senhor mesmo talvez não conseguiria?

— Rosa, Rosa, abra-me esta porta e verá se o não consigo. Verá se não descubro o ladrão; verá se lhe não faço confessar o seu crime. Verá se o não obrigo a pedir misericórdia!

—Ah! — disse Rosa, soluçando a bom soluçar — eu posso acaso abrir-lha? Tenho porventura as chaves? Se as tivesse, não estaria o senhor já há muito tempo livre?

— Mas tem-nas o seu pai, o seu pai, o carrasco que já esmagou o primeiro bulbo da minha tulipa. Oh! Aquele miserável, aquele miserável! é cúmplice do Jacó.

— Fale mais baixo, pelo amor de Deus!

— Se me não abre a porta, Rosa — exclamou Cornélio, no paroxismo da raiva — arrombo estas grades e mato tudo quanto encontrar na prisão.

— Por piedade, meu amigo!

— Digo-lhe, Rosa, que vou arrasar a prisão pedra por pedra.

E o desgraçado abalava com as duas mãos, cuja força a cólera fazia dez vezes maior, a porta do cárcere com grande estrondo, importando-se pouco com os brados da sua voz que iam troar no fundo da espiral sonora da escada.

Rosa, toda assustada, fazia as possíveis diligências, posto que inutilmente, para acalmar esta furiosa tempestade.

— Digo-lhe que matarei o infame Gryphus — bradava furioso Van Baerle; — digo-lhe que derramarei o seu sangue como ele derramou o da minha tulipa negra.

O desgraçado começava a enlouquecer.

— Pois sim, pois sim — dizia Rosa, palpitante — mas acalme-se; tirar-lhe-ei as chaves e abrir-lhe-ei a porta; tudo farei, mas sossegue, meu Cornélio.

Não acabou porém a frase, porque um bramido que estrugiu diante dela lhe cortou a palavra.

— Meu pai — exclamou Rosa.

— Gryphus! — disse rugindo Van Baerle; — ah, celerado!

O velho Gryphus, no meio de todo este ruído, subira a escada sem que pessoa alguma o pressentisse e agarrando a filha pelo pulso, disse, com voz abafada pela cólera:

— Ah! Tiras-me as chaves. Ah! o infame, o monstro, o conspirador, que merece a forca, é o teu Cornélio! Temos conivências com os presos de Estado. Boa vai ela!

Rosa bateu desesperada com as mãos uma na outra.

— Oh! — continuou Gryphus, passando da expressão da cólera à fria ironia do vencedor — ah! senhor inocente tulipista, ah! senhor sábio mansarrão, quer matar-me! quer beber-me o sangue! Caramba! Nada mais do que isso! E de comum acordo com minha filha! Jesus! Mas eu então estou numa caverna de salteadores, num antro de bandidos! Deixe estar que o senhor governador saberá tudo esta manhã, e Sua Alteza o *stathouder* há de sabê-lo amanhã. Nós também conhecemos a lei, que diz assim, no artigo 6º: "Todo aquele que se rebelar na prisão". Dar-lhe-emos uma segunda edição do Buitenhof, senhor sábio, e bem boa edição que ela há de ser. Sim, sim, morda embora nas mãos como um urso na jaula, e tu, minha bela, come com os olhos o teu Cornélio. Mas previno-os, meus cordeirinhos, de que não terão mais a felicidade de conspirar em comum. Safate daqui já, lá para baixo, filha desnaturada. E o senhor sábio, até à vista; fique descansado, adeus, até à primeira.

Rosa, louca de terror e desespero, enviou um beijo ao seu namorado e depois, iluminada sem dúvida por um pensamento repentino, correu pela escada abaixo, dizendo:

— Ainda não está tudo perdido, conta comigo, meu Cornélio.

O pai seguiu-a, bramindo de raiva.

Quanto ao pobre tulipista, esse largou a pouco e pouco as grades que apertava com os dedos convulsos; a cabeça tornou-se-lhe pesada, os olhos oscilaram-lhe nas órbitas e caiu de chofre sobre as lájeas do quarto, murmurando:

— Roubada! roubada!

Entretanto, Boxtel, tendo saído do castelo pela porta que a própria Rosa abrira, Boxtel, com a tulipa negra embrulhada numa capa, metera-se em uma carreta, que o esperava em Gorcum, e safava-se sem ter advertido, como é de crer, o amigo Gryphus da sua partida precipitada.

187

E já agora que o vimos entrar na carreta, segui-lo-emos, se o leitor o consente, até ao termo da sua viagem.

Caminhava devagar, porque se não faz impunemente correr pela posta uma tulipa negra.

Mas Boxtel, temendo não chegar tão depressa como desejava, mandou fazer em Delft um caixote todo forrado de belo musgo, no qual meteu a sua tulipa; e como a flor estava dentro dele com um encosto tão macio por todos os lados, e com ar por cima, a carreta pôde correr a galope sem prejuízo possível.

No dia seguinte pela manhã chegou a Harlem fatigado, mas triunfante, mudou a tulipa para outro vaso, a fim de fazer desaparecer todos os sinais de roubo, quebrou o vaso de barro em que ela ia e deitou os cacos num canal, escreveu ao presidente da sociedade hortícola uma carta em que lhe anunciava que acabava de chegar a Harlem com uma tulipa perfeitamente negra, foi para uma boa hospedaria com a sua flor intacta e esperou.

CAPÍTULO 25

O PRESIDENTE VAN HERYSEN

Rosa, ao separar-se de Cornélio, tomara um partido definitivo.

O de lhe restituir a tulipa que Jacó acabava de lhe roubar, ou de nunca mais na sua vida o tornar a ver.

Vira o desespero do pobre preso, desespero duplicado e incurável.

E de fato, de um lado, era uma separação inevitável, visto que Gryphus soubera, por um acaso imprevisto, o segredo do seu amor e dos seus colóquios.

Do outro, o transtorno de todas as esperanças de ambição de Cornélio Van Baerle, esperanças que há sete anos nutria.

Mas Rosa era uma dessas mulheres que ao passo que desanimam com a menor coisa, se sentem cheias de força contra uma desgraça suprema e acham nessa mesma desgraça a coragem que pode combatê-la, ou o recurso que pode repará-la.

Entrou, pois, no seu quarto, e volveu um derradeiro olhar em torno de si, para ver se não se tinha enganado e se a tulipa não estaria em algum canto onde houvesse escapado às suas vistas investigadoras.

Mas em vão procurou por toda parte; a tulipa não estava lá, fora com efeito roubada.

Rosa fez um embrulho dos objetos que lhe eram necessários, tirou da gaveta os trezentos florins, fruto das suas economias, isto é, toda a sua riqueza, procurou entre as rendas o terceiro bulbo, que ali estava escondido, meteu-o preciosamente no seio, fechou a porta com duas voltas, a fim de demorar, por todo o tempo necessário para a abrir, o momento em que a sua fuga fosse conhecida, desceu a escada, saiu da prisão pela porta que uma hora antes dera passagem a Boxtel, dirigiu-se à casa de um alugador de cavalos e disse-lhe que queria alugar imediatamente uma carreta.

Mas o alugador só tinha uma; exatamente aquela que Boxtel alugara desde a véspera e na qual corria pela estrada de Delft.

Dizemos pela estrada de Delft, porque era preciso fazer um grande rodeio para ir de Loevestein a Harlem; trânsito que a vôo de ave não teria chegado a metade.

Mas só os pássaros é que podem viajar em linha reta na Holanda, o país mais cortado de rios, de regatos, de canais e de lagos de todo o mundo.

Necessário foi portanto a Rosa alugar um cavalo, que facilmente lhe foi confiado, por isso que o alugador a conhecia por filha do carcereiro da fortaleza.

A pobre menina ainda tinha uma esperança, a de encontrar o seu mensageiro, bom e honrado rapaz, que levaria consigo e que lhe serviria ao mesmo tempo de guia e de apoio na acidentada viagem.

Com efeito, ainda não tinha percorrido uma légua, quando o avistou caminhando a passos largos por um dos lados de uma linda estrada que costeava o rio.

Deitou o cavalo a trote e em breve alcançou-o.

O bom do rapaz ignorava a importância da sua mensagem e, apesar disto, caminhava tão depressa como se o soubesse.

Assim é que em menos de uma hora tinha andado légua e meia.

Rosa pediu-lhe o bilhete, que já era inútil, e expôs-lhe a necessidade que tinha dele. O barqueiro pôs-se à sua disposição, prometendo andar tão depressa como o cavalo, uma vez que Rosa lhe permitisse apoiar a mão quer na garupa, quer na cernelha do animal.

A jovem permitiu-lhe que se segurasse ao que quisesse, contanto que não lhe demorasse a marcha.

O caso é que já os dois viajantes tinham partido havia cinco horas, andando mais de oito léguas, e ainda Gryphus não desconfiava de que a filha tivesse saído da fortaleza.

De mais a mais o carcereiro, muito mau homem no fundo do coração, saboreava o prazer de ter causado à filha um profundo terror.

Mas enquanto se felicitava de ter de contar uma tão bonita história ao seu companheiro Jacó, caminhava este também pela estrada de Delft.

Somente, devido ao seu veículo, levava a Rosa e ao barqueiro a dianteira, não muito pequena, de quatro léguas.

No entanto, enganava-se imaginando que Rosa estava toda trêmula ou amuada no seu quarto; porque a jovem caminhava diligentemente atrás dele.

Ninguém, por isso, exceto o preso, se encontrava onde Gryphus supunha que cada um estava.

Rosa aparecia tão poucas vezes no quarto do pai, desde que tratava da tulipa, que só à hora de jantar, isto é, ao meio-dia, é que o carcereiro deu pela sua ausência e conheceu que a filha, em prejuízo do seu apetite, estava amuada havia muito tempo.

Mandou-a chamar por um dos chaveiros; como porém este viesse dizer-lhe que em vão a procurara e chamara, resolveu-se a ir ele próprio chamá-la e procurá-la.

Foi logo direito ao quarto da filha; mas, por mais que batesse à porta, Rosa não respondeu.

Mandou vir o serralheiro da fortaleza; o serralheiro abriu a porta, mas Gryphus não achou Rosa dentro do quarto, como esta não achara a tulipa.

A jovem acabava neste momento de entrar em Róterdã.

Isto fez com que Gryphus também não a encontrasse na cozinha, como não a encontrara no quarto, nem a achasse no jardim, como não a achara na cozinha.

Suponha-se, pois, qual seria a cólera do carcereiro, quando, depois de ter indagado pela vizinhança, soube que a filha alugara um cavalo e qual outra Bradamanta ou Clorinda, partira como uma aventureira, sem dizer para onde ia.

Gryphus subiu ao quarto de Van Baerle, injuriou-o, maltratou-o, remexeu toda a sua pobre mobília, ameaçou-o com a masmorra, com a enxovia, com a fome e com as varadas. Estava furioso.

Cornélio, sem dar ouvidos ao que o carcereiro dizia, deixou-se maltratar, injuriar, ameaçar, permanecendo imóvel, prostrado, insensível a todas as comoções, morto para todos os temores.

Depois de ter procurado Rosa por toda parte, Gryphus procurou Jacó, e como não o achasse, do mesmo modo que não achara a filha, suspeitou de que ele a tivesse raptado.

Entretanto a jovem, depois de ter descansado em Róterdã uma hora, pusera-se de novo a caminho; de sorte que naquela mesma noite dormia em Delft e no dia seguinte chegava a Harlem, quatro horas depois de Boxtel ter ali chegado.

Rosa pediu logo que a conduzissem à casa do presidente da sociedade hortícola, mestre Van Herysen, e achou o respeitável cidadão numa situação, que não poderíamos deixar de descrever sem faltarmos a todos os deveres de pintor e historiador.

O presidente estava redigindo um relatório à comissão da sociedade.

Este relatório era escrito em papel de tamanho grande, com a melhor letra do presidente.

Rosa fez-se anunciar pelo simples nome de Rosa Gryphus; mas este nome, por mais sonoro que fosse, era decerto desconhecido do presidente, porque negaram o ingresso à pobre moça.

Na Holanda, país dos diques e comportas, é difícil transpor os umbrais de uma casa cujo dono se nega a receber alguém.

Mas Rosa não perdeu a esperança; impusera a si própria uma missão e jurara de si para si não se deixar vencer nem pelo mau acolhimento, nem pelas grosserias, nem pelas injúrias.

— Comunique ao senhor presidente — disse ela ao empregado — que venho falar-lhe a respeito da tulipa negra.

Estas palavras, não menos mágicas que o famoso: *Abre-te, Sésamo,* das *Mil e Uma Noites,* fizeram com que a porta lhe fosse aberta. Devido, pois, a elas, Rosa penetrou no escritório do presidente Van Herysen, a quem encontrou no caminho para a vir receber com toda urbanidade.

Era ele um bom homem, baixo, de corpo delgado, representando com bastante exatidão a haste de uma flor, de que a cabeça formava o cálice, dois braços caídos e pendentes semelhavam a dupla folha oblonga de uma tulipa; e um certo balancear, que lhe era habitual, completava a parecença com esta flor quando verga ao sopro do vento.

Dissemos que se chamava Van Herysen.

— Segundo diz, minha menina — exclamou ele — vem da parte da tulipa negra?

Para o presidente da sociedade hortícola, a *tulipa nigra* era uma potência de primeira ordem, que, na qualidade de rainha das tulipas, podia mandar embaixadores.

— Sim, senhor — respondeu Rosa — pelo menos venho para falar-lhe dela.

— Está boa? — disse Van Herysen com um sorriso de terna veneração.

— Ah! senhor, isso é que eu não sei — respondeu Rosa.

— Como? Ter-lhe-á acontecido alguma desgraça?

— Uma desgraça bem grande, não a ela, mas a mim.

— Que desgraça?

— Roubaram-ma.

— Roubaram-lhe a tulipa negra?

— Sim, senhor.

— Sabe quem foi?
—Oh! Desconfio, mas ainda não me atrevo a acusar ninguém.
— Mas será fácil de verificar.
— Como?
— Desde que lhe roubaram, o ladrão não pode estar longe.
— E por que não pode estar longe?
— Porque o vi ainda não há duas horas.
— Viu a tulipa negra? Viu-a? — exclamou Rosa, chegando-se precipitadamente para Van Herysen.
— Como a estou vendo a si.
— Mas onde?
— Em casa do seu patrão, segundo creio.
— Em casa do meu amo?
— Sim. Pois não está ao serviço de Isaac Boxtel?
— Eu?
— Sim, a menina.
— Mas quem julga então o senhor que eu sou? — disse Rosa.
— E a menina quem julga também que eu sou? — replicou o presidente.
— Eu, senhor, creio que o tomo por quem é, quer dizer, pelo digno senhor Van Herysen, burgomestre de Harlem e presidente da sociedade hortícola.
— E vem dizer-me?...
— Venho dizer-lhe que me roubaram a minha tulipa.
— A sua tulipa é então a do sr. Boxtel. Nesse caso explica-se mal, minha filha, porque não foi a si, mas ao sr. Boxtel que roubaram essa flor.
— Repito-lhe, senhor, que não sei quem seja esse sr. Boxtel e que é hoje a primeira vez que ouço pronunciar esse nome.
— Não sabe quem é o sr. Boxtel e tinha também uma tulipa negra?
— Por que, há porventura outra? — perguntou Rosa a tremer.
— Sim, há a do sr. Boxtel.
— Como é ela?
— Ora, como há de ser? Negra.

193

— Sem mancha nenhuma?
— Sem mancha nenhuma, sem a menor beliscadura.
— E tem essa tulipa? Está aqui?
— Não, mas em breve para aqui virá, porque devo apresentá-la à comissão, antes de se conferir o prêmio.
— Senhor — exclamou Rosa — esse Boxtel, esse Isaac Boxtel, que diz ser proprietário da tulipa negra...
— E que efetivamente o é.
— Não é assim um homem magro?
— É.
— Calvo?
— Sim.
— Com olhar vago?
— Parece-me que sim.
— Inquieto, acurvado, com as pernas tortas?
— Realmente faz o retrato exatíssimo do sr. Boxtel.
— E a tulipa está numa panela de louça azul e branca com enfeites amarelados que representam um cesto de flores?
— Ah! Isso lá é que eu não posso dizer-lhe, porque olhei mais para a flor do que para o vaso.
— Pois é a minha tulipa, a que me foi roubada, senhor, é toda a minha fortuna, e eu venho reclamá-la aqui agora, na sua presença e ao senhor mesmo.
— Oh! Oh! — replicou Van Herysen, olhando para Rosa.
— Como! Vem reclamar a tulipa do sr. Boxtel. Com a fortuna! Isso é um grande arrojo.
— Senhor — disse Rosa, um pouco perturbada com esta apóstrofe — não digo que venho reclamar a tulipa do sr. Boxtel, digo que venho reclamar a minha.
— A sua?
— Sim, aquela que eu plantei e que foi tratada pelas minhas mãos.
— Pois bem, vá procurar o sr. Boxtel à hospedaria do *Cisne Branco* e arranje-se lá com ele, que eu pela minha parte, como o processo me parece tão difícil de julgar como o que foi

presente ao rei Salomão e não tenho a sorte de ser tão sábio como ele, contentar-me-ei com fazer o meu relatório, provar a existência da tulipa negra e mandar entregar os cem mil florins ao seu inventor. Adeus, minha filha.
— Ah, senhor, senhor! — insistiu Rosa.
— Somente, minha filha — continuou Van Herysen — como é bonita, como é ainda nova e não está de todo pervertida, dou-lhe um conselho. Seja prudente neste negócio, porque temos um tribunal e uma prisão em Harlem, e de mais a mais somos em extremo melindrosos acerca da honra das tulipas. Vá, minha filha, vá procurar imediatamente o sr. Isaac Boxtel à hospedaria do *Cisne Branco.*
E, tornando a pegar na sua bela pena, Van Herysen continuou a escrever o relatório interrompido.

CAPÍTULO 26

UM MEMBRO DA SOCIEDADE HORTÍCOLA

Rosa, perturbada, quase louca de alegria e de receio, com a idéia de que achara enfim a tulipa negra, encaminhou-se para a hospedaria do *Cisne Branco,* seguida sempre pelo seu barqueiro, robusto filho da Frísia, capaz de devorar só à sua parte dez Boxtels.

Durante o percurso, o barqueiro ficara ciente de tudo e não recuava diante da luta, no caso de ser necessário recorrer a este meio violento; somente, se isto acontecesse, tinha ordem de poupar a tulipa.

Tendo, porém, chegado ao Groote Markt, Rosa parou de repente; um pensamento súbito acabava de lhe passar pela mente, à semelhança dessa Minerva de Homero, que agarrou Aquiles pelos cabelos, no momento em que a cólera ia apoderar-se dele.

— Meu Deus! — murmurou ela — cometo um erro enorme, perdi talvez Cornélio, a tulipa e a mim própria!... Dei o

rebate, excitei suspeitas. Não sou mais do que uma mulher, esses homens podem ligar-se contra mim e então estou perdida...
Oh! Ficar perdida não seria nada, mas Cornélio, mas a tulipa!
E recolheu-se por um momento em espírito.
Depois disse:
— Se vou a casa desse Boxtel, e o não conheço, se esse Boxtel não é o tal Jacó, se é outro horticultor curioso, que também descobriu a tulipa negra, ou se a minha tulipa foi roubada por outro que não é aquele que eu suponho, ou já passou a outras mãos, se não reconheço o homem, mas somente a tulipa, como provarei que ela é minha? Por outro lado, se reconheço esse Boxtel pelo falso Jacó, quem sabe o que ele fará? Enquanto nós altercarmos um com o outro, a tulipa morrerá. Oh! inspirai-me, Santa Virgem! Trata-se da sorte da minha vida, trata-se do pobre encarcerado, que talvez neste momento esteja expirando.
Feita esta oração, Rosa esperou piedosamente a inspiração que pedia ao céu.
Entretanto, um grande burburinho sussurrava lá no fim do Groote Markt.
O povo corria, as portas abriam-se; somente Rosa era insensível a todo este movimento da população.
— É preciso — murmurou ela — voltar a casa do presidente.
— Pois voltemos — disse o barqueiro.
E tomaram pela travessa da Palha, indo direitos à casa de Van Herysen, que continuava a escrever com a sua letra mais apurada, e com a sua melhor pena, o competente relatório.
Por toda parte por onde passava, Rosa não ouvia falar senão na tulipa negra e no prêmio dos cem mil florins; a notícia corria já por toda a cidade.
Rosa teve bastante dificuldade em entrar de novo em casa de Van Herysen, que todavia se sentiu comovido, como da primeira vez, à palavra mágica da tulipa negra.
Quando porém reconheceu Rosa, que lá de si para si reputara uma louca, ou pior do que isso, sentiu-se tomado de violenta cólera e quis mandá-la embora.

Mas a jovem ergueu as mãos, e com essa expressão de honesta verdade que penetra nos corações, disse-lhe:
— Pelo amor de Deus, senhor, não me mande embora! Ouça, pelo contrário, o que lhe vou dizer e se não pode conseguir que se me faça justiça, ao menos não terá de se arrepender um dia, na presença de Deus, de ter sido cúmplice de uma ação má.

Van Herysen batia com os pés com grande impaciência. Era a segunda vez que Rosa o vinha interromper no meio de uma redação, em que punha o seu duplo amor-próprio de burgomestre e de presidente da sociedade hortícola.

— Mas o meu relatório! — exclamou ele — o meu relatório acerca da tulipa negra!

— Senhor — prosseguiu Rosa, com a firmeza da inocência e da verdade — senhor, o seu relatório acerca da tulipa negra basear-se-á, se me não quiser ouvir, em fatos criminosos e falsos. Peço-lhe encarecidamente que mande comparecer aqui, diante de si e de mim, esse Boxtel, que eu suspeito ser o mesmo Jacó, e tomo a Deus por testemunha de que o deixarei na posse da sua tulipa se não a reconhecer nem o proprietário.

— Com os demônios! A menina é resolvida! — disse Van Herysen.

— Que quer dizer?

— Pergunto o que provará isso, quando os tiver reconhecido?

— Mas enfim — disse Rosa, desesperada — o senhor é um homem honrado. Se não fosse só dar o prêmio a uma pessoa por uma coisa que ela não fez, mas, de mais a mais, por uma coisa roubada?

Talvez que o tom com que Rosa lhe falara tivesse levado uma certa convicção ao coração de Van Herysen e que ele fosse responder com mais brandura à pobre jovem, quando se ouviu na rua um grande ruído, que parecia pura e simplesmente ser um aumento do rumor que Rosa já tinha ouvido sem lhe dar importância alguma, no Groote Markt, e que não tivera o poder de a distrair da sua fervorosa oração.

Vivas e aclamações estrepitosas fizeram tremer a casa.

Van Herysen escutou estas aclamações, que Rosa nem sequer ouvira a princípio e que não passavam agora de um ruído ordinário.
— Que é isto? — exclamou o burgomestre — que é isto? Será possível? Ouviria eu bem?
E correu para a antecâmara, sem fazer caso de Rosa, a quem deixou no gabinete.

Tendo chegado à antecâmara, Van Herysen soltou um alto grito ao ver a sua escada invadida até ao vestíbulo.

Acompanhado, ou antes seguido pela multidão, um senhor trajando simplesmente uma roupa de veludilho cor de violeta, bordado a prata, subia com a mais nobre lentidão os degraus de pedra, reluzentes de brancura e de asseio.

Atrás dele vinham dois oficiais, um de marinha e outro de cavalaria.

Van Herysen, abrindo caminho pelo meio dos criados atrapalhados, foi inclinar-se, prostrar-se quase, diante do recémvindo, que causava todo este rumor.

— Vossa Alteza, senhor, na minha humilde casa! — exclamou ele — é realmente grandíssima a honra que se digna fazer-me!

— Meu caro sr. Van Herysen — retorquiu Guilherme de Orange com uma serenidade que nele substituía o sorriso — sou um verdadeiro holandês; gosto de água, de cerveja e das flores, algumas vezes até desse queijo que os franceses tanto apreciam; e entre as flores, as que prefiro são naturalmente as tulipas. Ora, como ouvi dizer em Leyde que a cidade de Harlem possuía enfim a tulipa negra, depois de me ter certificado de que isso era verdade, apesar de parecer incrível, venho pedir notícias dela ao presidente da sociedade hortícola.

— Oh! senhor, senhor — disse Van Herysen, cheio de arrebatamento — que glória para a sociedade se os seus trabalhos forem do agrado de Vossa Alteza!

— Tem a flor aqui? — disse o príncipe, que sem dúvida se arrependia já de ter falado demais.

— Infelizmente não, senhor.

— Então onde está?
— Em casa do seu proprietário.
— Quem é esse homem?
— Um honrado tulipista de Dordrecht.
— De Dordrecht?
— Sim, senhor.
— E que se chama?...
— Boxtel.
— E mora?
— Na hospedaria do *Cisne Branco;* vou mandá-lo chamar, e se, enquanto ele não vem, Vossa Alteza quer fazer-me a honra de entrar para a sala, a demora não há de ser grande, pois em ele sabendo que Vossa Alteza está aqui, dar-se-á pressa em trazer a tulipa.
— Pois sim, mande-o chamar.
— Sim, senhor. Mas...
— O quê?
— Oh! nada importante, senhor.
— Tudo é importante neste mundo, sr. Van Herysen.
— Nesse caso, dir-lhe-ei que sobreveio uma dificuldadezinha.
— Que dificuldade?
— A tulipa é já reivindicada por usurpadores. Verdade é que ela vale cem mil florins.
— Realmente!
— Sim, senhor, por usurpadores, por falsários.
— Isso é um crime, sr. Van Herysen.
— Não há dúvida que o é.
— E tem as provas desse crime?
— Não, senhor, a culpada...
— A culpada?...
— Quero dizer, a que reclama a tulipa, está ali naquele quarto do lado.
— Está ali! E que pensa o senhor a tal respeito, Van Herysen?
— Eu por mim penso que a tentou o engodo dos cem mil florins.

— Ela reclama a tulipa?
— Sim, senhor.
— E que provas apresenta?
— Quando Vossa Alteza entrou eu ia interrogá-la.
— Pois ouçamo-la, sr. Herysen, ouçamo-la; sou o primeiro magistrado do país, e como tal, ouvirei a causa e farei justiça.
— Já achei o meu rei Salomão — disse Van Herysen, inclinando-se o indicando o caminho ao príncipe.

Este ia já a tomar a dianteira ao seu interlocutor, mas refletiu e, parando de repente, disse-lhe:
— Caminhe adiante e dê-me simplesmente o tratamento de senhor.

Dito isto, entraram enfim ambos no gabinete.

Rosa estava ainda no mesmo lugar, encostada à janela e olhando por detrás dos vidros para o jardim.
— Ah! ah! É uma frisã — disse o príncipe ao ver o capacete de ouro e as saias encarnadas de Rosa.

Esta voltou-se ao ruído que sentia, mas mal deu atenção ao príncipe, que se sentara no canto mais escuro do gabinete.

Toda a sua atenção, como é de crer, se achava empregada na importante personagem que se chamava Van Herysen e não neste humilde desconhecido que seguia o dono da casa e que provavelmente não era homem de grande vulto na sociedade.

O humilde desconhecido pegou num livro da estante e fez sinal a Van Herysen para que começasse o interrogatório.

Van Herysen, sempre por convite do senhor de traje cor de violeta, sentou-se também, e todo feliz e orgulhoso com a importância que se lhe dava, principiou a falar nestes termos:
— Minha filha, promete-me dizer a verdade, toda a verdade a respeito dessa tulipa?
— Prometo, sim, senhor.
— Pois bem, pode falar aqui diante deste senhor, que é um dos membros da sociedade hortícola.
— Que direi, que já lhe não tenha dito? — replicou Rosa.
— Pois sim, mas então?

— Renovarei a súplica que já lhe fiz.
— Que súplica?
— A de mandar vir aqui o sr. Boxtel com a sua tulipa; se eu não a reconhecer por minha, digo-o francamente; mas se a reconhecer, hei de reclamá-la, ainda que tenha de ir à presença de Sua Alteza o *stathouder,* com as minhas provas na mão.
— Ah! Tem provas, minha menina?
— Deus, que sabe a minha justiça, me fornecerá.

Os olhos de Van Herysen encontraram-se com os do príncipe que, desde as primeiras palavras de Rosa, parecia querer despertar as suas recordações, como se não fosse a primeira vez que ouvisse esta voz meiga e suave.

Mandou-se um oficial procurar Boxtel.

Van Herysen continuou o interrogatório.

— E em que funda — disse ele — a asserção de que é a proprietária da tulipa negra?

— Em uma coisa bem simples, é que fui eu que a plantei e cultivei no meu próprio quarto.

— No seu quarto, diz? E onde era o seu quarto?

— Em Loevestein.

— É de Loevestein?

— Sou a filha do carcereiro da fortaleza.

O príncipe fez um pequeno movimento que queria dizer:

— Ah! É isto mesmo, agora me recordo.

E fingindo sempre que lia, olhou para Rosa com mais atenção do que até ali.

— A menina gosta de flores? — prosseguiu Van Herysen.

— Sim, senhor.

— Então é uma florista sábia?

Rosa hesitou por um instante; depois, em um tom de voz que lhe saía do mais íntimo do coração, disse:

— Senhores, estou falando com homens de bem, não é assim?

O tom desta pergunta era tão sincero, que o príncipe e Van Herysen responderam ao mesmo tempo com um movimento de cabeça afirmativo.

— Pois então digo-lhes, com toda sinceridade, que não sou nenhuma florista sábia! Não sou mais do que uma pobre filha do povo, uma pobre camponesa da Frísia, que, ainda há três meses, não sabia ler nem escrever. A tulipa negra não foi achada por mim.
— Então por quem?
— Por um infeliz preso de Loevestein.
— Por um preso de Loevestein? — disse o príncipe.
Ao som desta voz, Rosa estremeceu.
— Nesse caso, foi achada por um preso de Estado — prosseguiu o príncipe — porque em Loevestein só há presos de Estado.
E continuou a ler, ou pelo menos fingiu que continuava.
— Sim, senhor — murmurou Rosa, toda trêmula — sim, por um preso de Estado.
Van Herysen empalideceu ao ouvir fazer tal confissão diante de semelhante testemunha.
— Continue — replicou friamente Guilherme ao presidente da sociedade hortícola.
— Oh, senhor — prosseguiu Rosa, dirigindo-se àquele que julgava seu verdadeiro juiz — é que eu vou acusar-me bem gravemente.
— E com efeito — retorquiu Van Herysen — os presos de Estado devem estar no degredo em Loevestein.
— Senhor!
— E, segundo o que a menina diz, pareceria que se tinha aproveitado da sua posição, como filha do carcereiro, e que teria tido relações com um preso de Estado para cultivar flores.
— Sim, senhor — murmurou Rosa; fora de si; — sou obrigada a confessar que falava com ele todos os dias.
— Desgraçada! — exclamou Van Herysen.
O príncipe ergueu a cabeça, observando o espanto de Rosa e a palidez do presidente.
— Isso — disse ele, com a sua voz clara e firmemente acentuada — isso não é com os membros da sociedade hortícola, porque a esses só pertence julgar a tulipa negra e não conhecer dos delitos políticos. Continue, menina, continue.

Van Herysen agradeceu com um olhar eloqüente, em nome das tulipas, ao novo membro da sociedade hortícola.

Rosa, tranqüilizada com esta espécie de animação que o desconhecido lhe dera, contou tudo o que se passara havia três meses, tudo quanto fizera, tudo quanto sofrera. Falou das crueldades de Gryphus, da destruição do primeiro bulbo, da mágoa do preso, das precauções tomadas para que o segundo bulbo tivesse bom resultado; da paciência que ele empregara, das suas angústias durante a separação; como quisera morrer de fome por não ter notícias da sua tulipa, da alegria que sentira ao tornar a vê-la, enfim do desespero de ambos quando viram que a tulipa, que acabava de florescer, lhes fora roubada uma hora depois de aberta.

Tudo isto era contado com uma expressão de verdade tal, que, posto que o príncipe permanecesse impassível, pelo menos na aparência, não deixava de produzir um certo efeito em Van Herysen.

— Mas — disse Guilherme de Orange — não conhece esse preso há muito tempo?

Rosa abriu os seus grandes olhos e fitou-os no desconhecido, que se meteu mais no escuro, como se quisesse esquivar-se a este olhar.

— Por que pergunta isso, senhor? — disse ela, admirada.

— Porque não há mais de quatro meses que o carcereiro Gryphus e a filha estão na fortaleza de Loevestein.

— É verdade, senhor.

— E a não ser que tenha solicitado a transferência do seu pai para seguir algum preso que fosse transportado de Haia para Loevestein...

— Senhor! — exclamou Rosa, corando.

— Acabe — disse Guilherme.

— Confesso que tinha conhecido o preso em Haia.

— É bem feliz esse preso! — disse Guilherme, sorrindo.

Neste momento o oficial que fora chamar Boxtel entrou, anunciando que este o seguia com a sua tulipa.

CAPÍTULO 27

O TERCEIRO BULBO

Mal se tinha anunciado a chegada de Boxtel quando este entrou em pessoa na sala de Van Herysen, seguido por dois homens que traziam num caixote o precioso fardo, que foi posto em cima de uma mesa.

O príncipe, prevenido disto, saiu do gabinete, entrou na sala, admirou a tulipa em silêncio e voltou também silenciosamente para o seu lugar no canto escuro, em que ele mesmo colocara a sua cadeira de braços.

Rosa, palpitante, pálida, cheia de terror, esperava que a convidassem para ir ver também a tulipa; e ouviu a voz de Boxtel.

— É ele! — exclamou ela.

O príncipe fez-lhe sinal para que fosse espreitar pela porta fechada.

— É a minha tulipa! — exclamou Rosa — é ela mesma, reconheço-a muito bem. O meu pobre Cornélio!

E debulhou-se em lágrimas.

O príncipe levantou-se, foi até à porta, onde permaneceu por um instante no meio da luz que lhe batia em cheio.

Os olhos de Rosa demoraram-se nele. Agora mais do que nunca estava certa de que não era a primeira vez que via este indivíduo.

— Entre para aqui, sr. Boxtel — disse o príncipe.

Boxtel correu para onde o chamavam e achou-se na presença de Guilherme de Orange.

— Sua Alteza! — exclamou ele, recuando.

— Sua Alteza! — repetiu Rosa, estupefata.

A esta exclamação que saía do seu lado esquerdo, Boxtel voltou-se e viu Rosa; ao vê-la, todo o corpo do invejoso estremeceu como ao contato de uma pilha voltaica.

— Ah! — murmurou o príncipe, falando consigo mesmo — está perturbado.

Mas Boxtel, por um poderoso esforço sobre si mesmo, já tinha recobrado a serenidade.

— Segundo parece, sr. Boxtel — disse Guilherme — achou o segredo da tulipa negra?

— Sim, senhor — respondeu Boxtel, com voz em que transluzia alguma perturbação.

Verdade é que esta perturbação podia provir da comoção que o tulipista sentira ao reconhecer Guilherme.

— Mas — continuou o príncipe — está aqui uma moça que pretende tê-la achado também.

Boxtel sorriu com ar desdenhoso e encolheu os ombros.

Guilherme seguia-lhe todos os movimentos com um interesse de curiosidade notável.

— Com que então não conhece esta menina? — disse o príncipe.

— Não, senhor.

— E a menina, conhece aqui o sr. Boxtel?

— Não conheço o sr. Boxtel, mas conheço o sr. Jacó.

— Que quer dizer?

— Quero dizer que, em Loevestein, este homem que hoje diz chamar-se Isaac Boxtel, dizia chamar-se Jacó.

— Que responde a isto, sr. Boxtel?

— Respondo, senhor, que esta mulher mente.

— Nega que esteve em Loevestein?

Boxtel hesitou; o olhar fito e perscrutador do príncipe impedia-o de mentir.

— Não posso negar ter estado em Loevestein; mas nego ter roubado a tulipa.

— Roubou-me — exclamou Rosa indignada — e do meu próprio quarto.

— Nego.

— Ouça; nega que me seguiu ao jardim, no dia em que eu preparava o alegrete em que devia enterrá-la? Nega que me seguiu também no dia em que fingi plantá-la? Nega que nessa noite, depois da minha saída, correu para o lugar em que espe-

205

rava achar o bulbo? Nega que remexeu a terra com as mãos, mas inutilmente. Deus louvado, porque aquilo não era senão uma astúcia da minha parte para conhecer as suas intenções? Diga, nega tudo isto?

Boxtel não julgou a propósito responder a estas diversas perguntas. Mas deixando a controvérsia encetada com Rosa, disse, voltando-se para o príncipe:

— Há vinte anos, senhor, que cultivo tulipas em Dordrecht; tenho adquirido até nesta arte uma certa reputação; uma das minhas híbridas tem no catálogo um nome ilustre. Dediquei-a ao rei de Portugal. Agora vou dizer a verdade. Esta menina sabia que eu tinha achado a tulipa negra e, de combinação com um certo amante que tem na fortaleza de Loevestein, formou o projeto de me arruinar empolgando o prêmio de cem mil florins que, pela justiça de Vossa Alteza, espero ganhar.

— Oh! — exclamou Rosa, transportada de cólera.

— Silêncio! — disse o príncipe.

Depois, voltando-se para Boxtel, prosseguiu:

— E que preso é esse que o senhor diz ser o amante desta menina?

Rosa esteve quase a perder os sentidos, porque o preso era recomendado pelo príncipe como um grande criminoso.

Nada podia ser mais agradável a Boxtel do que esta pergunta.

— Quem é esse preso? — repetiu ele.

— Sim.

— Esse preso, senhor, é um homem cujo nome provará a Vossa Alteza quanta fé pode ter na sua probidade. É um criminoso de Estado, que já foi uma vez condenado à morte.

— E chama-se?...

Rosa escondeu o rosto nas mãos com um movimento desesperado.

— Chama-se Cornélio Van Baerle — disse Boxtel — e é o próprio afilhado desse celerado Cornélio de Witt.

O príncipe estremeceu. Os seus olhos tranqüilos lançaram uma chama e o frio da morte estendeu-se-lhe de novo pelo rosto imóvel.

Chegou-se a Rosa e fez-lhe sinal com o dedo para tirar as mãos do rosto.

Rosa obedeceu, como o teria feito, sem ver, uma mulher sujeita a um poder magnético.

— Foi então para seguir esse homem que foi pedir-me em Leyde a transferência de seu pai?

Rosa baixou a cabeça e encolheu-se, esmagada por estas palavras, murmurando ao mesmo tempo:

— Sim, senhor.

— Continue — disse o príncipe a Boxtel.

— Nada mais tenho a dizer — continuou este. — Vossa Alteza sabe tudo. Agora aqui está o que eu não queria dizer, para não fazer envergonhar esta menina da sua ingratidão. Fui a Loevestein, porque os meus negócios lá me chamavam; travei ali conhecimento com o velho Gryphus, enamorei-me da filha, pedi-lha em casamento, e como não era rico, confiei-lhe, tão imprudente fui, a esperança que tinha de receber cem mil florins; e para justificar esta esperança, mostrei-lhe a tulipa negra. Ora, como o seu amante, em Dordrecht, para desviar as suspeitas das tramas que urdia, fingisse cultivar também tulipas, ambos eles maquinaram a minha perda. Na véspera da florescência da flor, a tulipa foi roubada de minha casa por essa menina e levada para o seu quarto, de onde eu tive a felicidade de tirar no momento em que ela teve a audácia de expedir um mensageiro, para anunciar aos senhores membros da sociedade de horticultura que acabava de achar a grande tulipa negra; ela, contudo, não descoroçoou com isto. É que, sem dúvida, durante as poucas horas que conservou a tulipa no seu quarto, a mostrou a algumas pessoas, que talvez dê por testemunhas. Felizmente Vossa Alteza já está prevenido contra esta embusteira e contra as suas testemunhas.

— Oh! meu Deus! meu Deus! Que infame! — disse Rosa, gemendo, banhada em lágrimas, e lançando-se aos pés do *stathouder* que, apesar de a julgar culpada, se compadecia da sua horrível angústia.

207

— Fez mal, menina — disse ele — e o seu amante será castigado por a ter aconselhado a isso; porque é tão nova, tem um ar tão honesto, que me quero persuadir de que o mal vem dele e não de si.
— Senhor! Senhor! — exclamou Rosa — Cornélio não é culpado.
Guilherme fez um movimento.
— Não é culpado de a ter aconselhado. É isto o que quer dizer, não é assim?
— Quero dizer, senhor, que Cornélio é tão culpado do segundo crime, que se lhe imputa, como do primeiro.
— Do primeiro? E sabe que crime foi esse primeiro? Sabe de que foi acusado e convencido? De ter, como cúmplice de Cornélio de Witt, ocultado a correspondência do grande pensionário com o marquês de Louvois.
— Pois bem! senhor, eu digo-lhe que ele não sabia que tinha em seu poder essa correspondência; ignorava-o completamente. Oh! meu Deus! Se assim fosse, tinha-mo dito. Porventura aquele coração de diamante teria podido esconder de mim um segredo? Não, não, senhor, torno a dizê-lo, ainda que incorra na cólera de Vossa Alteza, Cornélio não é mais culpado do primeiro crime que do segundo, e do segundo que do primeiro. Oh! se Vossa Alteza conhecesse o meu Cornélio!
— Um de Witt! — exclamou Boxtel. — Oh! Sua Alteza conhece-o demasiado, visto que já uma vez lhe perdoou a morte.
— Silêncio — atalhou o príncipe. — Os negócios de Estado, como já disse, não são da competência da sociedade hortícola de Harlem.
Depois, franzindo as sobrancelhas, acrescentou:
— Quanto à tulipa, fique descansado, sr. Boxtel, que se há de fazer justiça.
Boxtel fez uma vênia, com o coração nadando em alegria, e recebeu as felicitações do presidente.
— A menina — prosseguiu Guilherme de Orange — esteve quase a cometer um crime, de que não a punirei; mas o verda-

deiro culpado pagará por ambos. Um homem do seu nome pode conspirar e até trair... mas não deve roubar.

— Roubar! exclamou Rosa — roubar! ele, Cornélio, ah! senhor, repare bem no que diz; Cornélio morreria se ouvisse as suas palavras! Palavras que o matariam com mais certeza do que o cutelo do carrasco no Buitenhof. Se houve roubo, senhor, juro-lhe que foi esse homem quem o cometeu.

— Prove-o — replicou friamente Boxtel.

— Com a ajuda de Deus hei de prová-lo — disse a frisã com energia.

Depois, voltando-se para Boxtel, continuou:

— A tulipa era sua?

— Era.

— Quantos bulbos tinha?

Boxtel hesitou por um instante; mas compreendendo que a jovem não faria esta pergunta se existissem só os dois bulbos conhecidos, respondeu:

— Três.

— Que foi feito desses bulbos? — perguntou Rosa.

— Que foi feito delas?.. Uma abortou, a outra deu a tulipa negra...

— E a terceira?

— A terceira!

— A terceira onde está?

— A terceira está em minha casa — disse Boxtel, todo perturbado.

— Em sua casa? Onde? Em Loevestein ou em Dordrecht?

— Em Dordrecht — respondeu Boxtel.

— Mente! — exclamou Rosa.

E acrescentou, voltando-se para o príncipe:

— Senhor, vou contar-lhe a verdadeira história desses três bulbos. O primeiro foi esmagado por meu pai no quarto do preso, e este homem bem o sabe, porque esperava apoderar-se dele. E quando viu perdida esta esperança, esteve a ponto de cortar relações com meu pai que assim lha roubava. O segundo, tratado por mim, deu a tulipa negra; o terceiro e último (a jovem tirou-o do seio), o terceiro está aqui no mesmo papel em que estava embrulhada com os outros dois, quando, no momento de subir ao cadafalso, Cornélio Van Baerle me deu todos três. Aqui o tem, senhor, aqui o tem.

E desembrulhando o bulbo do papel, Rosa apresentou-o ao príncipe, que lhe pegou e se pôs a examiná-lo.

— Mas, senhor, não pode acaso esta menina tê-lo roubado como roubou a tulipa? — balbuciou Boxtel, aterrado ao ver a atenção com que o príncipe examinava o bulbo e sobretudo aquela com que Rosa lia algumas linhas traçadas no papel que lhe ficara na mão.

De repente os olhos da jovem inflamaram-se, releu, arquejando, este papel misterioso, e soltando um grito, ao apresentá-lo ao príncipe, disse-lhe:

— Oh! Leia, senhor, em nome do céu, leia!

Guilherme passou o terceiro bulbo ao presidente e pegou no papel; apenas, porém, correu os olhos pelas palavras que este tinha escritas, cambaleou; a mão tremeu-lhe a ponto quase de largar o papel e os seus olhos tomaram uma espantosa expressão de dor e de compaixão.

O papel, que Rosa acabava de lhe entregar, era a folha da Bíblia que Cornélio de Witt mandara a Dordrecht, por Craeke, o mensageiro de seu irmão João, para pedir a Cornélio que queimasse a correspondência do grande pensionário com Louvois.

Este pedido, como o leitor se recordará, era concebido nos seguintes termos:

"Meu querido afilhado

"Queima o depósito que te confiei, queima-o sem olhar para ele, sem o abrir, para que tu mesmo fiques desconhecendo o que ele contém. Os segredos do gênero daquele que esse maço encerra matam os depositários. Queima-o, e terás salvo João e Cornélio.

Adeus, e sê meu amigo.

"*20 de agosto de 1672.*

CORNÉLIO DE WITT."

Esta folha era ao mesmo tempo a prova da inocência de Van Baerle e o seu título de propriedade aos bulbos da tulipa.

Rosa e o *stathouder* trocaram só um olhar.

O de Rosa queria dizer: "Bem o vê!"

O do *stathouder* significava: "Silêncio e espera!"

O príncipe limpou uma baga de suor frio que lhe correra da testa, por cima da face. Dobrou lentamente o papel, deixando a vista mergulhar, de envolta com o pensamento, nesse abismo sem fundo e sem remédio, que se chama o arrependimento e a vergonha do passado.

Mas, levantando em seguida a cabeça com esforço, disse a Boxtel:

— Pode retirar-se e fique certo de que se há de fazer justiça; assim o prometi.

Depois, voltando-se para o presidente, acrescentou:

— E o senhor, meu caro Van Herysen, deixe ficar aqui esta menina e a tulipa. Adeus.

Todos se inclinaram e o príncipe saiu, acurvado sob o imenso arruído das aclamações populares.

Boxtel voltou para o *Cisne Branco,* muito atormentado. Aquele papel, que Guilherme recebera das mãos de Rosa, que lera, dobrara e metera na algibeira com tanto cuidado, inquietava-o deveras.

Rosa chegou-se à tulipa, beijou-lhe religiosamente a folha e confiou-se inteiramente a Deus, murmurando:

— Meu Deus! Sabíeis com que fim o meu bom Cornélio me ensinava a ler?

Sim, Deus sabia-o, visto ser ele quem pune e recompensa os homens conforme os seus merecimentos.

CAPÍTULO 28

A CANÇÃO DAS FLORES

Enquanto se desenrolavam os acontecimentos que acabamos de narrar, o desgraçado Van Baerle, esquecido no quarto da fortaleza de Loevestein, sofria da parte de Gryphus tudo quanto um preso pode sofrer quando o seu carcereiro tomou a definitiva resolução de se transformar em carrasco.

Gryphus, não tendo recebido notícia alguma, nem de Rosa nem de Jacó, persuadiu-se de que tudo quanto lhe sucedia era obra do demônio e que o doutor Cornélio Van Baerle era o enviado deste demônio sobre a terra.

Deu isto em resultado que um dia pela manhã, — era o terceiro depois da desaparição de Jacó e de Rosa — subiu ao quarto de Cornélio, mais furioso ainda do que de costume.

Este, com os cotovelos encostados à janela, a cabeça apoiada nas mãos, os olhos alongados para o horizonte nublado, que os moinhos de Dordrecht batiam com as suas asas, aspirava o ar para recalcar as lágrimas e impedir que a sua filosofia se evaporasse.

Os pombos lá estavam ainda, mas a esperança tinha desaparecido; o futuro era tenebroso e incerto.

Ah! Rosa, vigiada como estava, não poderia voltar mais. Poderia ao menos escrever-lhe? E se escrevesse, poderia fazer-lhe chegar à mão as suas cartas?

Não. Na véspera e na antevéspera vira ele lampejar demasiado furor e malignidade nos olhos do velho Gryphus, para que a sua vigilância afrouxasse um momento; e depois, além da reclusão, além da ausência, não tinha acaso a sofrer tormentos ainda piores? Este bruto, este patife, este bêbedo, vingava-se à maneira dos pais do teatro grego. Quando a genebra lhe subia à cabeça, não daria ao seu braço, muito bem consertado por Cornélio, o vigor de dois braços e de um pau?

Esta idéia, de que Rosa era talvez maltratada, exasperava Cornélio.

Reconhecia então a sua inutilidade, a sua impotência, o seu nada. Perguntava a si próprio se Deus era bem justo em enviar tantos males a duas criaturas inocentes. E decerto nestes momentos duvidava; é que a desgraça torna o homem incrédulo. Van Baerle tinha formado o projeto de escrever a Rosa. Mas onde estava ela?

Também tivera a idéia de escrever para Haia, a fim de prevenir as novas tempestades, que sem dúvida Gryphus queria, por meio de uma denúncia, aglomerar-lhe sobre a cabeça. Mas com que podia escrever? Gryphus tinha-lhe tirado o lápis e o papel. De mais a mais, ainda quando tivesse uma e outra coisa, não seria decerto Gryphus que se encarregaria da carta.

Então Cornélio passava e tornava a passar pela mente todas essas pobres astúcias empregadas pelos presos.

Pensara, é verdade, numa evasão, coisa em que não pensava quando podia ver Rosa todos os dias. Mas quanto mais cogitava nisto, mais impossível lhe parecia o evadir-se. É que Cornélio era um desses caracteres escolhidos, que têm horror ao que é comum e que perdem muitas vezes todas as boas ocasiões da vida, por falta de terem seguido o caminho da vulgaridade, esse grande caminho das pessoas medíocres, que as leva a toda parte.

— Como seria possível — dizia ele de si para si — que eu pudesse fugir de Loevestein, de onde fugiu outrora Grotius? Depois desta evasão, não está tudo prevenido? Não estão as janelas guardadas? Não são as portas dobradas ou triplicadas? As sentinelas não estão dez vezes mais vigilantes? E depois, além das janelas guardadas, das portas duplas, das sentinelas mais vigilantes do que nunca, não tenho também um Argos infalível, um Argos tanto mais perigoso, por isso que tem os olhos do ódio, isto é, Gryphus? Finalmente, há uma circunstância que me paralisa. É a ausência de Rosa. Ainda que eu gastasse dez anos da minha vida em fabricar uma lima para limar os varões, em entrançar cordas para descer pela janela, ou em pregar asas nos ombros para voar como Dédalo... Mas é que estou num período em que tudo me sairá frustrado! A lima há de embotar-se, a corda quebrar-se, as asas derreter-se-ão ao sol, e ficarei meio morto. Hão de levantar-me coxo, estropiado, e classificar-me no museu de Haia, entre o gibão ensangüentado de Guilherme o Taciturno e a mulher marinha apanhada em Stavoren, de sorte que a minha empresa não terá tido outro resultado senão o de granjear-me a honra de fazer parte das curiosidades da Holanda. Mas não, isto é melhor; Gryphus, em um dia que eu menos pense, há de fazer-me alguma das suas. Desde que perdi a alegria e a companhia de Rosa, principalmente desde que perdi as minhas tulipas, perdi também a paciência. Não há dúvida, mais dia menos dia, Gryphus atacar-me-á de um modo sensível ao meu amor-próprio, ao meu amor, ou à minha segurança pessoal. Desde a minha reclusão, sinto um vigor singular, um gênio impaciente, insuportável. Tenho veementes desejos de luta, apetites de combate, ânsias incompreensíveis de dar pancada. Deito-me pois às goelas daquele velho patife e estrangulo-o!

Ao proferir estas últimas palavras, Cornélio parou um instante, com a boca contraída e os olhos fitos.

É que, evidentemente, revolvia no espírito um pensamento que lhe sorria.

— E depois de Gryphus estrangulado — prosseguiu ele — por que lhe não tirarei as chaves? Por que não descerei a escada como se acabasse de praticar a ação mais virtuosa? Por que não irei ter com Rosa ao seu quarto? Por que lhe não explicarei o fato e saltarei com ela da sua janela para o Wahal? Sei nadar o bastante por dois. Rosa! Mas, meu Deus, Gryphus é seu pai, e ela nunca me perdoará, por maior que seja a afeição que me tenha, ter-lhe estrangulado o pai, por mais malvado que ele fosse, por mais malvado que tenha sido. Será então precisa uma discussão, um discurso, durante a peroração do qual chegará algum sub-chefe ou chaveiro, que terá achado Gryphus ainda com o estertor da morte, ou já sem vida, e que me deitará a mão. Tornarei então a ver o Buitenhof e o brilho daquela terrível espada, que desta vez não se suspenderá no caminho, mas virá cair-me sobre a nuca. Nada, nada, Cornélio, meu amigo; é um péssimo meio este! Mas então o que há de ser? Como hei de tornar a encontrar Rosa?

Eram assim as reflexões de Cornélio três dias depois da funesta cena de separação entre Rosa e seu pai, no momento em que o mostramos ao leitor, encostado à janela.

Foi neste mesmo momento que Gryphus entrou com um enorme pau na mão. Os olhos cintilavam-lhe de maus pensamentos; um sorriso de malvadez encrespava-lhe os lábios; um balancear de mau agouro agitava-lhe o corpo, e na sua mudez tudo insinuava más disposições.

Cornélio, quebrantado, como acabamos de ver, pela necessidade da paciência, necessidade que o raciocínio levara até à convicção, ouviu-o entrar, adivinhou que era ele, mas não se voltou.

Sabia que desta vez Rosa não viria atrás dele.

Nada é mais desagradável às pessoas que estão cheias de cólera, do que a indiferença daqueles que devem ser o objeto dessa cólera.

Porque, como tiveram o incômodo de se encolerizar, não querem perder o trabalho. Exaltaram a cabeça, puseram o sangue em ebulição, e nada disto valeria a pena, se esta ebulição não desse o prazer de uma contenda qualquer.

Todo vadio que aguçou o seu mau gênio deseja ao menos fazer uma boa ferida em algum indivíduo.

E por isso Gryphus, vendo que Cornélio não se mexia, começou por interpelá-lo por um alentado:

— Hum! Hum!

A resposta de Cornélio foi cantarolar por entre os dentes a triste, mas linda canção das flores:

    Nós somos as filhas do fogo sagrado
    — Fogo que circula nas veias da terra —
    Nós somos as filhas da aurora e manhã,
    Nós somos as filhas do ar,
    Nós somos as filhas da água;
    Nós somos as filhas do céu.

Esta canção, cuja toada plácida e suave aumentava a serena melancolia, exasperou Gryphus, que bateu com o pau nas lájeas gritando:
— Olá! senhor cantor, não me ouve?
Cornélio voltou-se e disse-lhe:
— Bom dia.
E continuou a cantar:

> Os homens torturam-nos — tanto nos amam —
> Estamos ligadas à terra por um fio
> Fio que é a nossa raiz e a nossa vida
> Mas nós levantamos quanto mais podemos
> Os braços ao céu.

— Ah! Miserável feiticeiro, estás a zombar de mim! — bradou Gryphus.
Cornélio continuou a cantar:

> É que o céu é a pátria,
> Verdadeira pátria pois dela vem nossa alma
> E depois a el'volta nossa alma
> Nossa alma — o nosso perfume.

Gryphus chegou-se então ao preso e disse-lhe:
— Mas não vês que deitei mão do melhor meio de te obrigar a confessar-me os teus crimes?
— Está doido, meu caro Gryphus? — perguntou Cornélio, voltando-se.
E como ao proferir estas palavras visse o rosto alterado, os olhos brilhantes, a boca espumante do velho carcereiro, prosseguiu:
— Safa! Estamos mais do que doidos, segundo parece; estamos furiosos!
Gryphus fez um movimento com o pau.
Mas Van Baerle disse-lhe, sem se mexer e cruzando os braços:
— Ah! mestre Gryphus, parece que me ameaça?
— Ameaço, sim! — gritou o carcereiro.
— E de quê?

— Primeiro do que tudo, olha para o que tenho na mão.

— Creio que é um pau — respondeu Cornélio com tranqüilidade — e um pau bem grosso; mas não suponho que seja com isso que me ameaça.

— Ah! Não supões isso! E por quê?

— Porque todo carcereiro que bate em um preso se expõe a dois castigos; o primeiro, conforme o artigo 9 do regulamento de Loevestein, que diz:

"Será expulso todo o carcereiro, inspetor, ou chaveiro, que puser as mãos num preso de Estado."

— As mãos — disse Gryphus, ébrio de cólera; — mas o pau, ah! do pau não fala o regulamento.

— O segundo castigo — continuou Cornélio — o segundo castigo, que não está inscrito no regulamento, mas que se acha no Evangelho, é este:

— Quem com ferro fere, com ferro será ferido.

"Quem bater com um pau será desancado com um pau."

Gryphus, cada vez mais desesperado pelo tom sereno e sentencioso de Cornélio, brandiu o cacete; mas no momento em que o levantava, Cornélio lançou-se a ele, arrancou-lho das mãos e meteu-o debaixo do braço.

Gryphus bramia de cólera.

— Quietinho, quietinho aí — disse Cornélio — não se arrisque a perder o seu lugar.

— Deixa estar, meu feiticeiro, que eu te chegarei ao pêlo de outra maneira! — disse Gryphus, furioso.

— Ora ainda bem.

— Vês que tenho as mãos vazias?

— Vejo, vejo, e com muita satisfação.

— E sabes que não as tenho habitualmente assim, quando pela manhã subo a escada, hein?

— Ah! É verdade, traz-me por costume a pior sopa, ou a pior comida que se possa imaginar. Mas isso não é um castigo para mim; só como pão, e quanto pior é lá ao seu gosto, Gryphus, melhor é ao meu.

— Melhor é ao teu?
— Sim.
— E a razão?
— Oh! A razão é bem simples.
— Pois di-la.
— É porque sei que, dando-me mau pão, julga que me faz sofrer.
— Olha, não te dou para te causar gosto, ladrão.
— Muito bem! Mas eu, que sou feiticeiro, como sabe, mudo o seu mau pão num pão excelente, que me sabe melhor do que bolos, e então tenho um duplicado prazer; primeiro o de comer ao meu gosto, e depois o de o fazer morder de raiva.

Gryphus gritou encolerizado:

— Ah! Confessas que és feiticeiro — disse ele.
— Ora essa! Se o sou. Não o digo diante de mais ninguém, porque isso poderia levar-me à fogueira, como a Gaufredy, ou Urbano Grandier; mas como estamos sozinhos, não vejo inconveniente em dizê-lo.
— Bom, bom — respondeu Gryphus — um feiticeiro transforma o pão negro em pão branco, mas não morre de fome se não tiver nenhum?
— O quê? — disse Cornélio.
— Pois então não te trarei mais pão e veremos como a coisa regula ao cabo de oito dias.

Cornélio empalideceu.

— E há de começar já hoje — prosseguiu Gryphus. — Ora, como és tão bom feiticeiro, transforma em pão os móveis do teu quarto; que eu cá por mim vou ganhando todos os dias os dezoito soldos que me dão para o teu sustento.
— Mas isso é um assassínio! — exclamou Cornélio, compelido por um movimento de terror bem compreensível e que lhe era inspirado por este horrível gênero de morte.
— Bom — continuou Gryphus com ar de escárnio — bom, como és feiticeiro, viverás apesar de tudo.

Cornélio recuperou o seu ar risonho e, encolhendo os ombros, replicou:

— Não me tem visto fazer com que os pombos de Dordrecht venham aqui?

— E então?... — disse Gryphus.

— Então! Pombo assado é bem bom; e um homem que comesse um pombo todos os dias, parece-me que não morreria de fome.

— E o fogo? — retorquiu Gryphus.

— O fogo! Mas bem sabe que eu fiz um pacto com o diabo. Pensa que o diabo me deixará sem fogo, quando o fogo é o seu elemento?

— Um homem, por mais robusto que seja, não poderia comer um pombo todos os dias. Já tem havido apostas a esse respeito e os apostadores têm sempre desistido da empresa.

— Que importa! — redargüiu Cornélio — quando estiver enjoado de pombos, farei subir os peixes do Wahal e do Mosa.

Gryphus esbugalhou os olhos, espantado.

— Gosto muito de peixe — continuou Cornélio — e é coisa que nunca me traz. Pois bem! Aproveitarei a ocasião em que quer matar-me de fome, para me regalar de peixe.

Gryphus esteve a ponto de desmaiar de cólera e até de medo.

Mudando, porém, de parecer, e metendo a mão na algibeira, retorquiu:

— Bem; já que me obrigas a isto...

E tirou uma navalha, que abriu.

— Ah! Uma navalha! — disse Cornélio, pondo-se em defesa com o pau.

CAPÍTULO 29

COMO VAN BAERLE, ANTES DE SAIR DE LOEVESTEIN, AJUSTA AS SUAS CONTAS COM GRYPHUS

Os dois ficaram um instante, Gryphus na ofensiva, Van Baerle na defensiva.

Depois, como a situação podia prolongar-se indefinidamente, Cornélio, para saber as causas desta recrudescência de cólera no seu antagonista, perguntou-lhe:

— Então que quer ainda?

— O que quero, eu te vou dizer — respondeu Gryphus. Quero que me restituas a minha filha.

— A sua filha! — exclamou Cornélio.

— Sim, Rosa! Rosa que me roubaste pela tua arte do demônio. Vamos, queres dizer-me onde ela está?

E a atitude de Gryphus tornou-se cada vez mais ameaçadora.

— Rosa não está em Loevestein? — exclamou Cornélio.

— Tu bem o sabes. Torno a dizer, queres restituir-me Rosa?

— Isso é um laço que me arma — disse Cornélio.

— Pela última vez, queres dizer-me onde está a minha filha?

— Adivinhe-o, maroto, se o não sabe.

— Espera, espera — resmungou Gryphus, pálido e com os lábios trêmulos pelo frenesi que principiava a invadir-lhe o cérebro. — Ah! Não queres dizer nada. Pois bem! Eu te vou descerrar os dentes.

E deu um passo para Cornélio, mostrando-lhe a arma que lhe luzia na mão.

— Vês esta navalha? — disse ele; — pois olha, tenho morto com ela mais de cinqüenta galos negros; e por conseguinte matarei também o seu amo, o diabo, como os matei a eles; espera! espera!

— Mas, patife — disse Cornélio — quer com efeito assassinar-me?

— Quero abrir-te o coração, para ver lá dentro o lugar onde escondes a minha filha.

E proferindo estas palavras, Gryphus, com o desvario da febre, atirou-se a Cornélio, que só teve tempo de saltar para trás da mesa, para evitar o primeiro golpe.

Gryphus brandia a navalha, proferindo horríveis ameaças.

Cornélio previa contudo que, se não estava ao alcance da mão, não estava fora do alcance da arma; porque a navalha, atirada de longe, podia atravessar o espaço e vir cravar-se-lhe no peito. Não perdeu pois tempo e descarregou com o pau uma furiosa pancada na mão que segurava a navalha.

A navalha caiu no chão e Cornélio pôs-lhe o pé em cima. Depois, como Gryphus parecia querer empenhar-se numa luta, que a dor da pancada e a vergonha de ter sido desarmado duas vezes teria tornado implacável, Cornélio tomou uma resolução extrema, a de desancar o seu carcereiro com um sangue frio dos mais heróicos, procurando os sítios onde, de cada vez, descarregava o terrível pau.

Gryphus em breve pediu misericórdia.

Mas antes de pedir misericórdia gritara muito; os seus gritos tinham sido ouvidos e posto em agitação todos os empregados da casa. Dois chaveiros, um inspetor e três ou quatro guardas apareceram, portanto, de repente, e apanharam Cornélio a tosar o carcereiro com o pau na mão e a navalha debaixo do pé.

Para todas estas testemunhas do delito que acabava de cometer e cujas circunstâncias atenuantes, como hoje se diz, eram desconhecidas, Cornélio bem viu que ficava perdido sem remédio.

E, de fato, todas as aparências eram contra ele.

Van Baerle foi desarmado num abrir e fechar de olhos e Gryphus, socorrido, levantado e sustido, pôde contar, corando de cólera, as pisaduras e inchaços dos ombros e do espinhaço, como outras tantas colinas dispersas pela crista de uma serrania.

Lavrou-se, ato contínuo, o auto das violências praticadas pelo preso no seu guarda; e um auto ditado por Gryphus não podia pecar por frouxo; tratava-se nada menos que de uma tentativa de assassínio, preparada de há muito e executada na pessoa do carcereiro, por conseguinte com premeditação e rebelião patentes.

Enquanto se lavrava o auto contra Cornélio, como as informações dadas por Gryphus tornavam inútil a presença deste, os dois chaveiros tinham-no levado para o seu quarto, moído de pancadas e a gemer.

Entretanto, os guardas que haviam agarrado Cornélio ocupavam-se em instrui-lo caridosamente dos usos e costumes de Loevestein, que este sabia tão bem como eles, porque no momento da sua entrada para a prisão lhe tinham lido o regulamento e alguns artigos lhe haviam ficado perfeitamente gravados na memória.

Além disso, contavam-lhe como a aplicação deste regulamento fora feita em um preso chamado Matias, que, em 1668, isto é, cinco anos antes, cometera um ato de rebelião muito mais moderado do que aquele que Cornélio acabava de praticar.

Este tal preso achara a sua sopa muito quente e atirara com ela à cara do chefe dos guardas, que, em conseqüência desta ablução, tivera o desgosto, ao limpar a cara, de arrancar uma parte da pele. O resultado disto foi ser o Matias, dentro de doze horas, tirado do seu quarto, depois conduzido ao calabouço, onde fora inscrito como saído de Loevestein, e dali levado à esplanada, de onde os olhos abrangem uma linda vista de onze léguas de extensão. Chegado a este sítio, tinham-lhe amarrado as mãos, depois vendado os olhos, e rezado três orações. Por fim mandaram-lhe que ajoelhasse e os guardas de Loevestein, em número de doze, ao sinal de um sargento, haviam-lhe metido habilmente cada um deles no corpo uma bala de mosquete. Em conseqüência disto, Matias morrera instantaneamente.

Cornélio escutou com a maior atenção esta narrativa desagradável. E depois de ter ouvido tudo, disse:

— Ah! ah! Em doze horas, dizem?

— Sim, e ainda a duodécima hora não tinha dado, creio eu — respondeu o narrador.

— Obrigado — replicou Cornélio.

Ainda bem o guarda não tinha terminado o sorriso gracioso que punha fim à sua história, quando retumbaram na escada uns passos sonoros e se ouviu o traquinar das esporas de quem quer que vinha subindo pelos degraus já gastos.

Os guardas afastaram-se para deixar passar um oficial, que entrou no aposento de Cornélio na ocasião em que o escrivão de Loevestein ainda estava redigindo o auto.

— É aqui o nº 11? — perguntou ele.
— Sim, senhor coronel — respondeu um oficial inferior.
— Então é este o quarto de Cornélio Van Baerle?
— Exatamente, senhor coronel.
— Onde está o preso?
— Aqui estou — respondeu Cornélio, empalidecendo um pouco, apesar de toda a sua coragem.
— É ao sr. Cornélio Van Baerle que estou falando? — perguntou o oficial diretamente ao preso.
— Sim, senhor.
— Então acompanhe-me.
— Oh! oh! — disse Cornélio, cujo coração estremecia, compelido pelas primeiras angústias da morte — como as coisas caminham depressa na fortaleza de Loevestein! E aquele maroto que me tinha falado em doze horas.
— Hein! Que é que eu lhe disse? — perguntou o guarda historiador ao ouvido do paciente.
— Uma mentira.
— Como assim?
— Tinha-me prometido doze horas.
— Ah! sim. Mas enviam-lhe um dos ajudantes de campo de Sua Alteza, e até um dos seus mais íntimos, o senhor Van Deken. Com a fortuna! Ao pobre Matias não fizeram semelhante honra.
— Vamos — disse Cornélio, enchendo o peito da maior quantidade de ar possível — mostremos a esta gente que um burguês, afilhado de Cornélio de Witt, pode, sem fazer caretas, levar tantas balas de mosquete como esse tal Matias.

E passou com toda altivez por diante do carcereiro, que, interrompido na suas funções, se aventurou a dizer ao oficial:
— Mas, coronel Van Deken, o auto verbal ainda não está terminado.
— Não vale a pena acabá-lo — respondeu o oficial.
— Está bem — replicou o escrivão, metendo filosoficamente os papéis e a pena numa pasta velha e sebosa.

— Estava escrito — pensou o pobre Cornélio — que não daria o meu nome neste mundo nem a um filho, nem a uma flor, nem a um livro, essas três necessidades, uma das quais, pelo menos, Deus impõe, segundo afirmam, a todo homem dotado de uma sofrível organização, e a quem se digna deixar gozar na terra da propriedade de uma alma e do usufruto de um corpo.

E seguiu o oficial, com o coração resoluto e a fronte erguida.

Cornélio contou os degraus que iam ter à esplanada, tendo pena de não ter perguntado ao guarda quantos eram; o que, na sua oficiosa complacência, este decerto não teria deixado de lhe dizer.

Tudo o que temia o paciente neste trajeto, que olhava como aquele que o devia definitivamente conduzir ao termo da grande viagem, era ver Gryphus, e não ver Rosa. Com efeito, que satisfação devia brilhar no rosto do pai! Que dor no rosto da filha!

Como Gryphus ia alegrar-se com este suplício, vingança feroz de um ato eminentemente justo, que Cornélio tinha a consciência de ter posto em prática como um dever!

Mas se não visse Rosa, a pobre Rosa, se fosse morrer sem lhe ter dado o último beijo, ou pelo menos dizer-lhe o último adeus; se fosse morrer enfim, sem ter qualquer notícia da grande tulipa negra e acordar lá em cima, sem saber para que lado voltasse os olhos para a achar!

Realmente, para não se debulhar em lágrimas em tal momento, o pobre tulipista tinha mais *tríplice bronze* à roda do coração do que Horácio atribui ao navegante que primeiro visitou os terríveis escolhos.

Debalde olhou para a direita e para a esquerda; chegou à esplanada sem ter visto Rosa nem Gryphus.

Mas achou ali quase uma compensação deste desgosto.

Chegado à esplanada, Cornélio procurou corajosamente com os olhos os guardas seus executores e viu com efeito uma dúzia de soldados reunidos a conversar; mas reunidos num grupo e a conversar, e sem mosquetes; ou, para melhor dizer, cochichando uns com os outros, procedimento este que lhe pareceu indigno da gravidade que preside de ordinário a semelhantes atos.

No mesmo instante saiu do seu quarto Gryphus coxeando, cambaleando e encostado a uma muleta. No seu olhar rancoroso, por ser o último, transluzia todo o fogo dos seus velhos olhos de gato. E foi tal a torrente de abomináveis pragas que principiou a vomitar contra Cornélio, que este, voltando-se para o oficial, lhe disse:

— Creio, senhor, que não é decoroso consentir que eu seja assim insultado por este homem, e principalmente em tal momento.

— É bem natural — respondeu o oficial rindo — que esse pobre homem lhe queira mal; pois, segundo parece, mimoseou-o com uma boa dose de pauladas.

— Se o fiz, senhor, foi em defesa própria.

— Ora essa! — retorquiu o oficial, fazendo com os ombros um gesto eminentemente filosófico; — pois então deixe-o falar. Que lhe importa isso agora?

Um suor frio banhou a testa de Cornélio ao ouvir esta resposta, que considerava como uma ironia um pouco brutal, especialmente da parte de um oficial, que lhe tinham dito estar particularmente ligado à pessoa do príncipe.

O desgraçado compreendeu que já lhe não restavam recursos, que já não tinha amigos, e resignou-se.

— Seja assim — murmurou ele, baixando a cabeça; — muito piores coisas fizeram a Jesus Cristo; e por muito inocente que eu seja, não posso comparar-me com ele. Jesus Cristo consentiria que o seu carcereiro o espancasse e não lhe teria batido.

Depois, voltando-se para o oficial, que parecia aguardar com toda complacência que ele acabasse as suas reflexões, perguntou-lhe:

— Então para onde vou eu?

O oficial mostrou-lhe uma berlinda puxada por quatro cavalos, que muito lhe fez lembrar aquela que numa conjuntura análoga vira no Buitenhof.

— Suba — disse-lhe ele.

— Ah! — murmurou Cornélio — segundo parece não me farão a honra de me levar à esplanada!

Van Baerle pronunciou estas palavras tão alto, que o homem que lhe contara a história e parecia segui-lo passo a passo, o ouviu; e, julgando sem dúvida que lhe cumpria dar novos esclarecimentos a Cornélio, chegou-se à portinhola e disse-lhe em voz baixa, enquanto o oficial, com o pé no estribo, dava algumas ordens:

— Já se tem visto condenados serem conduzidos à sua cidade natal e, para que o exemplo seja diante da porta da sua própria casa.

Cornélio fez um gesto de agradecimento. Depois disse consigo:
— Ora ainda bem! Aqui está um rapaz que nunca deixa de dar uma consolação na ocasião oportuna. Muito obrigado. Adeus.

A berlinda começou a andar.
— Ah, malvado! Ah, ladrão! — bradou Gryphus, mostrando o punho à sua vítima que lhe escapava. — E vai-se embora sem me restituir a minha filha!

— Se me conduzirem a Dordrecht — disse Cornélio — verei, ao passar por diante de minha casa, se os meus pobres alegretes ficaram muito estragados.

CAPÍTULO 30

EM QUE SE COMEÇA A DESCONFIAR QUE SUPLÍCIO ESTAVA RESERVADO A CORNÉLIO VAN BAERLE

A berlinda rodou todo o dia. Deixou Dordrecht à esquerda, atravessou Róterdã e chegou a Delft. Às cinco horas tinham andado vinte léguas.

Cornélio dirigia perguntas ao oficial, que lhe servia ao mesmo tempo de guarda e de companheiro; mas por mais circunspectas que fossem estas perguntas, teve a mágoa de as ver ficar sem resposta.

Lamentou por isso não ter a seu lado aquele guarda complacente, que falava sem se fazer rogar e que sem dúvida lhe daria acerca da singularidade, que acompanhava essa sua terceira aventura, pormenores tão graciosos e explicações tão precisas como a respeito das duas primeiras.

Passaram a noite na berlinda. No dia seguinte de madrugada, Cornélio achou-se da banda de lá de Leyde, tendo o mar do Norte à esquerda e o de Harlem à direita.

Três horas depois entrava em Harlem. O preso não sabia o que se passara em Harlem e nós deixá-lo-emos nesta ignorância até que os acontecimentos o venham esclarecer.

Não podemos contudo fazer o mesmo com o leitor, que tem o direito de ser informado de tudo, até antes do nosso herói.

Já vimos que Rosa e a tulipa, como duas irmãs e duas órfãs, tinham sido deixadas pelo príncipe Guilherme de Orange em casa do presidente Van Herysen.

Rosa não recebera notícia alguma do *stathouder* antes da noite imediata àquele dia em que o vira frente a frente; mas à tarde entrou em casa de Van Herysen um oficial, que vinha da parte de Sua Alteza convidá-la para que se apresentasse na casa da câmara, na qual, e no gabinete das deliberações, onde foi introduzida, achou o príncipe a escrever.

Estava sozinho e tinha aos pés um grande galgo da Frísia, que olhava para ele fito, como se quisesse conseguir o que a nenhum homem era dado fazer, isto é, ler no pensamento do dono.

Guilherme continuou ainda a escrever por um instante; depois, erguendo os olhos e vendo Rosa em pé junto à porta, disse-lhe, sem parar de escrever:

— Aproxime-se, menina.

Rosa deu alguns passos para a mesa.

— Monsenhor! — disse ela, parando.

— Está bem — replicou o príncipe. — Sente-se.

Rosa obedeceu, porque o príncipe olhava para ela. Apenas, porém, este volveu os olhos para o papel, afastou-se um pouco, toda envergonhada.

Entretanto o príncipe acabava a sua carta; o galgo, que se chegara ao pé de Rosa, tinha-a cheirado e fazia-lhe festas.

— Ah! ah! — disse Guilherme ao cão — bem se vê que é uma patrícia; reconheceu-a.

Depois, voltando-se para Rosa e cravando nela um olhar perscrutador e disfarçado ao mesmo tempo, prosseguiu:

— Vamos lá, minha filha.

O príncipe tinha apenas vinte e três anos, Rosa dezoito ou vinte; e por isso teria andado melhor dizendo: "Minha irmã".

— Minha filha — disse ele pois, com esse tom singularmente imponente que gelava todos os que se lhe aproximavam — estamos sozinhos aqui e podemos conversar à nossa vontade.

Rosa começou a tremer toda, e no entanto a fisionomia do príncipe respirava só benevolência.

— Monsenhor — balbuciou ela.

— Seu pai está em Loevestein?

— Sim, monsenhor.

— E não gosta dele?

— Pelo menos não o estimo como uma filha deveria estimar seu pai.

— Isso é muito mal feito, minha filha, mas faz bem em não mentir ao seu príncipe.

Rosa baixou os olhos.

— E por que razão não estima o seu pai?

— Porque é mau.

— E de que modo se manifesta a sua maldade?

— Maltratando os presos.

— Todos?

— Todos.

— Mas não lhe leva a mal que maltrate particularmente algum?

— Meu pai maltrata particularmente o sr. Van Baerle, que...

— Que é seu amante.

Rosa deu um passo para trás.

— Que eu amo, monsenhor — respondeu ela, com altivez.

— Há muito tempo? — perguntou o príncipe.

— Desde o dia em que o vi.
— E viu-o?...
— No dia seguinte àquele em que foram tão horrorosamente assassinados o grande pensionário João e o seu irmão Cornélio.

O príncipe franziu os lábios, enrugou a testa e baixou as pálpebras a ponto de esconder por um instante os olhos. Passado, porém, um momento de silêncio, prosseguiu:
— Mas de que lhe serve amar um homem destinado a viver e a morrer preso?
— Servir-me-á, senhor, se ele viver e morrer na prisão, de ajudá-lo a viver e a morrer.
— E aceitará a posição de ser mulher de um preso?
— Seria a mais feliz e a mais orgulhosa das criaturas, se casasse com o sr. Van Baerle, mas...
— Mas o quê?
— Não me atrevo a dizê-lo, senhor.
— Bem vejo que no tom da sua voz há um sentimento de esperança; então que espera?

Rosa levantou os seus lindos olhos para Guilherme, os seus olhos límpidos e de uma inteligência tão penetrante, que foram esquadrinhar a clemência adormecida, no fundo daquele coração melancólico, num sono semelhante à morte.
— Ah! Percebo.

Rosa sorriu, juntando as mãos.
— Espera em mim, não é verdade? — disse o príncipe.
— É verdade, senhor.
— Hum!

O príncipe fechou a carta que acabava de escrever e chamou um dos seus oficiais.
— Sr. Van Deken, disse ele — leve esta carta a Loevestein; leia as ordens que aí dou ao governador e execute-as no que lhe disser respeito.

O oficial fez uma vênia e dali a pouco ouviu-se ressoar na abóbada sonora da casa o galope de um cavalo.
— Minha filha — prosseguiu o príncipe — domingo é a festa da tulipa, e domingo é depois de amanhã. Enfeite-se bem

e torne-se bem linda com os quinhentos florins que aqui tem; pois quero que esse dia, seja de grande festa para você.

— Como quer Vossa Alteza que eu me vista? — murmurou Rosa.

— Com o traje das noivas frisãs — respondeu Guilherme — que lhe assentará às mil maravilhas.

CAPÍTULO 31

HARLEM

Harlem, a cidade onde entramos há três dias com Rosa, e onde acabamos de tornar a entrar em seguimento do preso, é uma cidade bonita, que se orgulha com direito de ser uma das mais bem ensombradas da Holanda.

Enquanto outras faziam consistir o seu amor-próprio em brilhar pelos seus arsenais e estaleiros, pelos seus armazéns e bazares, Harlem punha toda a sua glória em sobressair a todas as cidades dos Estados pelos seus copados olmeiros, pelos seus choupos gigantes e principalmente pelos seus ameníssimos passeios, onde o carvalho, a tília e o castanheiro formavam espessas abóbadas de verdura.

Vendo que Leyde, sua vizinha, e Amsterdã, sua rainha, tomavam, aquela, o caminho de vir a ser uma cidade científica, e esta, uma cidade comercial, Harlem quisera ser uma cidade agrícola, ou antes hortícola.

E de fato, bem fechada, bem arejada, bem aquecida pelo sol, dava aos jardineiros proporções e seguranças que nenhuma das outras cidades, açoitadas como eram pelos ventos do mar, ou queimadas pelos sóis das planuras, teria podido oferecer-lhes.

Por isso se observara que em Harlem se tinham, a pouco e pouco, estabelecido todas essas almas tranqüilas, possuídas do amor da terra e dos seus bens, ao passo que em Róterdã e em Amsterdã se estabeleciam todos os espíritos inquietos e buliço-

sos, possuídos de amor das viagens e do comércio, e em Haia todos os políticos e homens do mundo.
Referimos que Leyde fora a conquista dos sábios.
Harlem afeiçoou-se às coisas agradáveis; à música, à pintura, aos vergéis, aos passeios, aos bosques e aos jardins.
Harlem tornou-se louca pelas flores, e, entre outras, pelas tulipas.

Harlem, enfim, propôs prêmios em honra das tulipas, e chegamos, muito naturalmente, como se vê, a falar daquele que a cidade propunha, no dia 15 de maio de 1673, em honra da grande tulipa negra, sem mancha nem defeito, que devia render cem mil florins ao seu inventor.

Tendo espalhado a fama da sua especialidade, tendo propalado o seu gosto pelas flores em geral e pelas tulipas em particular, num tempo em que tudo se dava à guerra e às sedições, tendo tido a insigne alegria de ver florescer o ideal das suas pretensões e a insigne honra de ver florescer o ideal das tulipas, Harlem, a linda cidade cheia de arvoredos e de sol, de sombra e de luz, quisera fazer desta cerimônia da concessão do prêmio uma festa que durasse eternamente na memória dos homens.

E tinha realmente direito para o fazer; por isso que a Holanda é o país das festas; nunca um temperamento mais preguiçoso desenvolveu ardor mais gárrulo, mais cantante, mais dançante, que o dos bons republicanos das Sete Províncias, na ocasião dos divertimentos.

Vejamos, para nos certificarmos disto, os quadros dos dois Teniers, pai e filho.

Verdade é que os preguiçosos são, de todos os homens, os mais ativos e cheios de ardor em se fatigarem, não quando se dão ao trabalho, mas quando se dedicam ao prazer.

Harlem tinha portanto motivos para se entregar a uma tríplice alegria, porque tinha também de festejar uma triplicada solenidade, isto é: a tulipa negra, que fora descoberta; depois o príncipe Guilherme de Orange, que assistia à cerimônia, como verdadeiro holandês que era; e por último a honra dos Estados

231

exigia que se mostrasse aos franceses, em seguida a uma guerra tão desastrosa, como o fora a de 1672, que o pavimento da república estava tão sólido que se podia dançar sobre ele ao som atroador dos canhões das esquadras.

A sociedade hortícola de Harlem tinha-se mostrado digna dela, dando cem mil florins por um bulbo de tulipa. A cidade não quisera ficar atrás e votara uma soma igual, que fora depositada nas mãos dos seus notáveis, para festejar a entrega deste prêmio nacional.

Assim é que, no domingo marcado para esta cerimônia, era tal a pressa da multidão, tal o entusiasmo dos cidadãos, que ninguém poderia deixar, mesmo com esse sorriso de escárnio dos franceses, que riem de tudo, e em toda parte, de admirar o caráter destes bons holandeses, prontos a despender o seu dinheiro, tanto para se construir uma nau destinada a combater o inimigo, isto é, a sustentar a honra da nação, como a recompensar o invento de uma flor nova, destinada a brilhar um dia e a distrair durante esse dia as senhoras, os sábios e os curiosos.

À frente dos notáveis e da comissão hortícola, campeava o sr. Van Herysen, com o seu vestuário mais rico.

O digno homem realizara todos os esforços para se parecer à sua flor preferida, pela elegância severa do seu traje escuro, e apressemo-nos a dizê-lo para sua glória, que o conseguira completamente.

Preto de azeviche, veludo e seda roxos, tal era, com a roupa branca de uma alvura deslumbrante, o traje cerimonioso do presidente, que caminhava na frente da sua comissão, com um enorme ramalhete, semelhante àquele que, duzentos e vinte anos mais tarde, levava Robespierre, por ocasião da festa do Ente Supremo.

Com a diferença de que o honrado presidente, em lugar desse coração cheio de ódio e de ressentimentos ambiciosos do tribuno francês, tinha ao peito uma flor não menos inocente que a mais inocente das que trazia na mão.

Atrás da comissão, matizada como um alegrete de flores, perfumada como uma primavera, viam-se os corpos científicos da cidade, os magistrados, os militares, os nobres e os burgueses.

O povo, mesmo entre os senhores republicanos das Sete Províncias, não tinha lugar no préstito; fazia as alas. No fim de contas este é o melhor de todos os lugares para ver... e para haver.

É o lugar das multidões, que esperam, filosofia dos estados, que os triunfos tenham desfilado, para saber o que cumpre dizer e às vezes o que cumpre fazer.

Mas desta vez não se tratava nem do triunfo de Pompeu, nem do triunfo de César. Desta vez não se celebrava nem a derrota de Mitridates, nem a conquista dos gauleses. A procissão era plácida como a passagem de um rebanho de carneiros pela terra, inofensiva como o vôo de um bando de pássaros pelo ar.

Harlem não tinha outros triunfadores além dos seus jardineiros. Como adorava as flores, divinizava o florista.

Ao centro do cortejo pacífico e perfumado, via-se a tulipa negra, conduzida em cima de um andor, coberto de veludo branco, franjado de ouro. Quatro homens levavam as varas deste andor, em cujo trabalho eram revezados por outros, assim como em Roma eram revezados aqueles que levavam a mãe Cibeles, quando entrou na cidade eterna, trazida da Etrúria ao som do clangor das trombetas e no meio das adorações de um povo inteiro.

Esta exibição da tulipa era uma homenagem rendida, por todo um povo sem cultura e sem gosto, ao gosto e à cultura dos chefes célebres e piedosos, cujo sangue ele sabia arrojar às ruas lamacentas do Buitenhof, para inscrever mais tarde os nomes das suas vítimas na mais bela pedra do Panteão holandês.

Tinha-se combinado que o príncipe *stathouder* distribuiria em pessoa o prêmio dos cem mil florins, o que interessava a todos em geral, e que pronunciaria talvez um discurso, o que interessava em particular aos seus amigos e inimigos.

E de fato, nos discursos mais indiferentes dos homens políticos, os amigos, ou os inimigos destes homens querem sempre ver reluzir, e julgam sempre poder interpretar por conseguinte um raio do seu pensamento. Como se o chapéu do homem político não fosse um utensílio destinado a interceptar toda luz.

Surgira enfim esse dia 15 de maio de 1673, tão esperado, e Harlem inteira, reforçada com os seus vizinhos, tinha-se aglomerado ao longo dos renques de frondosas árvores do bosque, na firme resolução de não aplaudir, desta vez, nem os conquistadores da guerra; nem os da ciência, mas simplesmente os da natureza, que acabavam de obrigar esta mãe inesgotável a dar à luz o que até então se julgara impossível, isto é, a tulipa negra.

Mas nada é menos estável nos povos do que a resolução de não aplaudirem senão tal ou tal coisa. Quando uma cidade está disposta a aplaudir, sucede-lhe o mesmo que quando se acha disposta a apupar; não sabe nunca onde parará.

Aplaudiu portanto primeiro Van Herysen e o seu ramalhete, aplaudiu as suas corporações, aplaudiu-se a si própria; e por fim, desta vez, com toda justiça, aplaudiu a excelente música que os músicos da cidade prodigalizavam generosamente em cada parada.

Todos os olhos procuravam, depois da heroína da festa que era a tulipa negra, o herói da mesma festa, que bem naturalmente era o inventor desta tulipa.

Este herói, aparecendo depois do discurso que vimos o bom Van Herysen estar elaborando com tanta consciência, teria produzido decerto mais efeito que o próprio *stathouder*.

Contudo, para nós, o interesse deste dia não está nem nesse venerável discurso do nosso amigo Van Herysen; por mais eloqüente que ele fosse, nem nas jovens aristocratas em trajes de festa, roendo as suas volumosas fogaças, nem nos pobres e obscuros plebeus, semi-nus, rilhando enguias de fumeiro, semelhantes a tronquinhos de baunilha. O nosso interesse tampouco está nessas formosas holandesas de tez rosada e de seio alvo, nem nos *mynheers* gordos e rechonchudos, que nunca tinham saído de suas casas; nem nos magros e amarelos viajantes chegados de Ceilão, ou de Java, nem na turbamulta sequiosa, que devora, em ar de refresco, o pepino de conserva. Não, para nós, o interesse da situação, o interesse poderoso, o interesse dramático não está ali.

Está numa figura radiante e animada, que caminha no meio dos membros da comissão de horticultura, está nessa personagem com flores na cintura, muita penteada, vestida toda de escarlate, cor que faz sobressair a seu cabelo preto e a sua cor pálida.

Este triunfador radiante, inebriado, este herói do dia, destinado à insigne honra de fazer esquecer o discurso de Van Herysen e a presença do *stathouder*, é Isaac Boxtel, que vê caminhar diante de si e à sua direita, em cima, de uma almofada de veludo, a tulipa negra, sua suposta filha; e à sua esquerda, os cem mil florins, em boa moeda de ouro, reluzente e cintilante, metidas numa ampla bolsa, para a qual olhava incessantemente de revés; a fim de os não perder um instante de vista.

De vez em quando Boxtel apressava o passo, para roçar o seu cotovelo pelo de Van Herysen, procurando à sombra da consideração alheia o valor pessoal que não tinha, do mesmo modo que havia roubado a Rosa a sua tulipa, para alcançar a glória e a riqueza.

Mais um quarto de hora, e o príncipe chegará enfim, o cortejo fará alto pela última vez; e colocada a tulipa sobre um trono, o príncipe, que cede o passo a esta rival na adoração pública, tomará um pergaminho, magnificamente pintado, no qual está escrito o nome do autor, e proclamará, em voz alta e inteligível, que foi descoberta uma maravilha; que a Holanda, por intermédio dele, Boxtel, obrigou a natureza a produzir uma flor negra, e que esta flor se ficará chamando *Tulipa Nigra Boxtellea*.

Contudo, Boxtel desvia de vez em quando os olhos por um momento da tulipa e da bolsa e volve-os timidamente para a multidão, porque receia discriminar por cima de tudo o pálido rosto da bela frisã.

Esta aparição seria por certo um espectro, que perturbaria a festa, nem mais nem menos do que o espectro de Banco no festim de Macbeth.

E, apressemo-nos a dizê-lo, este miserável, que saltou um muro alheio, que subiu a uma janela para entrar na casa do seu vizinho, que, com uma chave falsa, violou o quarto de Rosa, este homem que roubou, enfim, a glória de outro homem e o dote de uma mulher, este homem não se reputa um ladrão.

Velou por tal arte a tulipa, seguiu-a com tamanho ardor, desde a gaveta do gabinete de Cornélio até ao cadafalso do Buitenhof, desde o cadafalso do Buitenhof até à prisão da fortaleza de Loevestein, viu-a tão bem nascer e crescer na janela de Rosa, aqueceu tantas vezes o ar em torno dela com o seu bafo, que qualquer que neste momento lhe tirasse a tulipa negra, por certo lha roubava.

Mas, enfim, não viu Rosa; e a sua alegria não foi perturbada.

O cortejo parou ao som de uma música ruidosa, no centro de uma meia-laranja, cujas árvores magníficas estavam enfeitadas de grinaldas e inscrições; e as meninas de Harlem adiantaram-se para escoltar a tulipa até ao assento elevado que devia ocupar sobre o estrado, ao lado da cadeira de ouro de Sua Alteza o *stathouder*.

E a tulipa orgulhosa, posta no seu pedestal, dominou assim em breve a assembléia, que bateu as palmas e fez retumbar os ecos de Harlem com um aplauso imenso.

CAPÍTULO 32

A ÚLTIMA SÚPLICA

Durante este momento solene, em que os aplausos retumbavam por toda parte, uma berlinda passava pela estrada aberta ao longo das abas do bosque e seguia lentamente o seu caminho por causa dos rapazes que a obstruíam, empurrados, para fora da alameda de árvores pela compacta multidão dos homens e mulheres.

Esta berlinda, empoeirada, fatigada, e rangendo sobre o eixo, encerrava o desgraçado Van Baerle, a quem, pelo postigo aberto, começava a oferecer-se o espetáculo que tentamos, sem dúvida bem imperfeitamente, pôr diante dos olhos dos nossos leitores.

Esta multidão, este ruído, este quadro de todos os esplendores humanos e naturais, aturdiram o preso como um relâmpago que inundasse de luz a sua masmorra. Apesar do pouco interesse que o seu companheiro mostrara em responder-lhe quando o interrogara acerca da sua sorte, Cornélio atreveu-se ainda a interrogá-lo uma última vez a respeito de todo este rebuliço, que à primeira vista devia e podia crer ser-lhe totalmente estranho.

— Faz favor de me dizer o que é isto, senhor tenente? — perguntou ele ao oficial que o acompanhava.

— Como vê — replicou este — é uma festa.

— Ah! Uma festa! — retorquiu Cornélio com o tom lugubremente indiferente de um homem a quem de há muito não pertence nenhuma alegria deste mundo.

E passado um instante de silêncio, depois da berlinda ter avançado um pouco mais, prosseguiu:

— É a festa do padroeiro de Harlem? Vejo tantas flores...

— É na verdade uma festa em que as flores representam o principal papel.

— Oh! Que aroma tão suave! Que lindas cores! — exclamou Cornélio.

— Pára, para este senhor ver — disse o oficial ao soldado que fazia de postilhão, com um desses impulsos de compaixão que só se encontram nos militares.

— Oh! Agradeço-lhe muito a sua delicadeza, senhor — replicou melancolicamente Van Baerle; — mas como a alegria alheia é para mim bem dolorosa, peço-lhe que me poupe esse desgosto.

— Como quiser; então continuemos. Tinha mandado parar por me ter pedido, e depois porque passa por homem amador das flores, especialmente daquelas cuja festa se celebra hoje.

— Então de que flores se celebra hoje a festa?

— Das tulipas.

— Das tulipas! — exclamou Van Baerle; — é hoje a festa das tulipas?

— Sim, senhor; mas como este espetáculo lhe desagrada, continuemos o nosso caminho.

O oficial dispôs-se para dar ordem de continuar a andar, mas Cornélio suspendeu-o; uma dúvida dolorosa acabava de lhe passar pela mente.

— Será acaso hoje — perguntou ele com voz trêmula — que se dá o prêmio?

— Sim, o prêmio da tulipa negra.

Cornélio corou; um calafrio lhe correu por todo o corpo e bagas de suor lhe banharam a testa.

Depois, refletindo que não estando ele presente, nem a sua tulipa, a festa abortaria sem dúvida à míngua de um homem, e de uma flor para coroar, prosseguiu:

— Ah! Toda essa gente será tão infeliz como eu, porque não verá essa grande solenidade para que é convidada, ou pelo menos há de vê-la incompleta.

— Que diz?

— Quero dizer — replicou Cornélio, deitando-se para o fundo da berlinda — que, a não ser por alguém que eu conheço, a tulipa negra não será achada.

— Pois então, senhor — disse o oficial — esse alguém a quem conhece, achou-a; porque o que toda a cidade de Harlem contempla neste momento é a flor que o senhor considera impossível de achar.

— A tulipa negra! — exclamou Van Baerle, debruçando metade do corpo pela portinhola. — Onde está ela? Onde está ela?

— Acolá, sobre o trono, não vê?

— Vejo! vejo!

— Está bom, senhor — disse o oficial — agora é preciso partir.

— Oh! Por compaixão, por favor, senhor — disse Van Baerle — não me leve daqui! Deixe-me ver mais! Como! Pois o que vejo acolá é a tulipa negra, bem negra... é possível? Viu-a, senhor? Deve ter por força manchas, deve ser imperfeita, talvez seja tinta de preto; se eu estivesse lá perto, saberia dizê-lo; peço-lhe que me deixe apear e vê-la de perto.

— Está doido? Posso lá consentir nisso?

— Suplico-lhe encarecidamente.

— Mas esquece-se de que está preso?

— Estou preso, é verdade, mas sou um homem de bem e prometo não fugir, não tentarei fugir; deixe-me só examinar a flor.

— Mas as minhas ordens, senhor?

E o oficial fez um novo movimento, para ordenar ao soldado que continuasse a andar.

Cornélio suspendeu-o ainda, exclamando:

— Oh! Seja condescendente, seja generoso; toda a minha vida depende de um impulso da sua compaixão. Ah! A minha vida, senhor, não será provavelmente muito longa. Não sabe o que sofro; não sabe tudo quanto se me agita na cabeça e no coração; porque enfim — continuou Cornélio com desespero — se fosse a minha tulipa, se fosse a que roubaram a Rosa! Ah! senhor, compreende acaso bem o que é ter achado a tulipa negra, tê-la visto um instante, ter reconhecido que era perfeita, que era ao mesmo tempo uma obra-prima da arte e da natureza, e perdê-la, perdê-la para sempre? Oh! É necessário que eu saia, senhor, tenho que ir vê-la; mate-me depois, se quiser, mas hei de vê-la, hei de vê-la!

— Cale-se, desgraçado, e meta-se depressa para dentro, porque aí vem a escolta de Sua Alteza o *stathouder*, que vai passar por diante da berlinda, e se o príncipe notasse um escândalo, ouvisse um ruído, ficaríamos ambos perdidos.

Van Baerle, mais assustado pelo que podia acontecer ao seu companheiro do que por aquilo que lhe podia suceder a ele próprio, meteu-se para dentro; mas não pôde ali conservar-se meio minuto, pois ainda bem não tinham passado os primeiros vinte cavaleiros, quando tornou a debruçar-se pelo postigo, gesticulando e suplicando ao *stathouder*, no momento em que este passava.

Guilherme, impassível, e simples como de costume, dirigia-se para o lugar conveniente, a fim de cumprir o seu dever de presidente, e trazia na mão o rolo de pergaminho, que era, neste dia de festa, o seu bastão de marechal.

Vendo aquele homem que gesticulava e suplicava, reconhecendo talvez também o oficial que acompanhava esse homem, o príncipe *stathouder* mandou parar.

E imediatamente os cavalos, firmando-se nas rijas pernas e escorregando com o ímpeto, pararam a seis passos de Van Baerle engaiolado na berlinda.

— Que é isso? — perguntou o príncipe ao oficial que, à primeira ordem do *stathouder*, saltara da berlinda e se aproximara respeitosamente dele.

— Senhor, é o preso de Estado que, por ordem de Vossa Alteza, fui buscar a Loevestein e que conduzo para Harlem, conforme Vossa Alteza ordenou.

— Que quer ele?

— Pede com instância que lhe permita parar um pouco aqui.

— Para ver a tulipa negra, senhor — exclamou Van Baerle, juntando as mãos — e depois de a ter visto, de ter sabido o que devo saber, morrer, se for preciso; mas morrendo, bendirei Vossa Alteza misericordioso, como meu protetor aqui na terra; Vossa Alteza, que permitirá que a minha obra obtenha o seu fim e a sua glorificação.

Era com efeito um curioso espetáculo ver estes dois homens, cada um no postigo da sua berlinda, cercada dos respectivos guardas; um onipotente, o outro miserável; um próximo a subir ao seu trono, o outro julgando-se próximo a subir ao cadafalso.

Guilherme olhara com frieza para Cornélio e ouvira a sua veemente súplica.

E dirigindo-se ao oficial, disse-lhe:

— Este homem é o preso rebelde que quis matar o seu carcereiro em Loevestein?

Cornélio soltou um suspiro e baixou a cabeça. O seu rosto meigo e honesto corou e empalideceu ao mesmo tempo. Estas palavras do príncipe onipotente e onisciente, esta infalibilidade divina que, por algum mensageiro secreto e invisível ao resto dos homens, sabia já o seu crime, não só lhe pressagiavam um castigo mais certo, mas também uma recusa.

E, por isso, não tentou lutar nem defender-se; antes ofereceu ao príncipe esse espetáculo tocante de um desespero sincero, bem inteligível e bem digno de comover um tão grande coração, uma alma tão grande como a daquele que o contemplava.

— Deixe apear o preso — disse o *stathouder* — para ir ver a tulipa negra, bem digna de ser vista ao menos uma vez.

—Ah! — exclamou Cornélio, quase a desmaiar de alegria e cambaleando sobre o estribo da berlinda — ah! senhor!

A voz apagou-se-lhe na garganta; e a não ser o braço do oficial que lhe prestou o seu apoio, seria de joelhos, e com a fronte rojando pelo pó, que o pobre Cornélio teria agradecido a Sua Alteza.

Dada esta permissão, o príncipe continuou o seu caminho pelo bosque, no meio das aclamações mais entusiásticas.

Chegou em breve ao seu estrado e o canhão troou nas profundezas do horizonte.

CAPÍTULO 33

CONCLUSÃO

Van Baerle, acompanhado por quatro guardas, que iam abrindo caminho por entre a multidão, foi rompendo obliquamente para o lado da tulipa negra, que os seus olhos devoravam à proporção que se ia aproximando.

Até que por fim viu a flor única que, sob as combinações desconhecidas de calor, de frio, de sombra e de luz, devia aparecer um dia para desaparecer para sempre. Viu-a pois a seis passos; deleitou-se no exame das suas perfeições e das suas graças; viu-a por detrás das moças que formavam uma guarda de honra a esta rainha de nobreza e pureza. E todavia, quanto mais se certificava com os próprios olhos da perfeição da flor, tanto mais se lhe despedaçava o coração. Procurava em torno de si uma pessoa a quem fizesse uma pergunta, uma só. Mas por toda parte só via caras desconhecidas; por toda parte a atenção se dirigia para o trono onde acabava de se sentar o *stathouder*.

Guilherme, que atraía a atenção geral, levantou-se, volveu um olhar tranqüilo pela turbamulta entusiasmada, e os seus olhos vivos e penetrantes fitaram-se alternadamente nos três ângulos de um triângulo formado na sua frente por três interesses e três dramas bem diferentes.

Num dos ângulos estava Boxtel, tremendo de impaciência e devorando com toda atenção o príncipe, os florins, a tulipa negra e a assembléia.

No outro, via-se Cornélio arquejante, mudo, não tendo olhos, vida, coração e amor, senão para a tulipa negra, sua filha.

Finalmente, no terceiro, em pé em cima de um degrau, entre as virgens de Harlem, uma formosa frisã vestida de fina lã encarnada bordada de prata e coberta de rendas, que lhe pendiam em bastas dobras do seu capacete de ouro; Rosa, enfim, que se apoiava, desfalecida e com os olhos nadando em lágrimas, no braço de um dos oficiais de Guilherme.

O príncipe então, vendo todos os seus ouvintes dispostos, desenrolou lentamente o pergaminho e, com voz tranqüila e clara, posto que frouxa, mas de que se não perdia um único som, em conseqüência do silêncio religioso que se apoderou de repente dos cinqüenta mil espectadores e lhes encadeou a respiração nos lábios, disse:

— Sabem o fim com que foram reunidos aqui?

"Um prêmio de cem mil florins foi prometido àquele que achasse a tulipa negra.

"A tulipa negra! — e esta maravilha da Holanda está ali exposta aos vossos olhos; — a tulipa foi achada, e com todas as condições exigidas pelo programa da sociedade hortícola de Harlem.

"A história do seu nascimento e o nome do seu inventor serão inscritos no livro de honra da cidade.

"Mandem aproximar a pessoa que é a proprietária da tulipa negra."

E ao pronunciar estas palavras, o príncipe, para ajuizar do efeito que elas produziriam, volveu um olhar perscrutador para as três extremidades do triângulo.

Viu Boxtel saltar do seu degrau.

Viu Cornélio fazer um movimento involuntário.

Viu enfim o oficial encarregado de velar por Rosa, conduzi-la, ou antes arrastá-la para diante do trono.

Um duplo grito saiu ao mesmo tempo da direita e da esquerda do príncipe.

Boxtel, fulminado, Cornélio fora de si, tinham ambos gritado:

— Rosa! Rosa!

— Esta tulipa é realmente sua, não é verdade, menina? — disse o príncipe.

— Sim, senhor! — balbuciou Rosa, a quem um murmúrio universal acabava de saudar pela sua tocante beleza.

— Ah! — murmurou Cornélio — então mentia ela, quando dizia que lhe tinham roubado a flor. Aqui está por que saiu de Loevestein! Oh! esquecido, traído por ela, por ela, que eu julgava a minha melhor amiga!

— Oh! — gemeu Boxtel pela sua parte — estou perdido!

— Esta tulipa — prosseguiu o príncipe — terá pois o nome do seu inventor e será inscrita no catálogo das flores sob o título de *Tulipa Nigra Barlaeensis,* em atenção ao nome de Van Baerle, que será de ora em diante o nome desta menina, em conseqüência do seu casamento.

E proferindo estas palavras, Guilherme pegou na mão de Rosa e meteu-a entre as mãos de um homem que acabava de precipitar-se, pálido, fora de si, esmagado pela alegria, para o pé do trono, saudando ora o seu príncipe, ora a sua desposada, ora Deus, que do alto do céu azulado contemplava sorrindo o espetáculo de dois corações felizes.

Ao mesmo tempo caía aos pés do presidente Van Herysen outro homem, ferido por uma comoção bem diferente.

Era Boxtel, que aniquilado sob a ruína das suas esperanças, acabava de desmaiar.

Levantaram-no, tomaram-lhe o pulso, puseram-lhe a mão no coração; mas o homem já estava morto.

Este incidente não perturbou a festa, visto que nem o presidente nem o príncipe deram mostras de que isto os impressionasse muito.

Cornélio recuou espantado: é que no ladrão que o roubara, no falso Jacó, acabava de reconhecer o verdadeiro Isaac Boxtel, seu vizinho, que na pureza da sua alma ele nem um só instante suspeitara fosse capaz de tão má ação.

Por fim, foi uma grande felicidade para Boxtel enviar-lhe Deus tão a propósito este ataque de apoplexia fulminante, que o impediu de ver por mais tempo coisas tão dolorosas para o seu orgulho e avareza.

Depois, ao som das trombetas, a procissão retomou a sua marcha sem qualquer outra mudança no cerimonial, a não ser a falta de Boxtel, que morrera, e a presença de Cornélio e Rosa, que caminhavam triunfantes ao lado um do outro, com as mãos entrelaçadas.

Eram felizes afinal, depois de terem sofrido tantas contrariedades.

Apenas entraram na casa da Câmara, o príncipe, designando com o dedo a Cornélio a bolsa dos cem mil florins de ouro, disse-lhe:

— Não se sabe ao certo qual dos dois ganhou esse dinheiro, se foi o senhor, ou Rosa; porque se o senhor achou a tulipa negra, foi ela quem a criou e a fez florescer; por conseguinte não lhe será oferecido como dote, porque seria injusto. Além de que essa quantia é a dádiva da cidade de Harlem à tulipa.

Cornélio não sabia quais eram as intenções do príncipe e por isso esperou que este continuasse a falar.

Guilherme prosseguiu:

— Dou portanto a Rosa cem mil florins, que ela ganhou e que poderá oferecer-lhe; advertindo que estes cem mil florins são o prêmio do seu amor, da sua coragem e da sua honestidade. Quanto ao senhor, devido ainda a Rosa, que nos trouxe a prova da sua inocência, — e proferindo estas palavras o príncipe deu a Cornélio a famosa folha da Bíblia em que estava escrita a carta de Cornélio de Witt e que servira para embrulhar a terceira tulipa; — quanto ao senhor, reconheceu-se que tinha sido preso por um crime que não cometera. O que é o mesmo que dizer-lhe, não só que está livre, mas também que os bens de um inocente não podem ser confiscados e por isso lhe são restituídos. Sr. Van Baerle, é o afilhado de Cornélio de Witt e o amigo de João; continue portanto a ser digno do nome que um lhe deu na pia batismal e da amizade que o outro lhe consagrou. Conserve a tradição dos merecimentos de ambos, porque esses senhores de Witt, que foram mal julgados, mal punidos, num momento de alucinação popular, eram dois grandes e beneméritos cidadãos, de que a Holanda hoje se gloria.

Depois destas últimas palavras, que pronunciou com voz comovida, o príncipe, contra o seu costume, deu as duas mãos a beijar aos dois noivos que ajoelharam um de cada lado.

E soltando em seguida um profundo suspiro, disse:

— Ah! São bem felizes, porque, pensando talvez na verdadeira glória da Holanda e principalmente na sua verdadeira felicidade, não procuram senão enriquecê-la com variadas e novas cores de tulipas.

E voltando os olhos para a parte da França, como se visse novas e espessas nuvens amontoarem-se daquele lado, subiu para o seu coche e partiu.

Pela sua parte, Cornélio partiu também no mesmo dia para Dordrecht com Rosa, que, pela velha Zug, que foi mandada na qualidade de embaixatriz, preveniu o pai de tudo quanto se tinha passado.

Aqueles que, em vista da exposição que temos feito, conhecem o caráter do velho Gryphus, compreenderão que este se reconciliou dificilmente com o genro.

É que o carcereiro conservava ainda bem viva a lembrança das pauladas que recebera; tinha-as contado pelas pisaduras e, segundo afirmava, montavam a quarenta e uma; mas por último cedeu, a fim, dizia ele, de não ser menos generoso do que Sua Alteza o *stathouder*.

Feito guarda de tulipas, depois de ter sido carcereiro de homens, foi o mais severo carcereiro de flores que houve nos Países-Baixos. E realmente era curioso vê-lo, vigiando as borboletas perigosas, matando os arganazes e espantando as abelhas esfaimadas.

Como soubera a história de Boxtel e estava furioso por ter sido enganado pelo falso Jacó, foi ele quem demoliu o observatório, levantado outrora pelo invejoso por detrás do sicômoro; porque o jardim de Boxtel, tendo sido vendido em hasta pública, foi reunido ao de Cornélio, que com este aumento de terreno se achou em estado de desafiar, sem receio, todos os telescópios de Dordrecht.

Rosa, cada vez mais bonita, tornou-se também de dia para dia mais instruída, e ao cabo de dois anos de casada, sabia tão bem ler e escrever, que pôde encarregar-se da educação de dois lindos filhos que lhe nasceram, nos meses de maio de 1674 e 1675, como duas tulipas, e que lhe tinham dado menos trabalho e fadiga do que a famosa flor a que ela devia o tê-los.

Supérfluo é dizer que, sendo estes dois filhos um menino e uma menina, o primeiro se chamou Cornélio e a segunda Rosa.

Van Baerle permaneceu tão fiel a Rosa como às suas tulipas, dedicando-se toda a vida à felicidade de sua mulher e à cultura das flores, cultura em conseqüência da qual achou um grande número de variedades, que estão inscritas no catálogo holandês.

Os dois principais ornamentos da sua sala eram, em dois quadros dourados, as duas folhas da Bíblia de Cornélio de Witt, numa das quais, como o leitor se recordará, o seu padrinho lhe escrevera, ordenando-lhe que queimasse a correspondência do marquês de Louvois; na outra, legara ele a Rosa o bulbo da tulipa negra, com a condição de que com o dote dos cem mil florins casaria com um guapo rapaz de vinte e seis a vinte e oito anos, que a amasse e fosse amado por ela.

Esta condição fora escrupulosamente preenchida, apesar de Cornélio não ter morrido, e precisamente porque não morrera.

Enfim, para combater os invejosos futuros, de que talvez a Providência não estivesse disposta a livrá-lo, como o fizera a respeito de *mynheer* Isaac Boxtel, escreveu por cima da sua porta este verso, que Grotius gravara, no dia da sua fuga, na parede da prisão:

"*Os sofrimentos do homem têm às vezes sido tantos que lhe dão o direito de nunca dizer:* Sou demasiado feliz."

FIM

A presente edição de A TULIPA NEGRA de Alexandre Dumas é o Volume de número 2 das Obras de Alexandre Dumas. Impresso na Sografe Editora e Gráfica Ltda., à rua Alcobaça, 745 - Belo Horizonte, para a Editora Itatiaia, à Rua São Geraldo, 67 - Belo Horizonte - MG. No catálogo geral leva o número 01148/8B. ISBN-978-85-319-0783-8.